KB120871

횔덜린 시 깊이 읽기

횔덜린 시 깊이 읽기

HYMNE AN DIE MENSCHHEIT

DIOTIMA

DIE EICHBÄUME

AN DEN ÄTHER

AN DIE PARZEN

AN UNSRE GROSSEN DICHTER

DA ICH EIN KNABE WAR...

HYPERIONS SCHICKSALSLIED

DER TOD FÜRS VATERLAND

DER ZEITGEIST

ABENDPHANTASIE

HEIDELBERG

DER GANG AUFS LAND

BROT UND WEIN

NATUR UND KUNST oder SATURN UND JUPITER

DER BLINDE SÄNGER

HÄLFTE DES LEBENS

LEBENSALTER

DER WINKEL VON HAHRDT

ANDENKEN

DER ISTER

MNEMOSYNE

DAS ANGENEHME DIESER WELT...

DER SPAZIERGANG

DER HERBST

DIE AUSSICHT

장영태 지음

차례

일러두기

1. 이 책에서 인용한 횔덜린의 작품은 요헨 슈미트Jochen Schmidt가 편집한《횔덜린 전집Hölderlin, Sämtliche Werke und Briefe in drei Bänden》(Deutscher Klassiker Verlag, 1992)[KA]을 저본으로, 지은이가 번역한《횔덜린 시 전집 1, 2》(책세상),《휘페리온》(을유문화사),《횔덜린 서한집》(인다)에서 끌어온 것이다. 출처에는 '시 전집', '서한집', 'KA'로 페이지와 함께 병기했다. 시 원문도 KA에서 전재했다.

2. KA에 수록되어 있지 않지만 인용이 필요한 횔덜린의 초고 등은《슈투트가르트 판 횔덜린 전집Hölderrlin, Sämtliche Werke. Große Stuttgarter Ausgabe》(Hrsg. von Friedrich Beissner [u.a.], 1969-1972)을 참조했으며, 전집 약호 StA와 권수, 쪽수를 표시했다.

3. 주요 인명과 서명은 처음에만 원어를 병기했다.

4. 단행본과 잡지는《 》로, 시와 단편, 논문은〈 〉로 표시했다.

1장

횔덜린의
시
세
계

프리드리히 횔덜린(Friedrich Hölderlin, 1770~1843)은 온전한 정신일 땐 자신의 시가 실린 시집을 한 권도 내지 못했다. 정신착란을 앓은 지 20년이 지난 1826년에야 루드비히 울란트Ludwig Uhland와 구스타브 슈바프Gustav Schwab가 작게나마 그의 시집을 한 권 출간했으나, 거기에는 그때까지 쓴 시의 절반도 실리지 못했다. 그나마 그 선집으로 횔덜린은 시인으로서 처음 대중에게 알려졌다.

그러한 횔덜린이 시인으로 새로운 조명을 받게 된 데는 20세기 초 불문학도였던 노르베르트 폰 헬링라트Norbert von Hellingrath가 펴낸《횔덜린 전집Hölderlin, Sämtliche Werke, Historisch-kritische Ausgabe》(München, 1913~1923)이 계기가 되었다. 특히 헬링라트가 12쪽에 달하는 서문과 함께 펴낸 이 전집의 제4권《1800년~1806년의 시》(Gedichte, 1800~1806)는 횔덜린의 현대적 수용에 결정적인 역할을 하며 '횔덜린 르네상스'를 불러일으켰다.

때마침 등장한 표현주의와 상징주의의 현대 서정시로 상승된 감수성 덕분에 서정시인 횔덜린은 매우 빠르게 최고 수준의 시인으로 끌어올려졌다. 모든 수식(修飾)에서 해방된 진술의 집중성, 은유의 과감성, 특히 헬링라트가 "횔덜린 문학의 심장이며 핵심이자 정점"이라고 한 1800년 이후의 후기 시에 나타나는 전통적인 규범으로부터의 탈피가 그를 현대 서정시의 선구자이자 고유한 표현예술의 때 이른 완성자로 부각시켰다. 20세기 위대한 시인들, 릴케Rainer Maria Rilke에서 첼란Paul Celan에 이르기까지 많은 이가 횔덜린을 자신의 롤 모델로 생각했던 데는 확실한 이유가 있었다.

우리가 왕성한 시 창작기 전후에 쓴 작품도 읽어야 하는 명백한 이유가 있다. 횔덜린의 시 창작 단계들은 뚜렷이 대조를 이루며 구분되고, 그 단계마다 고유한 세계를 가지고 있기 때문이다. 매 단계가 '세계 속의 세계'이다.

튀빙겐 찬가

1784년~1788년의 시는 비록 그 시적 가치가 미미하지만, '경건주의'라는 종교적으로 규정된 배경의 시 세계가 시사하는 바는 적지 않다. 이때의 작품들은 데겐도르프와 마울브론 수도원학교의 생명적대적인 편협성과 엄격성에 대한 고통을 표현하고, 멜랑콜리한 고독의 감상, 우정의 절실함, 내면으로의 은신, 이에 대적하는 원대한 명예욕을 노래한다. 이 명예욕은 위대한 문학적 성취라는 목표를 향해가던 중 그의 내면에 형성되었다. 그가 모범으로 삼은 것은 클롭슈토크Friedrich Gottlieb Klopstock와 '시의 숲 결사', 슈바르트Christian Friedrich Daniel Schbart와 초기의 실러Friedrich Schiller, 세계고(世界苦)문학과 폐허문학이었다. 이러한 시를 대하는 시인의 기본 태도는 그가 튀빙겐 신학교에 입학한 1789년까지도 유지된다. 횔덜린은 신학을 공부하기로 약속하고 다닌 뷔르템베르크의 수도원학교(명칭은 그랬으나, 개신교 학교였음)의 다른 졸업생들(헤겔Georg W. F. Hegel과 셸링Friedrich W. J. Schelling도 있었다)과 1793년 말까지 튀빙겐 신학교를 다녔다.

1790년에 이미 공화적 사상을 품은 신학교 동료들의 동아리가 감동적으로 환영해 마지않았던 프랑스대혁명과 칸트Immanuel Kant의 비판철학과의 만남, 그리스 문학과 철학의 수용이 횔덜린에게 새로운 세계를 열어주었다. 이 새로운 상황과 전망의 세계는 이 시기 횔덜린 문학의 음조(音調)를 결정해준다. 소위 말하는 '튀빙겐 찬가들(Tübinger Hymnen)'은 혁명적으로 해방된 인간이라는 이상을 노래한다. 자유, 평등, 박애가 그것이다. 정치적, 사회적, 따라서 정신적으로 속박에서 해방된 인간이 관심 대상이다. 〈인류에 바치는 찬가〉(1791)는 이 시기의 핵심적인 텍스트이다. 이는 '튀빙겐 찬가들'의 호소 구조를 대표적으로 보여준다. 제1~8행에 이르는 짧은 서주, 제9~40행에 이르는 역사적 모범과 인물에 대한 덕론, 제41~80행에 이르는 당대인들을 향한 경고의 시구, 제81~88행에 이르는 간결한 종결구로 구성된다. 경고의 시구들은 많은 말붙임과 호소로 점철되는데 횔덜린은 이를 통해 정치적이고 공개적인 입장 표명의 가능성을 얻는다. 예지적(叡智的) 시인(poeta vates)의 면모를 보여준 것이다.

예지적 시인은 사회의 개혁을 촉구한다. '튀빙겐 찬가들'을 이끄는 주도적 개념은 '조국'이다. 횔덜린 자신은 이 개념을 민족적인 것으로 국한하지 않고, 오히려 이념적, 정신적인 본향으로서의 조국으로 이해한다. 그러나 독자의 입장에선 이념적인 조국의 정치적인 측면을 배제할 수는 없는 일이다. 베르토Pierre Bertaux도 이러한 사실을 지적한다. "당대의 언어 사용법에서 '귀족 대 애국자'라는 대립각은 유효했다. 이 것이 후일 횔덜린의 조국이라는 단어에 하나의 새로운 의미를 부여한 다. 즉 귀족과 종은 어떤 조국도 가지고 있지 않다. 오로지 자유로운 인 간만이 조국을 지닌다. 이것이 혁명을 불러일으키는 것이다."

튀빙겐 신학교 시절의 찬가들에서 조국은 혁명적인 투쟁의 개 념으로 채색된다. 현존하는 권력관계들은 실질적으로 혁신의 대상이 다. 하나가 된 형제들의 결합이 "독재자들에게 인간의 권리를 상기시 키고," 팔려 가는 노예들에게 자신을 주장할 "용기"를 가지게 한다(〈불 멸에 바치는 찬가〉). 조국은, 귀족이건 성직자이건 "그런 도적들로부터" 벗어나야만 한다(〈인류에 바치는 찬가〉). 평등권, 계급사회의 해체, 인권 의 공고화에 대한 정치적 요구는 자결(自決)의 계명에 근거한다. "우리 의 내면에 신이 지배자로 모셔졌도다"(〈인류에 바치는 찬가〉). 인간이 신 과의 유사성을 대면하고 나면 날조와 상실의 현재적 징후들은 마땅히 제거되어야 한다. 횔덜린은 '튀빙겐 찬가들'을 통해 현안의 혁명을 신 적 질서의 재현으로 해석한다. 이러한 인간적 조국 사상은 18세기를 특 징짓는 우주적 조화라는 사상과 접합한다. 실러의 〈환희에 부쳐An die Freude〉가 이의 모범적인 예이다. 이러한 우주적 조화 사상은 '튀빙겐 찬가들'인 〈조화의 여신에게 바치는 찬가〉와 〈사랑에 바치는 찬가〉에 잘 표현되어 있다.

모두 각운(脚韻)을 갖춘 이 찬가들은 사실적인 것을 이상적인 추 상 세계로 승화시킨다. 이 세계는 시어 "보라!"나 "그리하여"와 같은 접 속사 또는 "아!"와 같은 감탄사로 예고된다. 경고로부터 축제적인 전망 으로, 찬가적인 환호로 이어진다. 이 찬가적인 결구들은 명백하게 현재를 넘어선다. 억압, 분열과 고립을 초월하고 충만한 미래의 영상을 내보이는 것이다.

이렇게 하여 횔덜린 문학은 한층 넓은 지평을 바라보게 된다. 이미 오피츠Martin Opitz가《독일 시문학서》에서 찬가문학의 대상으로서 추상적이며 신화적인 요소들의 가치를 들고난 이래, 고독에 바치는 찬가, 기쁨에 바치는 찬가, 영원에 바치는 찬가 등으로 그 노래의 대상은 확장되었으며, 횔덜린의 튀빙겐 찬가들은 이러한 경향을 증언해준다.

청년기 시문학은 열정과 시행 형식에 이르기까지 실러의 모범을 따르고 있다. 튀빙겐 신학교 시절을 넘어서, 횔덜린이 실러의 추천으로 샤를로테 폰 칼프Charlotte von Kalb가(家)에서 가정교사로 지낸 발터스하우젠 시절과 그 후 예나와 뉘르팅엔에서 보낸 시절(1794~1795)까지도 실러는 영향을 미친다. 가장 두드러져 보이는 점은 투쟁적/영웅적인 것을 숭배하는 가운데 실러가 보이는 도덕적인 기품과 열정의 수용이다. 이 영웅적인 것을 숭배하는 모습의 본보기는 덕성의 영웅 헤라클레스에 대한 것이다. 1793년에 쓴 찬가 〈용기의 정령에게〉가 이런 사실을 나타내주고, 초기 찬가들 중 중요한 〈운명〉(1794)과 초기 프랑크푸르트 시절에 쓴 〈헤라클레스에게〉(1796)가 이 이상적인 영웅에게 바쳐진다. 이러한 영웅적인 행동과 의지를 노래한 계기로 자신의 낯선 감수성을 느끼게 된 횔덜린은 일종의 경계선에 이른다. 1798년에 쓴 송시 〈인간의 갈채〉에서 자신의 참된 시적 형태를 찾았다고 느끼며, 뒤돌아보니 이전의 태도는 공허한 열정이었다고 특징짓는다.

내 사랑한 이후 나의 가슴은 성스러워지고
　더욱 아름다운 생명으로 가득하지 않은가? 어찌하여

내가 더 도도하고 거칠며, 더욱 말 많고 텅 비었을 때

　너희들은 나를 더 많이 칭찬하였는가?

(시 전집 1, 382)

그러나 튀빙겐 찬가들이 횔덜린에게 최초의 문학적인 자신감과 인정을 가져다준 것은 틀림없다. 슈토이들린Gotthold Friedrich Stäudlin이 《1792년 시 연감》에 스물두 살의 청년 횔덜린의 시를 실어주었고 계속 발표할 기회를 주었다. 이 첫 번째 시적 성과들이 횔덜린으로 하여금 신학과 결별하고 문학에서 자신의 소명을 바라보기로 마음을 굳히게 해주었다.

프랑크푸르트 시절, 송시문학

튀빙겐을 떠나고서부턴 소설 《휘페리온》의 집필에 전념한다. 1794년에서 1799년까지 가정교사로 생계를 해결하며 집필에 전력을 기울인다. 실러가 출판사 코타Cotta에 《휘페리온》 출판을 추천해주었고(1795년 3월 9일), 자신이 발행하는 잡지 《탈리아》에는 〈휘페리온, 단편〉을 실어주었다. 이러한 격려가 횔덜린에게 열성적으로 소설을 완성하게끔 했을 것이다. 그래서 이 소설의 제2권이 출판될 때까지(1799년 10월) 수년간 서정시 창작은 다소 소홀했다. 그러나 《휘페리온》 작업을 통해 시적 표현의 폭과 깊이가 확대되었다. 소설 장르로서는 매우 이례적으로 서정적 에너지가 넘치게 집필하며 시적 표현의 가능성이 크게 확장된 것이다. 이러한 과정이 없었다면 이후에 쓴 서정시가 주는 큰 울림은 생각할 수도 없다.

프랑크푸르트 시절(1796년~1798년), 횔덜린이 이상화시켜 '디오티마'라고 불렀던 주제테 공타르(Susette Gontard, 1769~1802)에 대한 사랑의 시절 초기에 그는 여전히 여러 시연(詩聯)을 가진 각운된 찬가를 계속 썼다. 그렇게 〈디오티마〉의 여러 초고가 생겨났다. 이는 이념적으로는 이전 찬가들의 내용을 그대로 잇고 있는데, 그것은 이제 디오티마가 〈조화의 여신에게 바치는 찬가〉처럼 규모가 큰 찬가들에서 찬미해 마지않았던 범우주적인 조화의 화신이 되었기 때문이다. 수많은 '디오티마-시편'들은 후기에 이를수록 한층 깊게 울리는, 풍요롭고 생동감 넘치는 감성에 영혼을 불어넣고 있다. 그러나 여전히 《휘페리온》의 디오티마처럼 관념적인 지평을 넘어서지 않는다. "고상한 단순성과 고요한 위대성"이라는 짧은 성구로 요약되는 빙켈만Johann Joachim Winckelmann의 의고전주의적인 그리스 이해, 플라톤의 이상주의적인 에로스 개념에 의해서 그 윤곽이 잡힌다. '디오티마'라는 이름은 플라톤이 에로스 개념을 설파하는 《잔치》에서 유래한다.

횔덜린은 프랑크푸르트 시절 초기에 그대로 유지했던 각운된 찬가의 형식을 곧 버리고 전혀 다른 시행과 시연 형식을 택한다. 그는 고대 서사시에서 유래하는 6운각 시행(강약격의 운각 6개로 이루어지는 시행, Hexameter)의 시를 쓰게 된다. 〈천공에 부쳐〉가 이때 쓴 대표적인 6운각 시행 작품이다. 〈방랑자〉의 첫 초고에 비가(Elegie) 형식의 작품을 처음으로 썼고, 무각운의 5각 약강격(Blankvers)의 시 〈백성들 침묵하고 졸고 있었네…〉(미완성 단편)를 썼다. 더 나아가 자신만의 고유한 형식도 실험했는데, 《휘페리온》에 삽입된 〈휘페리온의 운명의 노래〉가 그것이다. 그러나 무엇보다도 횔덜린은 송시(頌詩, Ode) 시인으로서 그 장인다운 창작 능력을 발휘하기 시작했다. 이렇게 해서 그가 시인으로서 시작(試作)의 종점에 이르기까지의 모든 서정적 문학 장르가 펼쳐지기 시작한다. 특히 송시 형식을 통해 횔덜린은 다른 시인들을 제치고 독일어를 쓴 시인 중 가장 의미 있는 시인이 되었다. 이미 학창 시절의 시 문학에서 횔덜린은 몇 차례 송시를 쓰려고 시도했고 두 개의 송시 시연을 사용해보았다. 사포 시연(Sapphische Strophe)의 송시 〈알프스 아래에서 노래함〉 한 편을 제외하고 횔덜린은 전적으로 알케이오스 시연(Alkäische Strophe)과 아스클레피아데스 시연(Asklepiadeische Strophe)을 썼다. 이들의 특징은 제1~2행에 휴지가 있다는 점이다.

아스클레피아데스 시연은 휴지의 전후가 다 같이 강세음을 가지고 있어 그 충돌로 한층 어둡고 무거운 분위기를 자아내며 양극적인 내용을 두드러지게 나타내 보인다. 예컨대 아스클레피아데스 시연으로 구성된 송시 〈삶의 행로Lebenslauf〉에서 그 특징을 살펴볼 수 있다.

Hōch auf strēbte mein Gēist, āber die Liēbe zōg
    Schōn ihn nīeder, das Lāid bēugt ihn gewāltiger;
        Sō durchlāuf ich des Lēbens
            Bōgen und kēhre, woher ich kām.

    (KA. I, 199)

나의 정신 높이 오르려 했으나 사랑은
    그 정신을 아름답게 끌어 내렸네. 고뇌가 더욱 강하게 굴복시킨 탓이네,
        그처럼 나는 인생의 호(弧)를 달려 지나
            내 왔던 곳으로 되돌아간다네.

    (시 전집 1, 379)

이 시연의 운율 도식은 아래와 같다(─: 강세음, ◡: 약세음, ‖: 휴지).

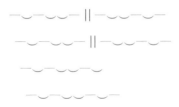

알케이오스 시연은 휴지의 전후가 강세음과 약음으로 교차되도록 되어 있어 가볍고 충돌 없이 진행되는 반면, 제1·2행과 제3·4행에서의 병렬이 용이해 시연 전체가 두 개의 대립하는 주제를 교차적으로 전개시키는 데 알맞은 형식이다. 송시〈그때와 지금Ehmals und Jetzt〉이 그 예다.

In jungen Tāgen wār ich des Mōrgens frōh

Des Ābends wēint ich; jētzt, da ich älter bīn,

Begīnn ich zwēifelnd mēinen Tāg, doch

Hēilig und hēiter ist mīr sein Ēnde.

(KA. I, 199)

젊은 날 나는 아침마다 즐거웠고

저녁이면 흐느껴 울었도다. 이제 내 나이 들어

의구에 차 한 날을 시작하나, 그 끝은

성스럽고 흔쾌하여라.

(시 전집 1, 171쪽)

이 시연의 운율 도식은 아래와 같다. 여기서 휴지는 쉼표, 또는 읽기에서의 자연적인 호흡 정지로 이루어진다.

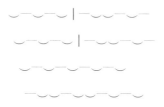

이 송시에서 첫 행 초입의 '젊은(jung)'과 두 번째 행 끝부분의 '나이 든(alt)', 첫 행 끝부분의 '즐거운(froh)'과 두 번째 행 초입의 '울다(weinen)'는 격자로 자리하며, 제1·2행 내용의 대립을 나타내며, 마찬가지로 3·4행에서도 '시작하다(beginnen)'와 '종말(Ende)', '의심스러워하다(zweifeln)'와 '성스럽고 흔쾌한(heilig und heiter)'처럼 내용의 대립이 확연하다. 이처럼 이 송시 시연들은 다 같이 운율상으로 두 개의 횡단면을 가지고 있고, 그런 형식에 힘입어 내용적인 대립과 지양의 진행을 잘 표현해준다.

횔덜린은 그 시절, 이러한 고대 송시 시연들로 구성된 짧은 송시들을 썼다. 두세 개의 시연으로 된 에피그램 형태의 짧은 송시들이다. 긴 시연을 가진 각운 찬가에 대한 반작용으로 생각할 수 있다. 횔덜린은 간결한 윤곽, 섬세한 어법, 정곡을 찌르는 표현을 단련한다. 이러한 의식적인 노력에는 "규모가 작은 시를 쓰고 인간적으로 관심을 끌만한 소재를 고르라"고 괴테가 실러에게 보낸 1797년 8월 23일 자의 편지에 횔덜린의 시를 언급하며 피력한 의견과, 실러가 1796년 11월 24일 자 횔덜린에게 보낸 편지에서 "감동 가운데서도 냉정을" 잃지 말고, "우회적인 표현을 피하라"고 조언한 게 영향을 줬을 것이다.

　횔덜린은 프랑크푸르트 시절 전적으로는 아니지만 계속 짧은 송시 쓰기에 스스로를 제약하고 나서, 다시금 긴 시연을 갖춘 시 쓰기로 돌아온다. 창작의 말년까지 놓지 않았던 송시 형식에서는 물론, 비가 시절과 후기 찬가 시절까지 이러한 경향은 그대로 유지된다. 그는 이제 규모가 큰, 다수의 시연을 가진 송시를 쓰고, 프랑크푸르트 시절에 쓴 짧은 송시들을 규모가 큰 송시로 확장해서 개작한다.

　두 해에 걸친 프랑크푸르트 시절《휘페리온》의 집필이 결정적인 진척을 이루고 송시에서의 심미적 표현이 성숙했다면, 관념적으로는 횔덜린의 문학 세계를 관통하는 세계관이 그 윤곽을 드러냈다. 횔덜린은 당대 스피노자주의에서 영감을 받은 범신론적인 세계관으로 기울어졌고, 이 세계관은 횔덜린에게서 루소에 의해 선포된 자연 숭배와 융합되었다.《휘페리온》이 이를 증언한다. 그러나 시에서도 범신론적인 세계관은 강렬한 표현을 찾게 된다. 6운각 시행의 찬가 〈천공에 부쳐〉가 이 범신론적인 세계관을 곧장 드러낸다. 이 찬가는 고대 스토아적인 범신론의 중심 상징인 '천공(Äther)'을 '만물을 지배하며 영활케 하는 자연의 총화'로 그린다. 1800년과 1801년의 대규모 시문학에 이르기까지 〈빵과 포도주〉, 〈귀향〉과 〈아르히펠라구스〉에 이르기까지도 '천공(天空)'은 여전히 범신론적인 암호로 등장한다. 천공이 신격화되었다는 건 자연의 새로운 신성화와 숭배를 의미한다. "신적인 것"이라는 표현은 만물을 지탱하고 존재가치를 증명해주는 생명의 근거인 자연에 대한 숭배로부터 비로소 가능한 것이다. 그러나 "신적인 것"이 피안의 세계와 관련된 건 아니다. 오히려 초월적인 것에 대한 거부, 이전에 초월적인 것에 주어졌던 질감을 자연의 내재성으로 되돌리는 가치 재평가의 결과이다. 짧은 송시 〈바니니〉가 이를 예시적으로 보여준다.

홈부르크 시절, 시학적 전환기

횔덜린은 공타르가에서 떠날 수밖에 없게 되자, 1798년 9월부터 1800년 6월까지 프랑크푸르트 인근의 홈부르크에 머물었다. 홈부르크 궁정에서 관리로 지내던 친구인 싱클레어Isaak von Sinclair가 그를 그곳으로 초대했고, 그 때문에 횔덜린은 홈부르크의 방백 가족들과 가까이 접촉할 수 있었다. 그곳에 머무는 동안인 1799년 가을, 송시 〈홈부르크의 아우구스테 공주님께〉와 〈데사우의 아말리에 태자빈께〉를 썼다. 주제테와의 이별의 고통이 일련의 사랑 시에 표현된다. 그중 〈비가〉에서 비롯되어 1800년 여름에 쓴 대규모 이별의 비가 〈디오티마에 대한 메논의 비탄〉과 송시 〈이별〉은 독일 문학사에서 가장 뛰어난 '사랑의 시'에 속한다.

1799년 6월, 친구 노이퍼에게 제안했던 문학잡지―가칭《이두나 Iduna》―의 발간 계획이 좌초되자 횔덜린의 삶에 불행의 그림자는 더 짙어졌다. 횔덜린은 잡지의 발간을 통해 이리저리 옮겨 다녀야만 하는 가정교사직을 면하고 자존심 상하는 의존으로부터 벗어나고자 했다. 이 잡지의 발간을 위해 자신이 기고할 몇 편의 문학 이론적인 논고도 써두었다. 문학잡지 발간 계획이 무산된 후 논고의 주제였던 시인의 직분이 이제 시 작품에서 중심 주제를 이룬다. 이때 쓴 시 작품들은 우선 시인이 감내해야 할 운명을 성찰한다. 이 운명은 비극적인 것으로 보인다. 시인을 모든 인간적인 삶의 연관들에서 소외시키기 때문이다. 이러한 소외의 비극적 감정, 고독과 고립의 비극적 감정을 〈저녁의 환상〉과

〈나의 소유물〉과 같은 송시가 절실하게 읊고 있다. "노래"는 시인에게 "피난처"이며 유일한 행복의 공간이다. 시인에게 현세적 삶의 행복은 거부되고 있기 때문이다. 〈시인의 용기〉와 같이 일견 아주 긍정적인 분위기를 가진 시에서도 고통스러운 상실의 감정이 읽힌다.

　시인은 사실적으로는 닫혀 있는 삶의 연관성 대신에 선험적인 삶의 연관성을 상상하는 가운데, 스스로 용기를 약속하려고 시도한다. 다른 한편 횔덜린은 같은 때 쓴 희곡 《엠페도클레스의 죽음》을 통해서도 그렇지만, 시를 통해서 시인의 존재 정당성을 성찰하는 가운데 단순히 주관적인 것, 개별적이며 개인적인 것을 극복하려는 경향을 보인다. 이러한 현상은 그의 첫 번째 후기 찬가인, 1799년 말에 쓴 〈마치 축제일에 서처럼…〉과 홈부르크를 떠나서 곧장 쓴 송시 〈시인의 사명〉에 나타난다. 시인으로서의 자기 성찰은 홈부르크 시절 이후 정신착란 바로 직전까지 횔덜린 시문학의 기본 특징 중 하나이다. 마르틴 하이데거Martin Heidegger가 횔덜린을 '시인의 시인(Dichter des Dichters)'이라고 부른 것도 이러한 사실에 근거한다.

　시인의 존재 정당성에 대한 성찰은 시인의 과제와 결부된다. 횔덜린은 반복해서 신화화하면서 "신적인 것"이라고 부르는, 자연의 생명을 토대로 한 총체적인 연관성을 정신적으로 전달하는 것을 시인의 과제로 보았다. 여기에서 두 개의 조망이 열린다. 첫째는 상상을 자극하는 힘을 가진 참된 문명, 자연의 범우주적인 삶과의 조화로운 인간적 결합에서 솟아나는 문명에 대한 표상이다. 횔덜린은 이러한 문명이 고대 그리스에서 모범적으로 실현되었음을 본다. 그는 그리스의 심미적 모방이라는 의고전주의자들의 소망과는 달리 당대인들에게 반복해서 그리스 문명을 현재화시켜 보여준다. 그는 이러한 연관을 헥사미터의 찬가 〈아르히펠라구스〉와 1800년 말/1801년 초에 쓴 그의 작품 중 가장 아름다운 비가 〈빵과 포도주〉를 통해서 가장 완벽하게 전개시킨다. 두 번째 그는 독일에서 그러한 문명이 재현되기를 희망한다. 자연으로부터 소외되고, 전문가로 분화되어 일상에만 몰두하는 독일인들을 향한 《휘페리온》에서의 질책에도 불구하고 독일에서의 인간성의 혁신을 기대하는 것이다. 이러한 기대는 그가 당초 감동하여 환영해 마지않았던 프랑스혁명의 이념들이 그 진행 과정에서 환멸로 이어진 결과 때문이기도 하다. 그는 역사적 완성의 길에서 독일에서의 진화(進化)에 희망을 걸었다. 독일은 정치적으로는 무기력했으나, 여기에 많은 약속을 가능하게 하는 문학적, 예술적 삶이 18세기 후반부에 전개되었기에, 당대의 다른 독일 지식인들처럼 횔덜린도 가장 넓은 의미에서의 문화적 완성이 독일에서는 가능하리라고 생각했던 것이다. 이에 대해서는 1799년에 쓴 송시 〈독일인들의 노래〉가 증언한다. 독일에서 개화되고 있는 미래 문화에 대한 희망을 1801년 말에 쓴 찬가 〈게르마니아〉는 노래한다.

그렇다고 횔덜린이 좁은 의미의 정치를 완전히 도외시한 것은 아니다. 오히려 그는 시대적 사건에 지나치게 열정적으로 참여했다. 상황이 심각하게 전개된다면 그는 혁명적인 투쟁까지도 생각할 정도였다. 바로 홈부르크 시절에 쓴, 문학적으로는 의미가 크진 않지만 정치적으로는 의미가 큰 〈조국을 위한 죽음〉과 같은 송시를 통해서 그런 자세를 표명하고 있다. 시대를 반영하는 시들은 횔덜린이 홈부르크에 있었던, 같은 사상의 친구들 가운데서 얼마나 집중적으로 시대적 사건들을 추적했는지를 보여준다. 1799년 5월 뵐렌도르프는 홈부르크의 싱클레어와 횔덜린에 대해 "나에게는 여기 육신과 생명을 지닌 공화주의자인 한 친구, 그리고 정신에서 진실로 공화주의자인 다른 한 친구가 있다"고 피력하고 있다.

고전 문학 형식 비극과의 결별과 비가문학

1800년 5월 8일 주제테 공타르를 마지막으로 만난 후, 6월에 휠덜린은 홈부르크를 떠나 고향 슈바벤으로 향한다. 그해 말까지 슈투트가르트의 상인인 크리스티안 란다우어Christian Landauer의 우정 어린 환대 아래 그의 집에 머문다. 시인으로서의 실존이 맛보는 모든 삶의 가능성으로부터의 소외감과 주제테와의 궁극적인 고별이 주는 상실감은 그를 더욱 예민하게 만들었다. 비극적인 고향 상실의 감정에서 그는 고향의 정경과 슈투트가르트의 다정한 우정과 친근한 삶을 매우 강렬하게 체험했다. 1800년 여름부터 그는 이러한 체험으로 가득 채워진 송시와 비가를 썼다. 고향에 흐르는 강 네카에게 한 편의 시를 바치고, "오랫동안 사랑했던" 도시 하이델베르크에게도 한 편의 시를 헌정했다. 송시 〈하이델베르크〉는 휠덜린의 가장 널리 알려진 작품이다. 다른 하나의 송시는 〈귀향Rückkehr in die Heimat〉이라는 제목을 달고 있다. 몇 달 사이 빠르게 연이어 쓴 비가들에서는 사실적인 고향이 언제나 하나의 이상적인 고향으로 투사되고 있다. 비가들은 휠덜린이 부르는 친구들, 친척들, 농촌의 사람들이 동참하는 어떤 드높은 성취의 사건을 암시하기에 이른다. 기본 구조는 시적인 방랑인 비가 〈방랑자〉의 두 번째 원고에서부터 핀다르의 도시 찬미를 표본으로 삼는 비가 〈슈투트가르트〉를 넘어 〈빵과 포도주〉의 첫 부분, 휠덜린이 쓴 마지막 비가인 〈귀향Heimkunft〉에까지 그대로 머문다. 이 〈귀향〉은 1801년 봄, 스위스 하우프트빌의 곤젠바흐가에서의 짧은 체류 후 귀향과 연관되어 있다.

프랑크푸르트와 홈부르크 시절,《휘페리온》과《엠페도클레스의 죽음》으로 소설과 희곡이 횔덜린의 창작 활동에 중심을 차지했으나 그 무렵 비극 창작 계획의 좌초와 함께 그의 문학관에는 주목할 만한 변화가 일어난다. 1799년 9월 중순, 실러에게 쓴 편지에서 횔덜린은 이렇게 언급한다. "저는 제가 저의 고유한 것으로 만들기를 원했던 그 음조를 비극적 형식을 통해서 가장 완벽하게 그리고 가장 자연스럽게 드러낼 수 있다고 믿었습니다. 그래서 한 편의 비극《엠페도클레스의 죽음》의 집필을 감행했고 이곳에서의 체류 기간 대부분을 이러한 시도에 바쳤던 것입니다." 이 구절은 과거형으로 서술되어 있다. 이를 통해서 사고의 전환이 예고된 셈이다. 횔덜린은 비극이라는 장르를 더 이상 자신에게 알맞은 표현 방식으로 생각하지 않게 된 것이다. 나아가 그는 비극을 근대에 알맞은 문학 형식으로도 보지 않았다.《엠페도클레스의 죽음》의 집필 중단은 이에 대한 하나의 선언으로 해석된다. 미완성의 상태는 비극이 근대와 근대의 특수한 경험 지평에 적합한 장르가 될 수 없다는 사실을 나타내 보이는 것이다. "어느 정도만이라도 근대적인 어떤 소재를 우리가 다루게 될 때, 나의 신념에 따르면, 직접적으로는 그것의 소재에 적합하지만 다른 것에는 유용하지 않은 고전적인 형식들을 우리는 버릴 수밖에 없다네"라고 1799년 7월 3일 노이퍼Christian Ludwig Neuffer에게 보낸 편지에 횔덜린은 썼다. 횔덜린이《엠페도클레스의 죽음》의 완성을 포기한 것은 그가 비극은 근대에 고유한 문학적 성격을 부여하기 위해서는 버려야만 할 하나의 "구태의연한 고전적인 형식"이라고 생각했음을 확인시켜준다.

한편 횔덜린의 시문학이 1796년에서 1798년에 걸친 프랑크푸르트 시절의 송시에서 장인의 경지를 보여주었다면, 1800년의 후반부에는 비가문학에서 그러한 경지를 보여준다. 그러나 1801년 봄 〈귀향〉을 끝으로 비가문학의 만개는 막을 내린다. 1800년 여름 〈디오티마에 대한 메논의 비탄〉으로 고쳐 쓴 〈비가〉는 로마 비가문학의 속성을 이어받고 있었다. 로마의 비가문학은 사랑의 문학이다. 로마의 비가를 염두에 두고 횔덜린은 간결한 제목인 〈비가〉를 선택했던 것이다. 이후의 비가들은 더욱 개방적이고 폭넓은 주제를 가진 그리스 비가의 전통을 따른다. 이 장르는 좁은 의미의 "비가적인 것"이 중심을 이루지 않는다. 이 비가들은 시적 표현의 넓은 진폭과 시적 분위기의 다양성을 포함한다. 그렇게 하여 "환희"가 비가문학의 열쇠 말에 이르게 된다. 디오뉘소스적 후광을 가진 정경(情景)을 배경으로 친구들과 벌이는 감동적인 잔치가 이 비가의 한 특징을 이룬다. 거의 서사적으로 연장되어 뻗어나가는 이행시구(二行詩句, Distichon)는 많은 회화적인 인상들을 받아들이기에 적합하다. 더러는 고향의 정경이 무대와 같은 질감을 부여받기도 한다. 그러나 비가가 생명력을 얻는 것은 다채로운 인상들의 넘침과, 이것들의 정신화가 보여주는 긴장으로부터이다. 〈빵과 포도주〉는 횔덜린 비가문학에서 특별한 위치를 차지한다. 다른 비가에서 성스럽고 숭고하게 신화화된 고향의 정경 안에서의 방랑이 이 비가에서는 상상 가운데의 방랑으로 변하고 있다. 디오뉘소스적으로 영감을 주는 고향의 현재를 벗어나 전혀 다른 영역으로의, 그러니까 고유한 이상적인 유토피아로 그려지는 헬라스로의 여행으로 바뀐다. 고향 도시에서의 저녁과 밤의 분위기라는 지극히 시적인 인상을 회상하는 동시에 유토피아적으로 이상을 그리는 정신이라는 이중적인 움직임에 대한 자극으로 작용하는 것이다. 이렇게 해서 시 〈아르히펠라구스〉에서처럼 역사적인 회상의 공간이 열리게 된다. 어떤 시인도 1800년~1803년 창작의 전성기의 휠덜린처럼 그렇게 절실하게 회상과 역사를 시작(詩作)의 중심에 놓은 적은 없다.

근대 문학의 새로운 패러다임, 고대 시학의 수용

1801년부터 1803년 사이에 쓴 후기 찬가들 대부분도 이러한 회상, 특히 역사적, 신화적 회상을 중심에 놓는다. 여기에 방랑의 모티브, 즉 핀다르의 모범에 따른 상상 속의 여행이라는 모티브가 결합된다. 후기 찬가의 첫 작품인 〈방랑〉에서도 그렇지만 〈파트모스〉와 〈회상Andenken〉에서도 회상과 방랑을 함께 노래한다. 회상은 마지막 찬가 〈므네모쉬네〉에서는 그 시제(詩題)부터 주제가 된다. 회상은 후기에 쓴 송시의 여러 편에서도 주도적인 모티브를 이룬다. 이것은 송시 〈백성의 목소리〉 두 번째 초고와 송시 〈눈물〉과 〈가뉘메데스〉에서도 마찬가지이다. 회상은 신화적으로 각인된 시적 형상체의 단단한 시적 구조가 된다. 송시 〈케이론〉은 이러한 구조를 대표적으로 보여준다. 여기서 전체의 표상들이 신화의 형상화로 등장하면서 시 자체는 회상된 것, 신화의 해석으로 넘어간다.

역사는 두 개의 중심적인 표상으로 그려진다. 먼저 문명의 이동이라는 측면에서 표상된다. 찬가 〈도나우의 원천에서〉, 〈게르마니아〉와 〈이스터 강〉에서, 나아가 후기 찬가의 초안 〈독수리〉에서 휠덜린은 안티케로부터 인본주의를 넘어서 18세기까지 전래되는 '문명의 이동'이라는 사상을 이어받는다. '문명의 이동'에 따르면 인류의 문명사는 동양에서 서양으로의 방랑 또는 이동에 비유된다. 여기에 한때 동양, 그리스와 로마에 주어졌던 문명의 번영이 독일 또는 그가 말하는 "서구"에 도달하게 되는 역사적 순간에 대한 횔덜린의 희망과 결합한다. 〈빵과 포도주〉에서 그려지는 것처럼 이 문명 이동의 신화적인 은유는 디오뉘소스의 인도에서부터 서구로의 행진이다.

두 번째로 역사는 이제 목적론적인 측면에서 표상된다. 1800년을 넘어서도 횔덜린의 역사관은 본질적으로 순환적 반복이다. 그는 자주 자신의 앞선 문학에서 "낮"과 "밤"의 교차, 즉 충족되지 않은 결핍의 시간과 충만한 시간의 교차를 노래했다. 찬가 〈라인 강〉에서도 여전히 이러한 순환적인 역사관을 따르고 있으며, 이러한 개념에 나름대로 체계적인 근거를 부여하려고 했다. 그러나 후기 찬가들인 〈평화의 축제〉, 〈유일자〉, 〈파트모스〉에서 역사는 직선적·목적론적으로 전개된다. 역사는 현세적인 완성에서 종결점에 이른다. 이 현세적 완성은 우주적인 화해와 '정신'을 통해서 일어난 중재의 지평에 존재한다. 우주적인 화해의 신화적 은유는 모든 "신적인" 형상체들과 역사에 작용해온 힘들의 일체화이다. 또한 위대한 역사의 단락, 기독교 이전의 안티케에서 기독교에 이르는 시대 전환기를 넘어서는 통합이다. 그렇기 때문에 횔덜린은 디오뉘소스, 헤라클레스, 그리스도를 "형제들"이라고 부른다. 그렇게 하여 계몽주의의 관용(寬容) 사상은 횔덜린의 후기 찬가에서 범역사적으로 승화(昇華)한다.

문명사적으로 강조된 성취의 역사, 시대와 역사의 지양으로 이어지는 완성의 역사라는 시적 전망의 저편에는 정신착란이 일어나기 전 마지막 수년의 시 작품에 반복해서 우리가 횔덜린의 고유한 문제성이라고 부르는 표현의 문제가 나타난다. 이 문제에서 이미 그 징후가 보였다. 희곡 《엠페도클레스의 죽음》에서 부각되고 끝내 위협적인 강도로 상승되어 나타난다. 그것은 죽음을 각오한 급진적인 해방을 향한 충동, 현존재의 한계를 부수고자 하는 충동이다. 마지막 찬가 〈므네모쉬네〉는 이러한 충동을 다음처럼 노래한다.

그리고 언제나
하나의 동경은 무제약을 향한다.
(시 전집 2, 277)

다른 시들도 "죽음에의 욕망"에 대해 노래한다. 횔덜린은 이러한 죽음에 이르는 비극적인 탈경계의 충동을 영웅들의 "영웅적인 격정(furor heroicus)"으로 보고 있다. 그는 자신의 "시적인 격정(furor poeticus)"과 이 "영웅적인 격정"을 나란히 위치시킨다. 그러나 이 경계를 넘어서려는 충동이 집단적인 운명으로의 강력한 상승에서, 전 백성과 도시에서 작용하는 것을 또한 본다. 〈백성의 목소리〉, 〈눈물〉, 〈삶의 연륜〉, 〈므네모쉬네〉와 후기 찬가의 초안 〈그리스〉는 이러한 탈경계의 집단적 충동을 노래한 작품들이다.

이념적 내용뿐만 아니라, 언어 형식도 횔덜린의 후기 서정시는 이례적인 것, 극단적인 것으로 기울어져 간다. 과감한 은유, 단단한 추상성, 타오르는 듯 넘치는 영상들, 수식(修飾) 없는 진술, 넓게 펼쳐진, 강한 리듬을 따라 움직이는 긴 문단과 이에 대비되는 명쾌한 간결성을 그 특징으로 볼 수 있다. 가장 눈에 띄는 특징은 소위 말하는 "딱딱한 구조harte Fügung", 다른 말로는 "퉁명스러운 문체herbe Stil"이다. 이것은 수사학자 할리카르나소스의 디오뉘시우스Dionysius von Halicarnassus가 누구보다 핀다르의 문체에 적용한 개념이다. 그는 이 퉁명스러운 문체의 특징을 이렇게 기술한다.

> 딱딱한 문체의 특성은 다음과 같다. 이 문체는 어휘의 단단한 정박(碇泊)과 힘찬 자리 잡기를 지향한다. 그렇게 해서 각 어휘가 모든 측면에 걸쳐 명백하게 두드러져 보이게 된다. 나아가 휴지(休止)를 통해서 영향을 받는 각각의 부분들이 눈에 띄게 서로 분리된다. 이 문체는 거칠고 깨지는 구조의 사용도 마다하지 않는다. [⋯] 딱딱한 문체는 때때로 그리고 즐겨 힘차게 장진된 어휘 안에 공간을 만들어낸다. [⋯] 딱딱한 문체는 균일하거나 유사한 또는 하나의 도식으로 찍어낸 듯한 구조가 아니라, 절실하게 자율적이며 빛을 발하는 자유로운 구조를 원한다. 이 구조들은 기술(技術)을 따르기보다는 자연을 따른 것처럼, 전통적인 태도를 따르기보다는 격정적인 감성을 따른 것처럼 보이기를 원한다.
>
> [⋯] 더 나아가 이 문체에는 [⋯] 파격 어법의 풍요로움이 속성을 이룬다. 이 문체는 거의 연결을 지니지 않으며, 기꺼이 관사를 삭제하고, 자연스러운 서술의 순서를 고려하지 않는다. 이 문체는 우아한 것과는 전적으로 다르다. 고귀하고, 자의식으로 자주적이며, 가식 없이 있는 그대로이며, 원시적으로 힘이 채워진 아름다움을 지니고 있다.

이러한 딱딱한 문체의 예로서 디오뉘시우스는 핀다르, 아이스킬로스, 투키디데스를 든다. 넘치는 암시로 말미암아 의중을 꿰뚫을 수 없는 경계에 있는 역사적/신화적으로 충전(充塡)된 영상 세계가 이러한 거친, 때때로 지극히 복합적인 구조와 접합한다. 이것이 1801년 이후 횔덜린의 송시와 찬가에 나타나는 후기 문체의 특징이다. 시적 진술은 더 이상

개방적으로 드러나지 않으며, 오히려 기호나 상징 안에 갇힌다. 이제 '기호Zeichen'가 하나의 열쇠 말이 된 것이다. 아도르노Theodor W. Adorno는 1963년 횔덜린 협회의 연차대회에서 행한 연설 '병렬문체-횔덜린의 후기 서정시에 대해서'에서 횔덜린의 후기 시의 언어에 어떤 해설 가능한 일치적인 전망이 들어 있다는 하이데거의 주장과 단언을 비판하면서, 횔덜린의 후기 시 문체의 특성은 임의적이고 고립된 진술들의 병렬이라고 주장했다. 이 점이 횔덜린 문학의 가장 뛰어난 성취라는 것이다. 이런 점에서 그의 후기 시가 서구 시문학의 현대성을 선취했다고 말할 수 있다. 발첼Oskar Walzel은 저서 〈언어 예술작품론〉(1926)에 당대 서정시의 형식적 특징에 대한 단상 〈연결 없는 서정시〉를 실었다. 적어도 횔덜린은 한 세기 앞서 이런 서정시를 쓴 것이다.

한편 "중심을 벗어난 감동을 향해서"(KA. Ⅲ, 473) 쓰기는 《오이디푸스 왕》과 《안티고네》의 번역에 반영된 표현 방식일 뿐만 아니라, 후기 찬가의 한 가지 시학적 원리이기도 하다. 탈경계의 역동성은 시 〈므네모쉬네〉 제3초고에 명백한 표현에 이른다. "그리고 언제나/하나의 동경은 무제약을 향한다"(시 전집 2, 277) "무제약적인 것"은 횔덜린이 〈오이디푸스 왕에 대한 주석〉에서 근대 문학을 위해서 촉구하고 있는 "처리법μηχανή"(KA. Ⅱ, 849)과 "법칙적 계산"의 한 요소로 해석된다. 그것은 운율상 제약 없는 언어, 자유롭고 유연한 리듬과 연관된다. 더 나아가 통사론적인 구조와 이에 따른 노래들(Gesänge)의 의미론도 무제약적이거나 느슨해진다.

이러한 구조에서는 병렬문체가, 문장들이 병치되어 있는 소위 딱딱한 문체가 주도적이다. 횔덜린의 병렬적인 문체는 의미를 명료하고 정밀하게 하는 것을 목표로 삼는 주관주의적 연결 요소들의 의미론적인 구속에서 언어를 해방한다. 문장성분들 사이의 논리적인 관계를 이유, 결과, 조건, 상황, 양보, 시간과 장소에 따라 확정하는 가운데 사유의 질서 정연한 흐름을 언어를 통해서 복사하는 문장들 대신에 그 상호간의 연관이 명백하게 규정되지 않은 채 연상적으로 연결되는 일련의 문장성분들이 등장한다. 이를 통해서 명백한 의미 연관은 고의적으로 파손된다. 디오뉘시우스가 〈어휘의 구조에 관하여〉에서 설명하는 딱딱한 구조의 문체와 핀다르를 재인용하는 가운데 헬링라트는 횔덜린 후기 작품의 본질적인 특징으로서 병렬문체를 제시했다. 무엇보다도 병렬적인 원칙에 충실한 "중심을 벗어난 감동"으로 쓰기는 횔덜린의 후기 시와 시 단편들을 해석과 이해 가능성의 경계로 밀고 갔다. 이를 통해 후기 시와 시 단편들은 이미 고대에 형성된 수사적인 전통인 애매성에 가담한다. 노래들이 해석학적으로 해석이 거의 불가능하다는 사실은 수용사에서 횔덜린이 예컨대 블랑쇼Maurice Blanchot, 데리다Jacques Derrida 또는 푸코Michel Foucault처럼 언어와 주체 비판적인 사상에 충실했던 문학적 주요 인물로 모든 비평가들에 의해서 호출되는 결과로 이어졌다. 이론 형성에서 횔덜린의 재평가는 바로 후기구조주의에서 주목할 만하게도 헤겔의 철학에 대한 비판적인 전환을 동반하고 있다.

후기 서정시의 난해성

횔덜린이 거의 비의적인 것에 근접하는 이러한 시적 수행 방식을 통해 "난해한 시인"의 전통에 의식적으로 스스로 합류했는지는 단언할 수 없다. 이러한 시인 유형은 사실 안티케에도 있었다. 횔덜린은 이러한 유형의 언어 사용자를 소크라테스 이전의 철학자 헤라크리트Heraklit

에서 발견했다. 헤라크리트는 "애매한 자"라는 별칭이 달릴 만큼 그의 진술은 의미가 매우 모호했는데, 이 모호함이 오히려 의미의 진폭을 크게 했고, 그만큼 해석자에게 개입의 여지를 넓게 용인하는 것이었다. 로마인들에게는 아울루스 페르시우스 플라쿠스Aulus Persius Flaccus가 "불가해한 시인" 자체였다. 독일 문학에서는 하만Johann Georg Hamann이 이 전통에 포함된다.

이러한 문학적 유형이 가지는 고정적인 특징이 휠덜린의 1801년에서 1803년에 걸친 후기 문학에 깊이 자리한다. 그것은 극단적인 경우 예언이라고 할 수도 있는 열광적으로 영감을 받은 시적 자세, 극단의 경구와 수수께끼로 이어지는 깨달음의 표현이다. 이러한 기본 요소의 혼합은 두 유형의 시인의 결합을 낳는다. 즉 '예언자적인 시인'과 '박식한 시인(poeta doctus)'의 결합이 '난해한 시인'을 낳는 것이다. 한 편의 애매성은 감성적이거나 직관적인데 그것은 영감에서 발생했기 때문이고, 다른 한 편의 애매성은 합리적·이성적인데 이것은 기호를 통해 투사되는 지식의 충만으로부터 형성되기 때문이다. 이러한 애매성은 휠덜린이 20세기 현대 서정시에 미친 영향의 근본 요소이다. 상징주의나 표현주의 시인들이 주도한 현대 서정시는 낡은 전통에 안주하는 것으로 느껴지는 시들과 단호하게 단절하고, 진부한 나머지 혐오스러운 사실성에 저항하면서 출발했다.

보들레르는 "표준적인 유형으로부터의 거리(écart du type nor-mal)"를 선언했고, 현대 시인은 정상으로 평가되었던 기존의 틀과 거리 두기를 하나의 원리로 삼기에 이르렀다. 휠덜린의 후기 시는 그 자체가 애매모호할 뿐만 아니라, 이 모호함을 통해서 독자의 자유로운 상상을 자극하고 개입을 유도한다. 이런 의미에서 의미가 표면에 드러나는 기존의 서정시들이 독자에게 폐쇄적이었다면 횔덜린의 후기 시는 개방적이라고 말할 수 있다. 독자들의 자유로운 개입과 자주적인 수용을 허락함으로써 작품의 해체를 허락하고 새로운 시각과 시적 감수성을 연마시킨다. 이런 의미에서 횔덜린의 후기 시는 현대 시의 때 이른 전형이라 할 수 있다.

1799년의 찬가 〈마치 축제일에서처럼…〉을 통한 첫 실험 이후 1801년~1803년에 쓴 후기 찬가들에서는 그 문체나 구조에서 누구보다도 핀다르의 〈딱딱한 구조〉를 모범으로 삼았다. 〈마치 축제일에서처럼…〉, 〈도나우의 원천에서〉, 〈방랑〉, 〈평화의 축제〉, 〈파트모스〉에서 볼 수 있는 광대하고 과감한 규모의 서주(序奏)는 핀다르의 독특한 노래 방식과 닮았다. 이 두드러지게 큰 서주부는 심상(心象)에 불을 당기고, 분위기의 진지성과 시각적인 감동을 형성한다. "상상 속의 여행"이라는 구성적 요소 역시 특히 찬가적이다. 핀다르의 올림피아 송시가 모범을 보이는 이 예술 수단은 횔덜린의 〈방랑〉에서, 〈파트모스〉에서, 다른 많은 찬가들에서, 찬가의 속성을 부분적으로 담고 있는 〈빵과 포도주〉에서 그 거대한 문체를 이루어낸다. 상상 속의 여행은 장소와 시간에 구애받지 않는 시적 정신의 우월함에 대한 증거이다. 이 여행은 모든 지금 · 현재를 초월하는 영감의 시각적인 힘을 증언한다. 횔덜린은 핀다르의 "유동하며 넘어감"을 이어받고 있다. 이것은 직선적이거나 정연한 것이 아니라, 연상적이며 비약적인 것, 동시에 애매한 것, 그러니까 드높은 송시 즉 찬가의 수수께끼 같은 표상에 잘 어울리는 예술 수단이다.

지친 날갯짓 대신 조국적 찬가

후기 작품에서는 자유 운율의 찬가들이 차츰 전통적인 서정시 형식들을 밀어낸다. 1803년 출판업자 빌만스Friedrich Wilmans에게 보낸 편지에서 횔덜린은 "그렇지 않아도 사랑의 노래들은 항상 지친 날갯짓입니다. 왜냐면 소재의 상이성에도 불구하고 우리는 여전히 그렇게 멀리 있기 때문입니다. 그러나 조국적 찬가들의 드높고 순수한 기쁨의 환호는 전혀 다른 것입니다"(KA. Ⅲ, 470)라고 술회한다. 18세기 후반에 서정시는 주관성, 감정과 내면성의 표현을 위해 특권을 지닌 문학 장르로 인정받았다. 아리스토텔레스의 "문학은 미메시스, 즉 행동하는 인간의 예술적인 모방"(《시학》, 1447a; 1448a)이라는 규정에 입각해서 샤를 바토Charles Batteux는 〈미적 예술의 유일한 기본 명제에 입각한 제약〉에서 서정시를 감정의 모방으로 규정했다. "서정시를 통해서 감정이 노래되거나 모방된 열정이 노래된다"는 것이다. 또한 다른 곳에서는 "시문학은 기쁨, 경탄, 감사의 감정이 흐르는 노래가 아닌가? 시문학은 가슴의 목소리가 아니며, 감미로운 감정의 표현이 아닌가? 시문학에서는 모든 것이 불이며, 감정이며, 도취이다"라고 말한다. 서정시의 주관성 이론에 대한 중요한 기록이 있는데, 바로 헤겔의 《미학 강의Vorlesungen über die Ästhetik》이다. 횔덜린과 마찬가지로 헤겔도 서정시에서 근대의 장르 시학적인 범례를 찾는다.

[서정시는] 다소를 불문하고 삶의 연관들의 이미 완결된 질서를 강조하는 그러한 시대에 주로 유리하다. 그러한 시대에서야 비로소 개별적인 인간이 이러한 외부 세계를 마주하고 자기 자신의 내면을 성찰하며, 외부 세계를 벗어나 자신의 내면 가운데 감정과 사유의 자발적

인 전체성으로 마감하는 것이다. (《미학 강의》, 2018b)

헤겔에게 서정시는 주체가 최종적으로 외부 세계와 분리되고 자신의 내면으로 은둔하는 시대의 문학적 징후이다. 횔덜린은 '시인은 고립된 주체'라는 진단에 동참한다. 그러나 주체의 고립은 그가 뵐렌도르프Casimir Ulrich Böhlendorff에게 보낸 1801년 12월 4일 자 편지에 적용하고 있는 관(棺)이라는 상징을 통해 가시적으로 표현되어 있다. "왜냐면 우리가 완전히 침묵하는 가운데 어떤 관에 넣어져 살아 있는 것들의 나라를 떠나는 것이 우리에게는 비극적인 일이다"(KA. Ⅲ, 460). 이후 《미학 강의》가 전개하는 감성적 내지 주관론적인 단초에서 횔덜린은 차츰 멀어진다. 횔덜린이 빌만스에게 보낸 편지에 언급된 사랑의 노래는 주관적인 체험과 표현의 서정시 전체 영역에 대한 제유(提喩)인 것이다. 횔덜린이 여기서 그런 서정시를 폄하하고 있다면, 그 안에는 자신의 디오티마 서정시와의 거리두기도 포함된다. 디트리히 우프하우젠Dietrich Uffhausen은 횔덜린의 후기 찬가문학을 발간하면서 사랑 시의 가치에 대한 부정적 판정을 "디오티마에 대한 일종의 진혼곡"이라고 평가했다.

그러한 상황과 더불어 횔덜린 후기 작품의 중심에는 소위 말하는 "조국적 노래들(vaterländische Gesänge)"이 자리한다. 주체의 고립을 극복하고 인간과 자연의 새로운 상호작용, 즉 새로운 조국을 불러내는 게 과제인 서정시가 중심적 위치를 점한 것이다. 횔덜린이 사랑의 노래와 조국적 노래를 언급하고 나서 곧바로 클롭슈토크를 회상한 것은 일종의 선언적인 고백으로 이해된다. "메시아데와 몇몇 송시의 예언적인 측면은 예외이다"(KA. Ⅲ, 470). "메시아데"는 클롭슈토크의 종교적 서사시인 〈메시아스Der Messias〉를 말하며, 송시들 역시 소위 말하는 '드높은 송시', 즉 찬가를 장려했던 클롭슈토크를 지칭한다. 이 언급은 횔덜린이 실러로부터 해방된 이후 다시금 더 강렬하게 그에게 이끌렸음을 증언해준다.

횔덜린의 후기 찬가에서는 간결하고 함축성 있는 시구들이 격정적이고 열광적인 표상에 극명한 대조를 이루며 함께 등장한다. 이 또한 핀다르의 송시들에서도 볼 수 있는 시적 표현의 특징이다. 핀다르의 시들에서는 일종의 경구(Gnome)가 정점을 이룬다. 횔덜린의 찬가 〈라인 강〉 제46행 "순수하게 솟아나는 것은 하나의 수수께끼"라든가, 찬가 〈파트모스〉의 첫머리에 나오는 "그러나 위험이 있는 곳에/구원도 함께 자란다", 시 〈회상〉의 마지막 부분인 "그러나 머무는 것은/시인이 짓는다"와 같은 시구들이 이런 경구에 해당한다. 이것을 단순한 격언이나 금언과 구분케 하는 것은 그 경구들이 쉽사리 파악할 수 있고 그 내용이 일반적으로 이해되는 것을 함축적으로 표현한 것이 아니라, 시 안에서 수행되고 있는 정신적 운동의 알아내기 어려운 집중화이며, 독자의 사유와 경험에 대한 도발과 요구를 압축하고 있다는 점이다.

횔덜린에게 핀다르는 전통의 파괴라는 역설적인 전통의 옹호자이며, 그리스인을 의고전적이지 않게 모방하는 문학적 표현에 대한 요구를 가능하게 해주는 길잡이이다. 다시 말해 핀다르는 횔덜린이 "조국적" 또는 "자연스러운"이라고 표현하는 시적 언어에 대한 요구의 근거인 셈이다. 횔덜린은 1802년 가을 뵐렌도르프에게 보낸 두 번째 편지에 "조국적으로 그리고 자연스럽게, 본래적이고 독창적으로 노래를 시작하리라"(서한집, 496)라고 자신의 의도를 피력한 바 있고, 1803년 9월 8일 출판업자 빌만스에게 보낸 편지에는 "이제 여느 때보다 더 자연이라는 의미에서 그리고 더 조국이라는 의미에서 쓸"(서한집, 498) 수도 있으리라고 말한다. 1803년 12월 빌만스에게 보낸 다른 편지에서는 "조국적 노래의 드높고 순수한 기쁨의 환호"(서한집, 502)는 거의 이해할 수 없는 공식을 언급한다. 이는 송시 이론의 역사적인 배경 아래서만 이해할 수 있다. 횔덜린이 말하는 "노래(Gesang)"는 그리스어 "송시(ωδη)"의 문자 그대로의 번역이다. "기쁨의 환호"는 드높은, 핀다르 송시에 단단히 뿌리내리고 있는 "열광"과 다르지 않다. 그러나 단순한 환호가 아니다. 이 "기쁨의 환호"는 드높은 영감과 환상적인 것으로 상승하는 승화된 정신적 체험의 음색을 지닌다. "드높은 송시", 즉 찬가는 내면적인 감동에서 비롯되어야 한다는 것이 송시의 확고한 규정이다.

후기 시의 숭고미

횔덜린은 그러나 그런 노래들이 "순수할" 뿐만 아니라 무엇보다도 "드높은" 환희를 노래해야 한다고 했다. 횔덜린은 이때 개인적인 생각에 따라서 그 문학 양식을 그렇게 규정하는 것이 아니라, 18세기 심미적 열쇠 개념의 하나인 "숭고(Erhabenheit)", "드높음"을 염두에 두고 있었다. 이 개념은 18세기 숭고 개념의 원천이 된 롱기누스Pseudo Longinus의 저술 《숭고에 대해서》에서 유래했다. 이렇게 해서 '드높은 송시', 횔덜린의 후기 찬가들이 서 있는 본질적이고 심미적인 지평에 도달했다. 롱기누스는 숭고함을 정상적인 인간의 척도를 넘어서는 영혼의 상승과 승화의 자극제로 이해한다. 숭고는 일상적인 사실성을 넘어 이상의 나라로 비약하는 것을 돕는다. 따라서 숭고는 특별히 이상주의적인 시작(詩作)에 빠질 수 없는 정서이다. 이미 젊은 시절에 횔덜린은 롱기누스를 완전히 공감하면서 읽었다. 롱기누스는 "자연은 인간에게 전체

우주의 관찰만을 숙명으로 주었다"고 말했다. 자연은 인간을 위대함과 신적인 것에 대한 어쩔 수 없는 욕망으로 가득 채워 넣었고, 따라서 인간의 사고는 그를 에워싼 세계의 한계를 넘어서려고 애쓴다는 것이다. 이것이 왜 인간이 비록 맑고 유용해 보이는 작은 실개천에 감탄하지 않고, 거대한 도나우 강이나 라인 강에 감탄하는지를 설명해준다. 문학은 우주적인 넓이와 크기를 따라야만 한다는 롱기누스의 요구를 어떤 시인도 횔덜린처럼 완벽하게 응답한 적이 없다. 횔덜린의 작품, 특히 후기 찬가들의 가장 큰 특징은 바로 땅과 바다들, 역사의 시공간을 과감하게 넘어 날아오르는 표상의 힘이다. 롱기누스의 숭고한 자연현상들, 주로 힘찬 또는 끈질긴 강물들의 문학적인 찬미가 주도적 모티브로 〈라인 강〉, 〈도나우의 원천에서〉, 〈이스터 강〉 같은 횔덜린의 후기 찬가에 이른다.

 "숭고한 것"에는 무엇보다도 신적 영역으로의 고양, 영웅들과 반신들 영역으로의 고양도 해당한다. 위대한 호머의 영웅들, 또한 디오니소스, 헤라클레스, 그리스도가 이 숭고한 것들을 대표한다. 찬가 〈유일자〉는 이 3명의 반신적 인물들에게 바쳐진다. 역사적으로 가까이 있는 인물도 숭고함의 범주로 받아들여지고 노래된다. 〈라인 강〉에서는 루소가 그런 인물이다. 시적 발화자는 루소를 노래한 시연을 "나는 이제 반신들을 생각하노라"라며 열고 있다.

 지고한 것을 향하는 시적 표상의 고양은 마침내 시인 자신을 숭고한 것의 영역에 위치시키기에 이른다. 이러한 시인의 직분에 대한 평가는 때때로 비유적으로 표상된다. 예컨대 〈므네모쉬네〉에서 시인을 대신하는 기호인 "방랑하는 사람"에게 고독하게 드높은 조감의 한 장소인 알프스의 "드높은 길 위에서" 먼 과거를 돌아보게 한다. 무엇보다 지고하게 고양된 과업과 품위 가운데 시인은 숭고하게 나타난다. 시인이 찬가 〈유일자〉와 〈므네모쉬네〉의 마지막 시구에서처럼 스스로 영웅들과 동일시되는 것을 깨닫는 비극 가운데서도 숭고함은 나타난다.

> 시인들은 또한 정신적인 자들로서
> 세속적이어야만 하리라.
>
> (〈유일자〉 첫 번째 원고, 시 전집 2, 245)

> 천국적인 자들은 말하자면,
> 한 사람 영혼을 화해하면서
> 추스르지 아니하면 꺼려하나니, 그 한 사람 그렇지 않을 수 없다.
> 그러한 자에게 비탄은 잘못이리라.
>
> (〈므네모쉬네〉, 시 전집 2, 279)

이렇게 살펴보면 횔덜린의 후기 찬가들만이 아니라, 그의 송시 대부분과 몇몇 비가조차 "숭고함"의 지평에 위치한다고 볼 수 있다. 소설 《휘페리온》의 서정적으로 고양된 문체에도 '드높음'과 '숭고함'이 주도적 표상으로 살아 있다. 그렇지만 후기 찬가들이 특히 '숭고한' 시문학의 전형을 이루고 있다. 횔덜린은 '드높은 송시'는 그 본질을 '드높음'과 '숭고함'에 두고 있음을 알았고, 핀다르의 송시에서 이러한 숭고 이념을 보았던 것이다. 횔덜린이 의식적으로 따랐던 전통 안에는 숭고의 심미적 주도 표상과 문학적 모범이 하나의 통일체로 융해되어 있었다. 17세기 말 사람들은 고대 수사학자들이 이미 분석했던 바대로 '작은 규모'의 아나크레온적 송시와 규모가 크고 드높은 핀다르식 송시를 순수한 대립적 문학 유형으로 구분했다. 핀다르식 송시는 규모가 크고 열정적이며, 숭고하고 열광적이며, 자연스럽게 불규칙적이라면, 아나크레온적인 송시는 규모가 작고, 우아하고 매끄러우며, 규칙적이다. '드높은 송시'가 신, 영웅, 강물, 폭풍, 바다, 산맥과 같은 거대하고 숭고한 자연의 인상을 즐겨 노래한다면, 아나크레온적인 송시는—횔덜린이 1803년 12월 빌만스에게 보낸 편지에서 "사랑의 노래들은 항상 지친 날갯짓"(서한집, 502)이라고 언급한 것처럼—사랑과 포도주, 작은 시골풍의 안락함과 가벼운 향유에 멈춰서고 만다.

최후기의 시

동일인임에도, 지극히 긴장된 후기 찬가와 소위 '횔덜린투름(Hölderlinturm)'(횔덜린이 말년에 거주하고 죽음을 맞이한 곳)에서 수십 년의 정신착란 시기에 쓴 시편 사이의 표현력의 큰 차이는 우리를 놀라게 하면서 연민의 정을 함께 불러일으킨다. 소위 '최후기(1806~1843)의 시'로 분류되는 정신착란 시초부터 1843년 운명할 때까지의 시편은 긴장을 잃은, 그러나 지극히 단조로우면서도 그 단순성을 통해 오히려 감동을 불러일으키는 구절을 포함하고 있다. 시인은 네카 강변의 옥탑방에서, 당시에는 가꿔지지도 않았을 정경과 지평선 멀리 솟은 슈바벤 알프스 산이 주는 인상과 계절을 노래한다. 그 안에는 평화, 소박한 만족, 견디기 어려웠던 정신적 집중과 고통을 뒤로한 은둔자의 심정이 드러난다. 현실감은 옅어지고 마을의 정경들도 장면과 영상으로 변하고 있다. 모든 것에서 갈등은 사라져버렸다. 전례 없이 투명하게 노래한다. 그것은 사용되는 시어들이 개인의 감정을 전혀 싣고 있지 않기 때문이다.

최근 횔덜린 전집을 편집해서 소위 프랑크푸르트판 전집을 낸 자틀러D. E. Sattler가 횔덜린의 옥탑방 시절 시편들에서 "되찾은 소년기"를 보고 있는 건 잘못된 게 아니다. 사람들은 횔덜린이 1803년에 쓴 〈반평생〉에서의 "슬프다, 내가 어디에서/겨울이 오면, 꽃들과 어디서/햇볕과/대지의 그늘을 찾을까?"에서 생애 마지막 절반의 운명을 보고자 하지만, 최후의 시편을 읽고 나면 그가 1800년 여름에 쓴 〈삶의 행로〉에서 희망한 반평생을 누렸던 것은 아닌가 생각하게 된다.

> 그대 역시 위대해지려 했으나 사랑은
>   우리 모두를 지상으로 끌어내리고, 고뇌가 더욱 강하게 휘어잡네.
>   그러나 우리 인생의 활, 떠나왔던 곳으로
>   되돌아감은 부질없는 일이 아니네.
>
>   […]
>
> 인간은 모든 것을 시험해야 하리라, 천국적인 자들 말하나니
>   힘차게 길러져 인간은 비로소 모든 것에 감사함을 배우고
>   제 가고자 하는 곳으로 떠나는
>   자유를 이해하게 되는 법이네.
>
>   (시 전집 2, 58)

1793년부터 1806년 사이에 기초된 '초안들, 비교적 규모가 큰 단편들과 스케치'(시 전집 2, 283~381)는 전체 작품의 의미 맥락에서 읽어야 한다. 다만 그가 완성시킬 수 없었던 시상이지만 그 미완의 단편들

안에는 어떤 힘에 의해서도 강요당하거나 침해당할 수 없는 자연에 대한 믿음이 보존되어 있으며, 그의 대지에 대한 사랑이 충만한 시적 표현을 얻고 있음을 읽을 수 있다. 예컨대 〈어머니 대지에게〉, 〈말하자면 포도나무 줄기의 수액(樹液)이…〉나 〈노란 나뭇잎 위에…〉와 같은 단편이 그렇다. 이 단편들에서는 자연의 현상들이 그 자체의 권리로 축복받는 듯하다. 어떤 상징으로서가 아니라 즉각적인 감각에 호소하는 세밀한 필치로 그 자체가 그려져 있는 것이다.

구상, 단편, 메모들(시 전집 2, 385~420)은 실행되지 않은 시의 어떤 기점(起點)과 같은 것이다. 분절되지 않은 메모들을 모두 시의 씨앗으로 보는 건 다소 문제가 있지만 육필 원고의 곳곳에, 시 작품을 정서해놓은 홈부르크 2절판의 여백에 기록해둔 메모들은 시작(詩作)과 관련돼 있는 게 분명하다. 여기에 등장하는 역사, 장소, 인물에 대한 기록들은 시공을 넘어 상상의 날개를 활짝 펼친 그의 끝없는 슬프도록 진지한 시적 열정을 증언해준다.

1843년 6월 7일 횔덜린은 세상을 떠났다. 1801/1802년에 그는 자신이 부른 노래의 운명을 예감하며 시 초안 〈마돈나에게〉를 유언처럼 노래했다.

어찌 그들은 그대를 슬프게 하나
오 노래여, 순수한 것이여, 나는
죽으나 그래도 그대는 다른 길을 가고, 시샘이
그대를 막으려 하나 헛되리라.

42

이제 다가오는 시간에

그대 착한 이를 만나거든

그에게 인사하라, 그러면 그는 생각하리라,

우리들의 나날 얼마나 행복으로 가득했고

또한 고뇌로 넘쳤는지를.

(시 전집 2, 323)

2장

횔덜린 시 깊이 읽기

인류에 바치는 찬가

> 정신세계에서는 가능성의 한계가 우리가 생각하는 것만큼 좁지
> 않다. 이 한계를 좁게 만드는 것은 우리의 약함과 악습, 선입견이
> 다. 수준 낮은 영혼들은 위대한 사람들을 믿지 않으며, 천박한 노
> 예들은 자유라는 말을 들으면 비웃는 표정으로 미소 짓는다.
>
> 장자크 루소

진지하기 이를 데 없는 시간이 왔다.
나의 마음은 명령한다, 갈 길은 선택되었다!
구름들은 도망치고 새로운 별들 떠오른다.
그리고 헤스페리데들의 희열 나에게 웃음 짓는다!
그대를 위해 울었던 사랑의 잔잔한 눈물
말랐도다. 나의 형제 같은 종족이여!
나는 그대에게 희생을 바치노라, 그대 조상들의 명예에!
가까운 구원에! 희생은 정당하도다.

벌써 한층 순수한 향유를 위해서
아름다움의 성전은 눈앞에 솟아 있도다.
그 어머니 같은 입맞춤에 정화되고
강해져서 우리는 자주 이상향을 맛본다.
창조의 달콤한 기쁨 느끼기 위해서
섬세하게 짜인 감각과 함께 아름다움에 귀 기울인다.
또한 우리들의 칠현금(七弦琴) 연주로부터는
진지한 여주인의 멜로디가 마법적으로 울린다.

46

벌써 우리는 별들의 인연, 사랑의 목소리
한층 사나이답게 이해할 수 있으며
군대의 힘으로 정령의 길을 가려는
형제의 권리를 기꺼이 건네주도다.
벌써 우리는 오만의 나쁜 행실,
허례허식이 세워놓은 칸막이를 비웃는도다.
그리고 농부의 깨끗한 부뚜막에
인류는 다시 맡겨지도다.

벌써 자유의 깃발에서 젊은이들
마치 신들처럼, 스스로 선함과 위대함을 느끼도다.
그리고, 아! 오만한 탕자들에게 경고하고자
모든 힘을 속박과 굴레에서 깨부시도다.
벌써 쓰러지지 않는 진리의 정령,
과감하게 분노하면서 날개를 펴 날아오르고
벌써 독수리는 복수자의 번갯불을 내리치고
크게 천둥소리 내도다, 또한 승리의 향유 예고하도다.

그처럼 독소에 닿지 않고
이상향의 꽃들 완성을 향해 서둘러 가도다.
여걸들의 누구 하나, 태양의 어느 하나 쉬지 않고
오렐라나 강은 폭포 안에 머물지 않도다!
우리의 사랑과 승리의 힘이 시작했던 것
호화로운 완성을 향해 번창하도다.

자손의 무리 수확의 기쁨을 누리리라.
불멸의 종려나무가 우리에게 보답하리라.

그러면 그대의 행동과 더불어
그대의 희망과 더불어 내려오라, 오 현재여!
땀으로 적시어 우리의 씨앗 움텄도다!
그러니 투사의 휴식이 기다리는 곳으로 내려오라!
벌써 우리의 무덤으로부터 한층 영광스럽게
현세의 영광은 솟아오르도다.
여기 무덤들 위에 이상향을 세우고자
새로운 힘은 신적인 것을 향해 일어서도다.

멜로디를 통해 정신을 잠들게 하고자
칠현금의 마법이 울리기 시작하도다.
똑같은 장인의 대열로 신적 자연의
고상함이 덕망에게 눈짓하도다.
레스보스의 형상체들 가득 떠돌도다,
축복의 풀피리에서 감동이 그대에게로!
또한 아름다움의 넓은 기쁨의 들판에서
생명은 노예 같은 욕망을 비웃고 있도다.

드높은 사랑으로 강해져 날갯짓하면서
어린 독수리들 결코 지치지 않으며
우정의 강력한 마법이

새로운 튄다리덴을 하늘로 이끌어가도다.
젊은이의 감동은 세련되어져
행동으로 가득 찬 노인들 품에 불길을 당기도다.
그의 가슴은 사랑하는 조상의 현명함을 간직하고
그들처럼 용감하고 즐겁고 우애로워지도다.

그는 자신의 본령을 찾아내었도다,
자신의 힘을 즐거워할 신적인 행운을.
조국은 도적들로부터 간신히 벗어났고
이제 자신의 영혼처럼 영원히 그의 것이도다!
어떤 헛된 목표도 신적 충동 파괴하지 않고
그에게 쾌락의 마법적 손길이 눈짓하지만 헛되도다.
그의 지극히 드높은 자랑과 그의 지극히 따뜻한 사랑,
그의 죽음, 그의 천국이 조국이도다.

그는 그대를 형제로 선택했도다.
그대 입술의 입맞춤으로 신성하게 하고
변함없는 사랑을 그대에게 다짐했도다,
무찌를 수 없는 진리의 정령이여!
그대의 천국의 빛 가운데 부쩍 무르익어
엄청나게 찬란한 정의, 그리고
드높은 평온은 영웅의 얼굴에서 빛을 발하도다. ―
우리 안의 신이 지배자로 모셔진 탓이도다.

그렇게 환호하라, 승리의 도취여!
기쁨이 없을 때 어떤 입술도 노래하지 않았다.
우리는 예감했었노라―그리고 마침내 이루었도다.
영겁의 시간에 어떤 힘도 이루지 못한 것을―
무덤에서 옛 선조의 무리 일어서리라,
당당한 자손들을 보고 기뻐하려고.
천상 세계들이 덧없는 인간의 명예에 종말을 고하고
인류는 완성을 향해 몰두하도다.

HYMNE AN DIE MENSCHHEIT

Les bornes du possible dans les choses morales
sont moins étroités, que nous ne pensons. Ce
sont nos foiblesses, nos vices, nos préjugés,
qui les rétrécissent. Les ames basses ne croient
point aux grands hommes: de vils esclaves
sourient d'un air moqueur à ce mot de liberté.

J. J. Rousseau

Die ernste Stunde hat geschlagen;

Mein Herz gebeut; erkoren ist die Bahn!

Die Wolke fleucht, und neue Sterne tagen,

Und Hesperiodenwonne lacht mich an!

Vertrocknet ist der Liebe stille Zähre,

Für dich geweint, mein brüderlich Geschlecht!

Ich opfre dir; bei deiner Väter Ehre!

Beim nahen Heil! das Opfer ist gerecht.

Schon wölbt zu reinerem Genusse

Dem Auge sich der Schönheit Heiligtum;

Wir kosten oft, von ihrem Mutterkusse

Geläutert und gestärkt, Elysium;

Des Schaffens süße Lust, wie sie, zu fühlen,

Belauscht sie kühn der zartgewebte Sinn,

Und magisch tönt von unsern Saitenspielen

Die Melodie der ernsten Meisterin.

Schon lernen wir das Band der Sterne,

Der Liebe Stimme männlicher versteh'n,

Wir reichen uns die Bruderrechte gerne,

Mit Heereskraft der Geister Bahn zu geh'n;

Schon höhnen wir des Stolzes Ungebärde,

Die Scheidewand, von Flittern aufgebaut;

Und an des Pflügers unentweihtem Herde

Wird sich die Menschheit wieder angetraut.

Schon fühlen an der Freiheit Fahnen

Sich Jünglinge, wie Götter, gut und groß,

Und, ha! die stolzen Wüstlinge zu mahnen,

Bricht jede Kraft von Bann und Kette los;

Schon schwingt er kühn und zürnend das Gefieder,

Der Wahrheit unbesiegter Genius,

Schon trägt der Aar des Rächers Blitze nieder,

Und donnert laut, und kündet Siegesgenuß.

So wahr, von Giften unbetastet,

Elysens Blüte zur Vollendung eilt,

Der Heldinnen, der Sonnen keine rastet,

Und Orellana nicht im Sturze weilt!

Was unsre Lieb' und Siegeskraft begonnen,

Gedeih't zu üppiger Vollkommenheit;

Der Enkel Heer geneußt der Ernte Wonnen;

Uns lohnt die Palme der Unsterblichkeit.

Hinunter dann mit deinen Taten,

Mit deinen Hoffnungen, o Gegenwart!

Von Schweiß betaut, entkeimten unsre Saaten!

Hinunter dann, wo Ruh' der Kämpfer harrt!

Schon geh't verherrlichter aus unsern Grüften

Die Glorie der Endlichkeit hervor;

Auf Gräbern hier Elysium zu stiften,

Ringt neue Kraft zu Göttlichem empor.

In Melodie den Geist zu wiegen,

Ertönet nun der Saite Zauber nur;

Der Tugend winkt zu gleichen Meisterzügen

Die Grazie der göttlichen Natur;

In Fülle schweben lesbische Gebilde,

Begeisterung, vom Segenshorne dir!

Und in der Schönheit weitem Lustgefilde

Verhöhnt das Leben knechtische Begier.

Gestärkt von hoher Lieb' ermüden

Im Fluge nun die jungen Aare nie,

Zum Himmel führt die neuen Tyndariden

Der Freundschaft allgewaltige Magie;

Veredelt schmiegt an tatenvoller Greise

Begeisterung des Jünglings Flamme sich;

Sein Herz bewahrt der lieben Väter Weise,

Wird kühn, wie sie, und froh und brüderlich.

Er hat sein Element gefunden,

Das Götterglück, sich eig'ner Kraft zu freu'n;

Den Räubern ist das Vaterland entwunden,

Ist ewig nun, wie seine Seele, sein!

Kein eitel Ziel entstellt die Göttertriebe,

Ihm winkt umsonst der Wollust Zauberhand;

Sein höchster Stolz und seine wärmste Liebe,

Sein Tod, sein Himmel ist das Vaterland.

Zum Bruder hat er dich erkoren,

Geheiliget von deiner Lippe Kuß

Unwandelbare Liebe dir geschworen,

Der Wahrheit unbesiegter Genius!

Emporgereift in deinem Himmelslichte,

Strahlt furchtbarherrliche Gerechtigkeit,

Und hohe Ruh' vom Heldenangesichte —
Zum Herrscher ist der Gott in uns geweih't.

So jubelt, Siegsbegeisterungen!
Die keine Lipp' in keiner Wonne sang;
Wir ahndeten — und endlich ist gelungen,
Was in Äonen keiner Kraft gelang —
Vom Grab' ersteh'n der alten Väter Heere,
Der königlichen Enkel sich zu freu'n;
Die Himmel kündigen des Staubes Ehre,
Und zur Vollendung geht die Menschheit ein.

1791년 11월 28일 휠덜린은 노이퍼에게 "인류에 바치는 나의 찬가를 거의 마쳤다네. 그러나 나의 찬가는 밝은 막간의 한 작품이라네. 이 막간의 작품들은 맑은 하늘에는 한참 못 미치지. 여전히 난 그 외엔 한 일이 별로 없다네. 다만 위대한 장자크에게서 인권에 대한 가르침을 좀 받았다네"(서한집, 52~53)라고 썼다. 이 찬가는 육필본과 슈토이들린이 발행한《1793년판 사화집Poetische Blumenlese fürs Jahr, 1793》에 실려 전해진다.

시제에 등장하는 "인류"(Menschheit)라는 개념의 이해로부터 이 찬가는 출발한다. "인류"는 18세기 최(最)후반기, 특히 프랑스 혁명기에는 정치, 사회에서 하나의 주도적인 개념이었다. 이 개념은 두 개의 기본 의미를 가지고 있다. 첫 번째는 18세기 중반 이래 포괄적인 집합 개념으로 떠올랐다. 즉 '모든 인간'을 의미했다. 이 개념은 자연법적으로 모든 인간에게 공통된 천성을 직관하는 데서 출발하여 얻은 평등을 뒷받침한다. 한편, 그 개념은 정치적, 문화적, 도덕적 사고라는 규정적인 이념으로 이어진다. 단순히 자연적인 규정, 즉 신성이나 동물에 맞세워지는 특수한 존재 양식으로서의 인간과는 달리 역동적인 목적 지향의 사상, 인간의 이상적인 규정을 의미한다. 여기에는 인간의 자기규정과 자기 형성이라는 과제가 결부된다. 이 이상적인 규정을 통해서 인간과 인류의 완성이 목적으로 대두되는 것이다. 프랑스 혁명기에 이러한 목적 지향의 사상은 그 기본 가치인 자유, 평등, 박애(형제애)의 이상을 불러일으켰다. 그리하여 '인간/인류'는 혁명적 이상의 관철을 위한 정치적 구호가 되었다.

이 찬가에서는 동시대의 이러한 인간/인류 개념의 의미 스펙트럼을 온전히 받아들이고 있다. 이 스펙트럼 안에는 인간성(Menschlichkeit)도 포함되어 있다. 휠덜린의 시제에 나타난 '인류'라는 개념 안에는 집단으로서의 인간 전체, 인간의 정치적이고 도덕적인 이상을 체현하는 인간성이 포함된 것으로 이해할 수 있다.

또한 루소의 《사회계약론Du Contrat Social》 독서가 〈인류에 바치는 찬가〉의 생성과 분리될 수 없이 밀접하다는 사실도 이 찬가 이해의 전제이다. 이미 이 찬가의 머리에 모토로 인용된 루소의 《사회계약론》의 문구가 이를 증언한다. 이 문구는 자유와 그것을 위해서 희생을 각오하는 위대한 "남아들", 절대주의의 대표자들과 추악한 노예들을 언급한 구절에서 인용한 것이다. 정치적으로 계몽된 개인의 자율성을 향한 노력과 절대주의적인 전제(專制)군주 사이의 갈등이 〈인류에 바치는 찬가〉 자체를 규정한다. 프랑스대혁명에서 "인류(humanité)"는 정치적인 주도 개념이었다. 이 개념에는 모든 인간의 자연권적으로 보장된, 원천적인 평등의 요구가 결부되어 있으며, 혁명은 이 평등권의 복원을 목표로 삼았다.

인접 국가의 정치적 상황의 급격한 변화를 신학교 학생인 휠덜린은 역사적인 결정적 시간이자 결단의 유리한 순간으로 환영했다. 시대 전환에 대한 기대는 8개 시연의 각운 찬가의 첫 시행에 투영되어 있다.

진지하기 이를 데 없는 시간은 왔다.

나아가 제2연, 제3연, 제4연의 서두에 두어 첩용으로 반복되는 "벌써"는 시적 자아와 휠덜린이 공감하는 역사적인 한계 의식을 강조한다. 절대주의적인 통치 체계의 자의성, 궁정문화의 격식—"허례허식"— 신분상의 특권이 초래하는 불평등과 분리—"칸막이"—는 극복되어야 한다. 현재 상황에 대한 비판과 함께 정치적인 행동에 대한 혁명적인 호소와 영웅적인 희생의 각오가 등장한다.

그의 죽음, 그의 천국이 그의 조국이도다.

이 찬가에서 당대 인류 개념의 유기적인 요소들이 프랑스혁명의 정치적인 선언과 결합하여 온전히 표현되고 있다. 프랑스혁명의 이상인 자유—"벌써 자유의 깃발에서 젊은이들/마치 신들처럼, 스스로 선함과 위대함을 느끼도다"—와 불평등의 원리 위에 세워지고, 따라서 "칸막이"로 갈라진 사회를 겨냥하는 평등의 호소—"벌써 우리는 오만의 나쁜 행실,/허례허식이 세워놓은 칸막이를 비웃도다"—형제애—"나의 형제 같은 종족이여!", "형제의 권리를 기꺼이 건네주도다", "그들처럼 용감하고 즐겁고 우애로워지도다"—가 그것이다.

이 선언은 그리스신화에서 복된 자들의 섬으로 불리고 있는 것처럼, "이상향"이라는 전망을 제시해준다. 그리고 인류의 완성 능력의 계몽적인 승인이 뒷받침하는 미래의 "완성"에 주의를 환기시킨다. "인류는 완성을 향해 몰두하도다"라고 이 찬가의 결구는 노래한다.

역사적이며 궁극적 목적으로 파악되는 완성은 헤겔과 휠덜린이 신학교 학업을 마치고 헤어질 때 나눈 "신의 제국"이라는 암호에 상응한다. 이 찬가와 고별 암호가 표현하는 구원사적인 기대는 그렇지만, 결코 내세를 지향하지 않는다. "우리 안의 신이 지배자로 모셔진 탓이도다"라는 구절에서 "우리 안의 신(Gott in uns, deus internus)"은 휠덜린이 여기와 그의 작품 여러 곳에서도 시간을 거슬러 올라가 그 근원을 찾을 수 있는 전통에 닿아 있다. 피안의 신과 대립해 있는 이러한 신의 개념은 횔덜린의 여러 언급에서도 나타난다. 횔덜린은 초월을 지향하는 신의 개념에 반대하는 논쟁적인 견해를 가지고 있다. 그는 "내재성", "인간성"에 대한 변론으로 논쟁한다. 수도원학교의 생도인 횔덜린이 초월성을 당당하게 현세적인 고통의 골짜기에 맞세웠다면, 신학교생 횔덜린은 구원을 하나의 내면세계의 사건으로 보고 있는 것이다. 횔덜린의 "우리 안의 신"은 논쟁적으로 초월성에 반하는 내재성의 변호이자, 인류 즉 인간의 변호인 셈이다. 그리하여 지금까지 내세에서의 구원에 대한 영광 돌리기는 "현세의 영광"으로 대체된다.

튀빙겐 시절의 작품 중 가장 중요한 텍스트인 〈인류에 바치는 찬가〉를 뒤로하고 횔덜린은 곧장 자신의 초기의 찬가문학과 거리를 둔다. 1794년 4월 발터스하우젠에서 횔덜린은 노이퍼에게 썼다. "덧붙여 말하자면 내가 나의 온 존재와 함께 빠져버렸던 추상의 영역에서 되돌아나왔다네"(KA. III, 132). 횔덜린은 자신이 찬가를 통해서 추상적 이념과 이상의 속절없는 영역으로 길을 잃었다는 사실을 인식한 것이다.

디오티마
-나중 원고

그대 옛처럼 비쳐 내리는가,
황금빛 한낮이여! 또한 나의
노래의 꽃들 이제 다시
생명을 숨 쉬며 그대를 향해 움트는가?
어찌 이렇게 달라졌는가!
내 비탄하며 피해온 많은 것들
친밀한 화음 가운데
이제 내 환희의 노래에 울리도다.
또한 매시간의 울림마다
소년 시절의 평온한 나날을
경이롭게도 되새기노라.
내 그대 한 여인 찾아낸 때로부터.

디오티마! 고귀한 생명이여!
누이여, 성스럽게 나에겐 근친인 이여!
그대에게 손길 내밀기도 전에
나는 멀리서 그대를 알았었노라.
그때 이미 내 꿈길에서
해맑은 날에 이끌리어
정원 나무들 아래

60

한 만족한 소년 누워 있었을 때
잔잔한 열락과 아름다움 가운데
내 영혼의 오월이 시작되었을 때
그때 벌써, 부드러운 서풍의 소리처럼
신적인 여인이여! 그대의 영혼 나에게 속삭였노라.

아! 그리고 마치 하나의 전설인 양
낱낱의 기쁜 신들도 나에게서 사라져버리고
하늘의 한낮 앞에 눈먼 사람처럼
시들어가며 나 서 있었을 때
시간의 짐이 나를 굴복케 하고
나의 삶은 싸늘하고도 창백하게
벌써 동경에 차, 사자(死者)들의
침묵의 나라로 기울어져 갔을 때
그래도 마냥 이 눈먼 방랑자
내 마음의 상(像), 이 한 사람을
명부에서나 여기 현세에서나
찾아내기를 원했었노라.

이제! 내 그대를 찾아내었도다!
내 예감하며 축제의 시간에
희망하면서 바라다보았던 자보다 더욱 아름답게
사랑스러운 뮤즈여! 그대 여기 있도다.
환희도 솟구쳐 달려가는 곳

연륜도 뛰어넘어
영원히 쾌활한 아름다움 꽃피어 나는 곳
그곳 저 높이 천국에서부터
그대 나에게로 비추어 내리는 듯하여라.
신들의 전령이여! 그대 이제
자비로운 만족 가운데
가인(歌人)의 곁에 영원히 머물도다.

여름의 무더위와 봄의 따스함
다툼과 평화가 여기
평온한 신들의 모습 앞에서
내 가슴속에 경이롭게도 바뀌도다.
사랑을 구하는 사이, 분기충천하여
내 자주 부끄러워하며
나의 가장 큰 용기도 벗어나는
그녀를 붙잡음에 황송해했으나, 이룩하였노라.
하나 얻었음에도 만족하지 못하고
그녀 내 오관에 너무도 찬란하고
거대하게 보여, 그 때문에
나 오만하게도 한탄했었노라.

아! 그대의 평온한 아름다움
복되게 마음씨 고운 얼굴!
그 진심! 그대의 천국의 음성

그것들에 나의 마음은 길들지 않았노라.

그러나 그대의 멜로디

나의 감각을 차츰 해맑게 하고

거친 꿈들은 달아나니

내 자신 다른 사람이어라.

내 진정 그렇게 선택되었는가?

내 그대의 드높은 평온

빛과 열락을 향해 태어났는가,

신처럼 행복한 이여! 그대처럼 그렇게 태어났는가? ─

그대의 아버지이며 나의 아버지

명쾌한 당당함 가운데

자신의 참나무 숲 언덕 너머로

저기 밝은 하늘 위에 가고 있듯이

또한 청청한 깊이로 푸르른

대양의 파도 가운데를

천공으로부터 떠올라

맑고 고요히 내려다보듯이

더욱 아름다운 행복 가운데 축복받고

신들의 고원에서 나와

기쁘게 노래하며 바라보고자

나 이제 인간들의 세계로 돌아가려 하네.

DIOTIMA

-Jüngere Fassung

Leuchtest du wie vormals nieder,

Goldner Tag! und sprossen mir

Des Gesanges Blumen wieder

Lebenatmend auf zu dir?

Wie so anders ist's geworden!

Manches, was ich trauernd mied,

Stimmt in freundlichen Akkorden

Nun in meiner Freude Lied,

Und mit jedem Stundenschlage

Werd' ich wunderbar gemahnt

An der Kindheit stille Tage,

Seit ich Sie, die Eine, fand.

Diotima! edles Leben!

Schwester, heilig mir verwandt!

Eh' ich dir die Hand gegeben,

Hab' ich ferne dich gekannt.

Damals schon, da ich in Träumen,

Mir entlockt vom heitern Tag,

Unter meines Gartens Bäumen,

Ein zufriedner Knabe lag,

Da in leiser Lust und Schöne

Meiner Seele Mai begann,

Säuselte, wie Zephirstöne,

Göttliche! dein Geist mich an.

Ach! und da, wie eine Sage,

Jeder frohe Gott mir schwand,

Da ich vor des Himmels Tage

Darbend, wie ein Blinder, stand,

Da die Last der Zeit mich beugte,

Und mein Leben, kalt und bleich,

Sehnend schon hinab sich neigte

In der Toten stummes Reich:

Wünscht' ich öfters noch, dem blinden

Wanderer, dies Eine mir,

Meines Herzens Bild zu finden

Bei den Schatten oder hier.

Nun! ich habe dich gefunden!

Schöner, als ich ahndend sah,

Hoffend in den Feierstunden,

Holde Muse! bist du da;

Von den Himmlischen dort oben,

Wo hinauf die Freude flieht,

Wo, des Alterns überhoben,

Immerheitre Schöne blüht,

Scheinst Du mir herabgestiegen,

Götterbotin! weiltest du

Nun in gütigem Genügen

Bei dem Sänger immerzu.

Sommerglut und Frühlingsmilde,

Streit und Frieden wechseln hier

Vor dem stillen Götterbilde

Wunderbar im Busen mir;

Zürnend unter Huldigungen

Hab' ich oft, beschämt, besiegt,

Sie zu fassen, schon gerungen,

Die mein Kühnstes überfliegt;

Unzufrieden im Gewinne,

Hab' ich stolz darob geweint,

Daß zu herrlich meinem Sinne

Und zu mächtig sie erscheint.

Ach! an deine stille Schöne,

Selig holdes Angesicht!

Herz! an deine Himmelstöne

Ist gewohnt das meine nicht;

Aber deine Melodien

Heitern mälig mir den Sinn,

Daß die trüben Träume fliehen,

Und ich selbst ein andrer bin;

Bin ich dazu denn erkoren?

Ich zu deiner hohen Ruh,

So zu Licht und Lust geboren,

Göttlichglückliche! wie du? —

Wie dein Vater und der meine,

Der in heitrer Majestät

Über seinem Eichenhaine

Dort in lichter Höhe geht,

Wie er in die Meereswogen,

Wo die kühle Tiefe blaut,

Steigend von des Himmels Bogen,

Klar und still herunterschaut:

So will ich aus Götterhöhen,

Neu geweiht in schön'rem Glück,

Froh zu singen und zu sehen,

Nun zu Sterblichen zurück.

1797년 2월 횔덜린은 노이퍼에게 이렇게 보냈다.

"아직도 사정은 변함이 없다네! 다시 말해 첫 순간처럼 나는 여전히 행복하다네. 그것은 이 가난하고 정신없는 그리고 질서 없는 세기에 정말 길을 잃어버린 어떤 존재와의 영원히 즐겁고 성스러운 우정 때문이라네! 나의 아름다움을 향하는 감각은 이제 어떤 방해에도 안전하다네. 그 아름다움의 감각은 영원히 이 마돈나에 이끌리고 있다네. 나의 오성은 그녀가 있는 학교에 다니고 있네. 나의 모순된 심성은 그녀의 자족하는 평화 가운데 나날이 밝아지고 쾌활해지고 있다네. 사랑하는 친구 노이퍼여! 나는 참으로 착한 소년이 되는 과정에 있다고 자네에게 말하겠네. 그 밖에 나에 관한 것이 있다면, 내가 조금은 나 자신에게 만족하게 되었다는 사실이라네. 나는 거의 시를 쓰지 않고 있으며 더 이상 철학도 거의 생각하지 않고 있다네. 그러나 내가 시를 썼다 하면, 그것은 더 많은 생명력과 형식을 갖출 것이네. 나의 환상은 기꺼이 세계의 형상체들을 내 안에 받아들일 채비를 하고 있고, 나의 가슴은 의지로 가득 채워져 있다네. 성스러운 운명이 나에게 나의 행복한 삶을 지속케 해준다면, 나는 앞으로 지금까지보다 더 많은 일을 하리라 생각한다네"(서한집, 236~237).

그는 이처럼 행복한 생활에 대해서 더 말하고자 하지만 포기한다. "우리의 잔잔한 행복이 말로 표현되어야 한다면, 그것은 그 행복에게는 항상 죽음일 것이기 때문이다"(서한집, 238)라고 그 이유를 설명한다.

여기서 시인이 "마돈나"라 부르며, 그녀의 학교에 다니고 있다고 고백하는 여인은 1796년 1월부터 입주 가정교사로 일하기 시작한 공타르가의 안주인 주제테 공타르이다. 시인과 주제테는 서로를 사랑했고, 시인은 그녀를 작품에서 디오티마로 형상화했다. 시인이 플라톤의《잔치》에서 에로스를 설파하는 여사제의 이름에서 따온 디오티마는《휘페리온》에서 여주인공으로, 시〈디오티마〉에서 찬미의 대상으로 등장한다.

횔덜린의〈디오티마〉찬가에는 4개의 원고가 있다. 첫 원고는 행방불명이다. 다만〈아테네아〉라는 제목을 붙인 구스타프 슐레지어Gustav Schlesier에 의해 첫 시행이 "나는 소년의 꿈속에 있었네"였고, 전체 8개 시연으로 구성되어 있었다는 사실이 전해진다. 1796년 초 한두 달 사이에 쓴 것으로 보인다. 두 번째 원고는 2개의 파편으로 전해진다. 제1~77행까지는 주제테의 필사이며, 제97~120행까지는 슐레지어의 필사이다. 세 번째 원고(중간 원고)는 육필로는 약 절반이 전해지고, 전체는 크리스토프 테오도르 슈바프Christoph Theodor Schwab가 1846년 펴낸《횔덜린 전집》에 수록되어 전해진다. 횔덜린은 이 세 번째 원고를 다른 시와《1797년 문예연감》에 실릴 수 있기를 바라면서 1796년 7월 24일 실러에게 보냈다. 횔덜린은 답신을 기다리다 못해 11월 20일 "당신께서는 저에 대한 생각을 바꾸셨나요? 저를 포기하셨나요?"(서한집, 225)라는 절규의 편지를 보냈다. 실러는 11월 24일 곧장 회답의 편지를 보냈다. 친절한 조언의 편지였다. 특히〈디오티마〉를 두고 다음과 같은 비판적인 평가를 내렸다.

"나는 그대에게 독일 시인들의 고질적인 결함 하나를 경고하고 싶습니다. 그것은 끝없는 부연과 시연의 홍수 아래 가장 성공적인 시상을 압도하는 장황한 나열입니다. 이것이 디오티마에 보내는 그대의 시에 적지 않은 손상을 입히고 있습니다. 몇몇 소수의 의미 있는 특성이 간결한 전체로 결합된다면 아름다운 시로 만들어지지 않을까 합니다. 따라서 나는 그대에게 무엇보다도 현명한 절약, 의미 있는 것의 신중한 선택 그리고 이것의 명료하고 단순한 표현을 권합니다"(KA. Ⅲ, 531).

휠덜린은 실러의 이 비판적인 권유를 그대로 수용하고, 15연의 세 번째 원고를 7연으로 줄여 마지막 원고로 고쳐 썼다. 이 원고를 휠덜린은 1797년 8월 실러에게 보내는 편지에 동봉해 발송했다. 그러나 개작의 노력에도 불구하고 실러의 《문예연감》에 실리리라는 그의 기대는 이루어지지 않았다. 실러에게는 여전히 너무 길다고 생각됐으리라. 휠덜린은 1799년 7월 노이퍼에게 이 원고를 보냈고, 《1800년판, 교양 있는 여성을 위한 소책자》에 실려 발표되었다.

이 〈디오티마〉 찬가의 모든 원고는 대략적으로 말하자면 거의 같은 전개로 이루어진다. 디오티마의 등장으로 비롯되는 봄의 깨어남을 묘사하면서 시작하고, 비참했던 시절과 얼어붙었던 시절을 회고하며, 이어서 청춘의 꿈과 미래의 행복에 대한 예감, 인식 전환의 계기로서의 디오티마와의 만남, 천국적인 분위기에로의 황홀한 몰입이 차례대로 노래된다. 앞선 원고의 제13~15연을 대신하여 새로움을 가장 명백하게 보여주는 마지막 원고의 제7연이 등장한다. "그대의 아버지며 나의 아버지"는 태양의 신이다. 이 태양의 신은 "밝은 하늘 위"를 가고 있다. 중간 원고에서는 "어두운 높이에서"라고 밤하늘이 노래되었던 자리이다. 이에 상응하여 마지막 시행들은 활동적인 삶으로의 복귀를 강조한다. 앞선 원고는 그렇게 긍정적으로 말하지 않았던 활동적인 삶이었지만, 이제 나중 원고의 마지막 시행에서는 감격의 소용돌이에서 빠져나와 활동의 현실로 돌아간다. 바로 시적 활동이다.

기쁘게 노래하며 바라보고자
나 이제 인간들의 세계로 돌아가려 하네

1800년에 쓴 현세에서 작별한 연인들은 내세에서 다시 결합하게 되는 것을 노래하는 비가 〈디오티마에 대한 메논의 비탄〉(시 전집 2, 97~105)으로 디오티마를 그린 횔덜린의 사랑 노래는 막을 내린다. 1803년 12월 출판업자 빌만스에게 보낸 편지에서 "그렇지 않아도 사랑의 노래들은 항상 지친 날갯짓입니다"라고 단언하고 "그러나 조국적 찬가들의 드높고 순수한 기쁨의 환호는 전혀 다른 것입니다"라고 자신의 시 쓰기 방식의 전환을 알렸다. 이제 횔덜린 후기 작품의 중심에는 소위 말하는 '조국적 노래들'이 자리한다. 주체의 고립을 극복하고 인간과 자연의 새로운 상호작용, 즉 새로운 조국을 불러내는 것이 과제인 서정시가 중심적 위치를 점하게 된다. 횔덜린의 디오티마 시편은 그의 시 쓰기에서 스스로 극복한 양극단의 하나, 개인적 체험시의 전형이다.

떡갈나무들

정원들을 나와 나 너희들에게로 가노라, 산의 아들들이여!
내가 떠나온 거기 정원엔 참을성 있고 알뜰하게 가꾸고
또 가꾸어지며 자연은 근면한 사람들과 함께 살고 있노라.
그러나 너희들 장려한 자들이여! 마치 길들여진 세계 가운데의
거인족인 양 우뚝 서서, 오로지 너희 자신들과
너희들에게 양분을 주고 길러주는 하늘과 너희들을 낳은 대지에 어울
릴 뿐이로다.
너희들 중 아무도 인간의 학교에 다닌 적 없고,
오직 즐겁고 자유롭게 힘찬 뿌리에서
서로들 가운데로 솟아올라와, 마치 독수리가 먹이를 채듯
힘차게 팔을 뻗어 공중을 움켜쥐고, 구름을 찌르듯이
너희들의 햇빛 받은 수관을 즐겁고 당당하게 쳐들도다.
너희들 각자가 하나의 세계이며, 하나의 신이지만
마치 하늘의 별들인 양 자유로운 동맹으로 함께 살도다.
내 예속됨을 견딜 수만 있다면, 결코 이 숲을 샘내지 않으며
기꺼이 어울려 사는 삶에 순순히 따르련만,
사랑으로부터 떨어지지 못하는 이 마음이 어울려 사는 삶에 붙들어 매
지만 않는다면,
내 정녕 기꺼이 그대들과 함께 살고 싶어라!

DIE EICHBÄUME

Aus den Gärten komm' ich zu euch, ihr Söhne des Berges!

Aus den Gärten, da lebt die Natur geduldig und häuslich,

Pflegend und wieder gepflegt mit dem fleißigen Menschen zusammen.

Aber ihr, ihr Herrlichen! steht, wie ein Volk von Titanen

In der zahmeren Welt und gehört nur euch und dem Himmel,

Der euch nährt' und erzog und der Erde, die euch geboren.

Keiner von euch ist noch in die Schule der Menschen gegangen,

Und ihr drängt euch fröhlich und frei, aus der kräftigen Wurzel,

Unter einander herauf und ergreift, wie der Adler die Beute,

Mit gewaltigem Arme den Raum, und gegen die Wolken

Ist euch heiter und groß die sonnige Krone gerichtet.

Eine Welt ist jeder von euch, wie die Sterne des Himmels

Lebt ihr, jeder ein Gott, in freiem Bunde zusammen.

Könnt' ich die Knechtschaft nur erdulden, ich neidete nimmer

Diesen Wald und schmiegte mich gern ans gesellige Leben.

Fesselte nur nicht mehr ans gesellige Leben das Herz mich,

Das von Liebe nicht läßt, wie gern würd' ich unter euch wohnen!

1796년에 쓴 〈떡갈나무들〉은 횔덜린의 시 작품 생성사에서 특별한 의미를 가진다. 이 작품으로 횔덜린의 서정시는 실질적인 성숙의 단계에 들어섰기 때문이다. 시간은 흘렀다. 자신의 특성을 온전히 드러낸 시구를 창작해내기 위해 시인에게 남겨진 시간은 단 몇 년에 불과했다. 이렇게 뒤늦은 성숙의 드러남에는 특별한, 어찌 보면 운명적인 이유가 있었다. 횔덜린은 실러에게서 수련해야만 한다고 믿었던 것이다. 6년이란 긴 세월을 횔덜린은 실러의 모범을 따라서 각운의 방대한 찬가를 쓰느라 온 힘을 다 했다. 그러나 끝내 횔덜린은 각운의 시를 가지고는 자신의 개성을 펼칠 수 없겠다는 인식에 이르렀다. 횔덜린은 자신의 언어 체험이 무운각의, 고대의 모범을 따라 오로지 운율의 효과에만 의존하는 시구를 요구한다는 사실을 알게 되었다. 이러한 인식의 전환이 시 〈떡갈나무들〉에서 뚜렷하게 나타난다. 오랜만에 처음으로 횔덜린은 이 시에 고대의 운율인 6운각의 시행을 사용했다. 이를 통해서 자신의 고유한 음조를 띤 의미 있는 시 쓰기에 성공한다. 그때부터 고대 운율을 계속해서 확대해 사용했고, 그 운율에서 자신의 궁극적인 서정적 창작의 표현형식을 구했던 것이다.

횔덜린의 이와 같은 자신과의 만남은 실러의 학교에서 벗어남을 전제로 했다. 〈떡갈나무들〉에는 이러한 분리가 단지 형식을 통해서만 표현되어 있는 게 아니다. 분리를 내용으로 표명한다.

"저는 선생님 앞에 이제 막 땅에 심겨진 한그루의 초목처럼 서 있습니다"(서한집, 251)라고 횔덜린은 1797년 8월 실러에게 보낸 편지에서 고백하고 있다. 1798년 실러가 발행하는 잡지 《호렌Die Horen》에 초목의 모티브를 다루고 있는 〈떡갈나무들〉이 실렸다. 그러나 편지에서처럼 겸손의 몸짓이 보이지 않는다. 오히려 정반대의 몸짓이다. 내용을 얼핏 보기만 해도 이 시는 횔덜린 자신의 시 창작의 연대기적인 상황을 자연을 통해 알레고리로 그리고 실러에 대한 양가감정의 관계로 해석된다. 실러의 시 〈산책Der Spaziergang〉과 〈철학적 에고이스트Der philosophische Egoist〉에 대한 〈떡갈나무들〉의 여운은 횔덜린이 의식적으로 실러와의 다툼을 시도한다는 사실을 암시한다. 〈떡갈나무들〉에는 서정적 자아가 과거의 실존 방식에서 떨어져 나와 새로운 실존으로 넘어가기 시작하는 하나의 통과의례적 중간 단계의 국면이 노래된다. 문화인류학에서 통과의례의 중간 단계 개념은 명백한 귀속이 가능하지 않은 한 상태를 지칭한다. 서정적 자아는 어느 한 영역에 속해 있지 않다. 그렇다고 해서 아직 다른 한 영역에 속하지도 않는다. 이제 비로소 미래에 종결될 움직임 가운데, "도래"의 양태 가운데, "가고 있는" 도중에 위치해 있는 것이다. "정원들을 나와 나 너희들에게로 가노라, 산의 아들들이여!"

이 시의 구조는 이중의 대립이다. 한편에는 "정원"과 그 안에 울타리로 보호되고 인공적으로 재배된, 따라서 속박된 자연이 있다. 다른 한편에는 "산"의 자유로운 자연이 우뚝 솟아 있다. 떡갈나무들이 상징하는 자유와 자율의 요구가 강조된 것이다. 떡갈나무들은 저항적인 거인족으로 비유된다.

그러나 너희들 장려한 자들이여! 마치 길들여진 세계 가운데의
거인족인 양 우뚝 서서, 오로지 너희 자신들과
너희들에게 양분을 주고 길러주는 하늘과 너희들을 낳은 대지에 어
울릴 뿐이로다.

정원을 긍정적으로 노래한 앞 3개 시행에 바로 이어서 대립의 접속사 "그러나"로 앞의 구절이 시작되었다. 이것은 대립이 일종의 위계질서도 표현한다는 점을 암시한다. "산"의 세계는 정원의 "길들여진 세계"를 능가한다. 나아가 서정적 자아가 "너희들 중 아무도 인간의 학교에 다닌 적 없"다고 주장하면서 엄숙하게 호명된 자들의 자율의 요구는 더 강화된다. 나아가 노래한다.

너희들 각자가 하나의 세계이며, 하나의 신이지만
마치 하늘의 별들인 양 자유로운 동맹으로 함께 살도다.

이들은 "인간의 학교"에 다닌 적이 없고, 따라서 문명의 조정을 받지 않은 상태라 자신의 힘으로 자라고 진화한다. 그들은 자연 그대로이며 은유적으로 시인의 학교로 해석되는 인간의 학교와는 무관하다. 그러나 그들 각자가 누구에게서든 영향을 받지 않은 채 스스로 자신의 고유한 세계를 도모한다 할지라도, 그들은 고립되어 있지 않다. 권위에 대한 의무감과 함께 전통의 형성에 동참할 수밖에 없는 학교 대신에 "자유로운 동맹"이 들어선다. 같은 생각을 가진 자들과 동등한 자들의 자유로운 결합, 횔덜린이 1795년 11월 요한 고트프리트 에벨에게 쓴 편지에서 말한 "보이지 않는 전투적 교회"(서한집, 174~175)를 환기시키는 결합이, 니체가 바그너와의 관계를 두고 명명한 "별들의 우정"이 등장하는 것이다.

학교 교육에 대한 거부에는 일종의 미학적 인식 틀의 변화가 숨겨 있다. "가꾸어진" 정원이 아름다움과 우아함이라는 혼합된 감각을 위한 안락한 장소(locus amoenus)로 역할을 한다면, "산의 아들들"은 경

계를 넘어서는 역동성을 밑바탕에 두는 숭고의 영역에 해당한다. 산들
은 이전부터 숭고함에 대한 보편적인 표현이다. 게다가 휠덜린의 떡갈
나무들은 공간을 장악하는 성장, 공중으로의 치켜듦이라는 점에서 도
전적이다.

> 오직 즐겁고 자유롭게 힘찬 뿌리에서
> 서로들 가운데로 솟아올라와, 마치 독수리가 먹이를 채듯
> 힘차게 팔을 뻗어 공중을 움켜쥐고, 구름을 찌르듯이
> 너희들의 햇빛 받은 수관을 즐겁고 당당하게 쳐들도다.

휠덜린 자신은 학교에, 실러의 학교에 다닌 적이 있다. 그러나 그
는 예나에서 도망치듯이 빠져나온 이래 실러의 문학적 우위에 대한 존
중의 의무에서 조금씩 벗어나기 시작한다. 이것은 서정적 자아가 이 시
의 말미에서 "예속"이라고 비판하는 협소한 "정원"에서 벗어나 후기 서
정시의 뚜렷이 구분되는 형식을 향하는 도정이다.

이 시를 쓰고 난 다음 해 1797년 6월 휠덜린은 실러에게 대가에게
의 의존이 가져다주는 두려움과 소심함이 예술의 죽음이라고 토로하
며 권위로부터 떨어져 나오겠다는 의지를 밝힌다.

〈떡갈나무들〉을 다시 확인하는 글이다.

저는 다른 비평가들과 대가들로부터는 독립적이고, 그러한 전제 아
래 필요한 평정심을 가지고 제 갈 길을 갈 만큼 충분한 용기와 판단력
을 가지고 있습니다. 그렇지만 저는 어쩔 수 없이 선생님께 의존하고
있습니다. 선생님의 한마디 말씀이 저에게는 얼마나 결정적인가를

알고 있기 때문에 작업을 하는 동안 두려움을 느끼지 않으려고 가끔은 선생님을 잊고자 노력해보기도 합니다. 바로 이러한 두려움과 소심함은 예술의 죽음이라는 점을 확신하고 있기 때문에 왜 예술가가 생동하는 세계와 더불어 거의 홀로 있는 시기보다 이미 모든 측면에서 대작들이 있는 시기에 천성을 제대로 표현하는 것이 더 어려운 일인가를 잘 알고 있습니다. 예술가가 이 세계의 권위에 저항하거나 또는 그것에 굴복하기에는 이 세계와 자신이 너무도 구분되어 있지 않으며, 이 세계와 너무도 친숙해져 있습니다. 그러나 대가의 성숙한 정신이 젊은 예술가에게 천성보다 더 강력하고 이성적으로, 또한 마찬가지로 한층 더 예속적이고 실속적으로 영향을 미치는 경우에는 이러한 매우 우려되는 양자택일은 거의 피할 수 없는 일입니다. (서한집, 240~241)

휠덜린은 1800년을 전후하여 이미 인쇄되어 발표된 시들을 필사했다. 이 필사된 시들은 〈떡갈나무들〉에서 시작된 새로운 음조를 가졌다. 이 작업을 담고 있는 슈투트가르트 2절판 원고철의 첫머리에 〈떡갈나무들〉이 기록되어 있고, 시제(詩題) 아래 "서막으로 쓸 예정"이라는 의미심장한 메모가 적혀 있다. 시집으로 펴낼 계획이었고, 실러로부터의 분리를 통해 성숙기로의 출발을 선언한 이 시를 서막(Proömium)으로 맨 앞장에 놓겠다는 것은 휠덜린 개인으로서는 의미심장하다. 휠덜린의 생애와 문학에서 이 분리는 하나의 중요한 사건이다. 이 시의 서정적 자아와 마찬가지로 시 자체가 예전의 것과 새로운 것 사이의 경계에 위치해 있으며, 휠덜린의 시문학이 새로운 출발을 앞둔 숨 고르기, 하나의 휴지(Zäsur)인 셈이다.

횔덜린이 27세에 쓴 〈떡갈나무들〉을 읽고 나면, 제가끔 삶을 살면서도 한데 어울려 평화롭고 건강한 공동체의 일원이기를 갈망하는 우리 시인 정희성이 26세에 쓴 시 〈숲〉이 자연스럽게 떠오른다.

천공에 부쳐

신들과 인간들 가운데 어느 누구도 그대처럼
성실하고 친절하게 나를 키운 이 없었나이다, 오 아버지 천공이시여!
어머니 나를 품에 안아 젖먹이기도 전에
당신은 사랑에 넘쳐 나를 붙들어 천상의 음료를 부으시고
움트는 가슴 안으로 성스러운 숨결 맨 먼저 부어주셨나이다.

살아 있는 것들 세속의 양식만으로 자라지 않으니
당신은 그 모두를 당신의 감로주로 길러주시나이다, 오 아버지시여!
하여 영혼을 불어넣으시는 대기, 당신의 영원한 충만으로부터
흘러나와 모든 생명의 줄기를 물밀듯 꿰뚫어가나이다.
그러하기에 살아 있는 것들 당신을 또한 사랑하며
즐거운 성장 가운데 끊임없이 다투어 당신을 향해 오르려 하나이다.

천상에 계신 이여! 초목도 눈길 들어 당신을 찾으며
키 작은 관목들은 수줍은 팔들을 들어 그대를 향해 뻗치지 않나이까?
당신을 찾으려 갇힌 씨앗은 껍질을 부수고
당신의 물결에 젖어 당신으로 하여 생기를 얻으려
거추장스러운 옷을 벗는 양 숲은 눈을 털어내나이다.
물고기도 요람을 벗어나 당신을 향하여 열망하듯
강물의 반짝이는 수면을 올라와 사무치듯 뛰어노나이다.
지상의 고귀한 짐승들, 당신을 향한 누를 길 없는 동경과

그 사랑이 그들을 부여잡아 끌어올릴 때,
발걸음은 날개가 되나이다.

말(馬)은 대지를 당당히 무시하고 마치 휘어진 강철인 양
목을 하늘로 치켜세우고 발굽도 모래땅에 거의 딛지 않나이다.
장난치듯 사슴의 발은 풀줄기를 건드리며
마치 미풍인 양, 거품 일으키며 세차게 흐르는 냇가를 이리저리 건너뛰고
수풀 사이로 보이지 않게 배회하나이다.

그러나 천공의 총아, 행복한 새들
아버지의 영원한 집 안에서 만족하여 깃들며 노니나이다!
이들 모두에게 넉넉한 장소가 있나이다. 누구에게도 길은 그어져 있지
않으며,
크거나 작거나 그 집 안에서 자유롭게 떠도나이다.
그들 나의 머리 위에서 환희하고 있으니 나의 마음도
그들을 향해 오르기를 갈망하나이다. 다정한 고향인 양
저 위에서 눈짓 보내니, 알프스의 산정으로
내 올라가 서둘러 날아가는 독수리에게 외치고 싶나이다.
한때 제우스의 품 안에 복된 소년을 안겨주었듯이
이 갇힘에서 나를 풀어 천공의 회랑으로 데려가달라고.

우리는 어리석게도 정처 없이 헤매고 있나이다. 마치 하늘을 향해
의지해 자랐던 버팀대가 부러져 자랄 길 잃은 덩굴처럼
우리 바닥에 흩어져 대지의 영역에서 부질없이 찾으며

방랑하고 있나이다. 오 아버지 천공이여!

당신의 정원에 깃들어 살려는 욕망이 우리를 내모는 탓이로다.

바다의 물결로, 널따란 평원으로 만족을 찾아서

우리들 힘차게 들어서면 무한한 물결들

우리의 배(船)의 고물을 맴돌아 치고 해신의 힘참에 마음은 즐거우나

그 역시 만족을 주지 않나이다. 가벼운 물결 일렁이는

더 깊은 대양(大洋)이 우리를 유혹하는 탓이로소이다. ─ 오 누구 저곳

그 황금빛 해안으로 떠도는 뱃길 몰아갈 수 있다면!

그러나 그 가물거리는 먼 곳, 당신이 푸르른 물결로 낯선

해안을 품에 안는 그곳을 향해 내가 동경하는 사이,

당신은 과일나무의 피어나는 우듬지로부터 살랑이며 내려오시는 듯하

나이다.

아버지 천공이시여! 또한 나의 애끓는 마음 손수 가라앉혀주시는 듯하

나이다.

하여 이제 그전처럼 대지의 꽃들과 더불어 내 기꺼이 살겠나이다.

AN DEN ÄTHER

Treu und freundlich, wie du, erzog der Götter und Menschen

Keiner, o Vater Äther! mich auf; noch ehe die Mutter

In die Arme mich nahm und ihre Brüste mich tränkten,

Faßtest du zärtlich mich an und gossest himmlischen Trank mir,

Mir den heiligen Othem zuerst in den keimenden Busen.

Nicht von irdischer Kost gedeihen einzig die Wesen,

Aber du nährst sie all' mit deinem Nektar, o Vater!

Und es drängt sich und rinnt aus deiner ewigen Fülle

Die beseelende Luft durch alle Röhren des Lebens.

Darum lieben die Wesen dich auch und ringen und streben

Unaufhörlich hinauf nach dir in freudigem Wachstum.

Himmlischer! sucht nicht dich mit ihren Augen die Pflanze,

Streckt nach dir die schüchternen Arme der niedrige Strauch nicht?

Daß er dich finde, zerbricht der gefangene Same die Hülse,

Daß er belebt von dir in deiner Welle sich bade,

Schüttelt der Wald den Schnee wie ein überlästig Gewand ab.

Auch die Fische kommen herauf und hüpfen verlangend

Über die glänzende Fläche des Stroms, als begehrten auch diese

Aus der Wiege zu dir; auch den edeln Tieren der Erde

Wird zum Fluge der Schritt, wenn oft das gewaltige Sehnen

Die geheime Liebe zu dir sie ergreift, sie hinaufzieht.

Stolz verachtet den Boden das Roß, wie gebogener Stahl strebt

In die Höhe sein Hals, mit der Hufe berührt es den Sand kaum.

Wie zum Scherze, berührt der Fuß der Hirsche den Grashalm,

Hüpft, wie ein Zephyr, über den Bach, der reißend hinabschäumt,

Hin und wieder und schweift kaum sichtbar durch die Gebüsche.

Aber des Äthers Lieblinge, sie, die glücklichen Vögel

Wohnen und spielen vergnügt in der ewigen Halle des Vaters!

Raums genug ist für alle. Der Pfad ist keinem bezeichnet,

Und es regen sich frei im Hause die Großen und Kleinen.

Über dem Haupte frohlocken sie mir und es sehnt sich auch mein Herz

Wunderbar zu ihnen hinauf; wie die freundliche Heimat

Winkt es von oben herab und auf die Gipfel der Alpen

Möcht' ich wandern und rufen von da dem eilenden Adler,

Daß er, wie einst in die Arme des Zeus den seligen Knaben,

Aus der Gefangenschaft in des Äthers Halle mich trage.

Töricht treiben wir uns umher; wie die irrende Rebe,

Wenn ihr der Stab gebricht, woran zum Himmel sie aufwächst,

Breiten wir über dem Boden uns aus und suchen und wandern

Durch die Zonen der Erd', o Vater Äther! vergebens,

84

Denn es treibt uns die Lust in deinen Gärten zu wohnen.

In die Meersflut werfen wir uns, in den freieren Ebnen

Uns zu sättigen, und es umspielt die unendliche Woge

Unsern Kiel, es freut sich das Herz an den Kräften des Meergotts.

Dennoch genügt ihm nicht; denn der tiefere Ozean reizt uns,

Wo die leichtere Welle sich regt — o wer dort an jene

Goldnen Küsten das wandernde Schiff zu treiben vermöchte!

Aber indes ich hinauf in die dämmernde Ferne mich sehne,

Wo du fremde Gestad' umfängst mit der bläulichen Woge,

Kömmst du säuselnd herab von des Fruchtbaums blühenden Wipfeln,

Vater Äther! und sänftigest selbst das strebende Herz mir,

Und ich lebe nun gern, wie zuvor, mit den Blumen der Erde.

6운각 시행으로 된 찬가인 이 시는 1796년에 쓰인 것으로 전해진다. 소설 《휘페리온》에도 나타나는 것처럼 천공은 횔덜린 작품 세계에 중심적인 의미를 지니고 있다. 《휘페리온》의 한 구절에 "오 우리의 마음속을 불길처럼 세차게 지배하며 생동하는 정령의 누이여, 성스러운 대기여! 그대가 내 발길이 닿는 곳마다 나를 동반하는 것, 그것은 얼마나 아름다운 일인가, 모든 곳에 임해 있는 자여, 영생하는 자여!"(《휘페리온》, 81)라고 쓰여 있다. 이러한 횔덜린의 천공 또는 대기(大氣)에 대한 감동과 의미 부여는 요한 고트프리트 헤르더Johann Gottfried Herder나 셸링, 고대의 문헌인 예컨대 키케로의 《신들의 본질에 관하여De natura deorum》로부터 얻어진 것이다. 셸링은 〈세계 정령에 대해서Von der Weltseele〉라는 논문에서 '천공'과 '세계 정령'을 동일시하면서 "고대 철학이 자연의 공통적인 정신으로 예감하고 찬미해 마지않았으며, 물리학자들도 형태를 구성해주고 키워주는 천공을 가장 고귀한 자연의 통일적인 일자(Eines)로 생각했다"고 말하고 있다. 횔덜린 연구가 카를 피에토르Karl Viëtor는 "18세기 독일의 범그리스적 문명의 르네상스가 이어받은 자연현상 가운데 신적인 것으로 공경받아온 천공이 가장 중요한 것 중 하나이다. 소크라테스 이전의 고대 자연철학은 이 천공을 지구의 표면을 덮고 있는 대기층이라고만 이해한 것이 아니라, 그것을 훨씬 넘어선 무엇으로 이해했다"고 말하고 있다. 삼라만상에게 영혼을 불어넣는 "대기의 숨결", 기(氣), 영(靈) 즉 프노이마(Pneuma)와 동일시되는 천공에 관한 논의는 고대의 가장 강력한 정신적인 의식에 속했던 스토아적 범신론을 통해서 확산되었다.

횔덜린은 천공을 모든 것을 포괄하고 모든 것을 꿰뚫고 있는 생명의 요소이며, 모든 개별적 존재를 사로잡는 자연의 공동 정신으로 찬미한다. 왜냐하면 신적인 천공의 영역으로 뻗어가며, 개별성을 벗어나 총체적인 것으로 되돌아가려는 동경은 개별적 존재와 총체적 존재의 내면적인 친화력을 증명해주기 때문이다.

천공은 모든 자연이 애써 도달하려는 무한한 공간이다. 이 무한한 천공은 서정적 자아로 하여금 지상에서의 방황을 절감하게 만든다. 지상으로의 돌아섬을 지시해주는 매개자이기도 하기 때문이다. 그러나 다시 한번 서정적 자아는 아버지 천공의 위로 가운데 삼라만상과 더불어 살기를 기꺼이 받아들인다.

우리는 어리석게도 정처 없이 헤매고 있나이다. 마치 하늘을 향해
의지해 자랐던 버팀대가 부러져 자랄 길 잃은 덩굴처럼
우리 바닥에 흩어져 대지의 영역에서 부질없이 찾으며
방랑하고 있나이다. 오 아버지 천공이여!
당신의 정원에 깃들어 살려는 욕망이 우리를 내모는 탓이로다.
[…]

그러나 그 가물거리는 먼 곳, 당신이 푸르른 물결로 낯선
해안을 품에 안는 그곳을 향해 내가 동경하는 사이,
당신은 과일나무의 피어나는 우듬지로부터 살랑이며 내려오시는 듯
하나이다.
아버지 천공이시여! 또한 나의 애끓는 마음 손수 가라앉혀주시는 듯
하나이다.
하여 이제 그전처럼 대지의 꽃들과 더불어 내 기꺼이 살겠나이다.

천공과 인간의 영혼과의 내면적인 친화력이 신적인 천공의 영역으로, 개별화를 벗어나 삼라만상으로 귀향하고자 하는 개별적 영혼의 동경을 낳는다. 이것이 찬가 〈천공에 부쳐〉에서 시인이 노래한 요점이다.

횔덜린은 이 찬가의 정서본을 비가 〈방랑자〉와 막 발행된 소설 《휘페리온》 제1권과 함께 1797년 6월 20일 실러에게 쓴 편지에 동봉해 보냈다. 편지에는 "제가 동봉해 보내는 이 시들이 선생님의 시 연감에 지면을 얻을 만큼의 가치를 가졌으면 얼마나 좋겠습니까!"(서한집, 242)라고 썼다. 실러는 6월 27일 이 두 편의 시의 육필본을 괴테에게 보내면서 이렇게 썼다. "어제 시 연감에 실리기 위해서 보내온 두 편의 시를 동봉해 보내드립니다. 살펴보시고 저에게 이 작업이 당신께 어떻게 비쳤는지, 이 저자에게 어떤 기대를 가지시는지 몇 말씀 해주시기 바랍니다. 이런 수법의 작품에 대해서 저는 어떤 순수한 판단을 내리지 못하고 있습니다. 저는 바로 이런 경우에서 명확해지는 것을 보고 싶습니다"(KA. III, 630). 괴테는 다음 날 이렇게 회답했다. "제가 여기 되돌려드리는, 저에게 보내신 두 편의 시에 대해서 저는 전혀 부정적이지 않으며, 이 시들이 출판되면 확실히 친구를 얻게 될 것입니다. […] 다른 시[〈천공에 부쳐〉]도 시적이라기보다는 자연사적으로 보입니다. 그리고 낙원에서 아담의 주위에 온갖 동물을 모아놓은 그림 하나를 기억나게 하는군요. 두 편의 시는 하나의 부드러운, 자기만족으로 녹아든 노력을 표현하고 있습니다. 시인은 자연에 대해서 경쾌한 시야를 지니고 있습니다만, 이것을 시인은 전래되는 것에서 알게 된 것 같습니다. […] 저는 이 두 시에서 한 시인을 가리켜 보이는 훌륭한 요소들이 있지만, 이 요소들만으로 시인이 되지는 않는다고 말하고 싶습니다. 이 시인이 아주 단순한 목가적 제재를 선택하고 그가 이것을 가지고 마지막에 모든 것이 달려 있는 인물화에 성공하는지를 볼 수 있도록 표현해낸다면 어쩌면 가장 잘해낼 수 있지 않을까 생각합니다. 〈천공에 부쳐〉는 시 연감에 싣는 것이 나쁘지 않을 것이고, 〈방랑자〉는 기회를 보아서 《호렌》에 싣는 게 아주 좋을 거라고 생각합니다"(같은 책, 630~631).

실러는 1797년 6월 30일 이 서한에 답한다. "당신께서 나의 친구이자 피후견인에게 전적으로 비우호적이 아니신 것을 기쁘게 생각합니다. 그의 작품에서 탓할 만한 것이 저에게도 생생하게 눈에 띕니다. 그러나 제가 그 안에서 알아챈 좋은 점도 칼끝을 지니게 될지 저도 잘 알지 못합니다. 곧이곧대로 말씀드리자면, 이 두 편의 시에서 저는 제 자신의 평소의 모습을 발견했습니다. 그리고 이 시인이 저를 환기시킨 것이 이번이 처음이 아닙니다. 그는 심한 주관성을 지니고 있으며, 거기에 상당히 철학적인 정신과 심오한 의미를 결합시키고 있습니다. 그러한 천성을 따라잡기는 아주 어렵기 때문에 그의 상태는 위험합니다. 그간에 그전의 작품들과 비교할 때 이 새로운 작품들에서 그래도 어떤 확실한 개선의 실마리를 저는 발견했습니다. […] 그를 그의 고유한 공동체에서 끌어내고, 외부로부터의 유익하고 항구적인 영향을 향해서 마음을 열게 할 단 하나의 가능성만이라도 제가 알게 된다면, 저는 그를 포기하지 않을 것입니다"(같은 책, 631).

실러는 괴테의 충고에 따라 찬가 〈천공에 부쳐〉를 《1798년판 시 연감》에 실어 1797년 10월 발행했다. 그 외에 이 서신 왕래는 횔덜린에 대한 두 거장의 시각을 비교적 구체적으로 드러내준다. 괴테가 "낙원에서 아담의 주위에 온갖 동물을 모아놓은 그림"(같은 책, 630) 같다고 한 것이 삼라만상의 아버지인 천공을 향하는 동경과 흠모의 묘사가 사실적이라는 점을 지적한 것으로도 이해한다면, 괴테의 본의가 무엇이었든지 추상을 벗어난 횔덜린의 표현 방식의 전환을 확인시켜준다. 횔덜린에게서 "자신의 모습을 보았던" 실러가 이 작품을 포함한 "새로운 작품들에서 어떤 확실한 개선의 실마리를 발견했다"(같은 책, 631)고 한 것도 주관성, 다른 말로 하자면 관념과 격정의 세계에서 벗어나 냉정한 직관으로 들어선 횔덜린의 시 세계를 그가 간파했음을 말해준다.

운명의 여신들에게

오직 한 여름만을 나에게 주시오라, 그대들 힘 있는 자들이여!
  또한 나의 성숙한 노래를 위해 한 가을만 더.
    하여 나의 마음 더욱 흔쾌하게, 감미로운
      유희에 가득 채워지거든, 그때 스러지도록.

삶 가운데 그 신적인 권한을 누리지 못한 영혼은
  하계(下界)에서도 평온을 찾지 못하리라.
    그러나 내 마음에 놓인 성스러움
      나의 시 언젠가 이룩되는 때,

그때는 오 그림자 세계의 정적이여! 내 기꺼이 맞으리라.
  그리고 만족하리라, 나의 칠현금이
    나를 동반치 않을지라도. 한 번
      신처럼 내 살았으니, 더 이상 부족함이 없는 탓으로.

AN DIE PARZEN

Nur Einen Sommer gönnt, ihr Gewaltigen!
  Und einen Herbst zu reifem Gesange mir,
    Daß williger mein Herz, vom süßen
      Spiele gesättiget, dann mir sterbe.

Die Seele, der im Leben ihr göttlich Recht
  Nicht ward, sie ruht auch drunten im Orkus nicht;
    Doch ist mir einst das Heil'ge, das am
      Herzen mir liegt, das Gedicht gelungen,

Willkommen dann, o Stille der Schattenwelt!
  Zufrieden bin ich, wenn auch mein Saitenspiel
    Mich nicht hinab geleitet; Einmal
      Lebt ich, wie Götter, und mehr bedarfs nicht.

이 시는 1798년 6월과 8월 두 번에 걸쳐 노이퍼가 발행하는《1799년판 교양 있는 여인들을 위한 소책자》에 투고한 18편의 짧은 송시 중 하나이다. 노이퍼는 투고된 시중 14편을(일부는 힐마르Hillmar라는 가명 아래) 실어 1799년 봄에 발행했다.

이 송시는 횔덜린의 프랑크푸르트 시절(1796~1798년)의 마지막 순간에 쓴 것으로 보인다. 이 시절 횔덜린은 입주 가정교사로 일했던 은행가 공타르의 부인 주제테를 향한 실존을 뒤흔든 사랑을 체험했다. 두 사람의 작별(그에게 너무나도 큰 재앙이었다)이 차츰 불가피할 것으로 드러나자 "무한히 일치적인 세계"에 대한 횔덜린의 신념은 혼란에 빠진다. 이즈음에 쓴 짧은 송시들은 비교적 행복했던 시절의 넘치는 서정적 열정을 회상한다. 이때 쓴 송시 〈짧음〉은 이렇게 노래한다.

> 어찌하여 그대는 그처럼 짧은가? 그대는 도대체 그전처럼
>   노래를 더 이상 사랑하지 않는 것인가? 그대는 그러나 젊은이로서,
>   희망의 나날에
>   노래를 부를 때면, 끝을 몰랐도다!
>
> 나의 행복처럼 나의 노래도 그러하다.
> (시 전집 1, 380)

송시 〈운명의 여신들에게〉는 사랑의 상실이라는 모티브를 포함하진 않지만, 사랑의 짧은 행복, 무상함의 경험이라는 생애기적 사실과 맥락을 같이한다. 그러나 횔덜린은 무엇보다도 시인으로서의 본분이 이러한 현실적 상황으로 인해서 훼손될 수 있다는 위기의식을 각성한

다. 평온과 만족할 만한 노래의 완성에 대한 갈망을 운명의 여신들에게 청원으로 노래하는 것이다.

서정적 자아는 신화에서 자의적으로 인간의 생명의 끈을 어느 길로 짜고 끊는 3명의 운명의 여신들을 향해서 "나의 성숙한 노래를 위해" "오직 한 여름만" "한 가을만 더" 달라고 청원한다. 그리하여 "감미로운/유희에" "마음"이 "가득 채워지거든, 그때 스러지도록" 해달라고 호소한다. "성숙한 노래"는 열매처럼 자연스럽게 영근 노래이다. 한여름의 뜨거운 햇빛과 가을의 서늘한 바람과 느긋한 빛살이 빚어내는 열매처럼 시간과 환경이 함께 만들어낸다. 따라서 하나의 여름, 하나의 가을이 양적 물리적 시간을 의미한다기보다는 그 안에서 예술적 성숙과 결실이 이루어지는 질적 시공을 의미한다.

여기서 맺어지는 열매, "성숙한 노래"는 다음 시연의 "성스러움/나의 시"에 상응한다. 시어 "성스러운(heilig)"은 횔덜린의 문학에서 가장 중요한 형용사이다. 이 어휘가 횔덜린에게 결정적인 것은 오늘날 통용되는 대로 "신적인" 의미가 아니라, 어원상의 근원적인 의미인 "완전한, 건전한"에 매우 가깝다는 점이다. 나의 시가 성스러운 건 신적인 대상을 노래해서가 아니라 유한한 인간적인 것과 무한한 신적인 것의 일치에 도달할 때 달성되는 경지인 것이다. 신적 존재와 인간적 존재의 분리와 갈등을 상호 화해시키는 예술의 역할을 이 "성숙한 열매, 성스러운 나의 시"가 함축적으로 내포한다.

이러한 성숙한 열매에 대한 갈망은 "영혼"(제5행)의 요구에서 기인한다. "그렇게 위대한 예술작품의 생성을 통해서 완성을 애타게 목말라 하는 나의 영혼을 충족시키는 것"(서한집, 258)이라고 횔덜린은 1798년 2월 의붓동생에게 보낸 편지에 토로한 적이 있다. 영혼은 충족시킬 것을 요구할 신적 권리를 가진다. 따라서 문학적 행위는 종교적인 근거를 가지게 된다. "하느님께서 저에게 우선해서 결정해주신 보다 드높고 보다 순수한 일을 생동하는 힘으로 해나가며"(서한집, 299) 살아내려 한다고 그는 어머니에게 선언한다. 이런 점에서 시인이 "얻는 것이 없이도 차라리 죽음을 택하겠네"(서한집, 286)라며 외부의 압력 때문에 자신의 사명을 포기하느니 차라리 거둔 것이 없더라도 죽겠다고 노이퍼에게 선언한 것을 이해할 수 있다.

"감미로운/유희"(제3/4행)는 "칠현금"(제10행)의 연주에 상응한다. 만족하고 마침내 지하 세계로 내려가는 허구의 장면에서 칠현금의 연주로 시인은 신적 가인인 오르페우스를 상기시킨다. 자신의 칠현금 연주로 동물과 식물은 물론 죽음의 신 하데스조차 감동시켰던 오르페우스. 운명의 여신들에게 선의를 베풀어달라고 호소하는 노래는 오르페우스의 노래와 감히 비교된다. 오르페우스, 서정적 자아, 시인 사이의 연상을 통한 연결이 성립되는 것이다.

이 시는 있을 수 있는 좌초의 위협에도 불구하고 매우 확신에 찬 정서를 증언한다. 그것은 예술가의 신성(神性)에 대한 당당한 결구— "한 번/신처럼 내 살았으니, 더 이상 부족함이 없는 탓으로"—에서 정점을 이룬다. 후일 주체성 개념을 성찰하면서 벗어나기는 했지만, 시인의 특별한 역할에 대한 강고한 신념, 시인의 실존적 격식이 이렇게 적은 말수로 긴박감 넘치게 노래된 시는 독일 문학에서 쉽게 찾을 수 없다. 릴케는 시 〈가을날〉에서 "주여, 때가 왔습니다. 지난여름은 참으로 위대했습니다./…/마지막 과일들이 무르익도록 명해주소서;/이틀만 더 남국의 날을 베푸시어"라고 노래했을 때 아마도 횔덜린의 〈운명의 여신들에게〉를 떠올리지 않았을까 싶다.

1799년 3월 2일 예나의 《알게마이네 리터라투어 차이퉁》은 휠덜린의 〈운명의 여신들에게〉가 실린 노이퍼의 문학잡지 《교양 있는 여성을 위한 소책자》에 대한 아우구스트 빌헬름 슐레겔August Wilhelm Schlegel의 서평을 실었다. 휠덜린이 이 서평을 어머니에게 보낸 편지(1799년 3월 25일경)에 필사해 보냈다.

"이 연감의 내용을 우리는 휠덜린의 기고에 한정해서 보고 싶다. 발행자(노이퍼)의 기고는 끝없는 졸작의 시들이다. […] 산문으로 된 논고들도 전혀 의미가 없다. 그러나 휠덜린의 몇 안 되는 기고는 정신과 영혼으로 충만하다. 우리는 여기 그중 두서넛 편을 그 증거로 기꺼이 제시한다. […] 이 시행들은 휠덜린이 비교적 규모가 큰 시를 가지고 이리저리로 발표를 모색하고 있으리라는 결론을 내리게 한다. 이를 위해서 우리가 그에게 모든 외적인 후원이 있기를 소망하게 된다. 왜냐면 그의 시인으로서의 자질에 대한 지금까지의 음미와 예시된 시에 나타난 숭고한 감정 자체가 멋진 성공을 희망케 하기 때문이다"(KA. Ⅲ, 348).

이처럼 〈운명의 여신들에게〉는 휠덜린이 시인으로서 당대의 저명한 비평가에게 받은 최초이자 최고의 호평이었다. 휠덜린은 자랑스럽게 이 소식을 어머니에게 전했지만, 아들이 성직자의 길을 걷기를 간절히 소망하는 어머니에게는 오히려 절망적인 소식이었다. 그 심정을 늦게 깨달은 휠덜린은 이렇게 썼다. "그 짧은 시가 어머니를 불안하게 만들지 않았으면 좋겠습니다. 귀하신 어머니! 그 시는 제가 자연이 저에게 정해준 것으로 보이는 몫을 충족시키기 위해서 언젠가는 평온한 시간을 맞기를 얼마나 원하는지를 읊은 것 이외 아무것도 아니랍니다"(서한집, 366~367). 그것은 어머니의 걱정을 덜어야겠다는 일념에서 나온 변명이었다.

우리의 위대한 시인들에게

갠지스 강의 강변들 환희의 신의 개선을
 들었도다, 젊은 바쿠스 신 모든 것을 정복하면서
  성스러운 포도주로 잠에서부터 백성들을 일깨우며
  인더스 강으로부터 이곳으로 왔을 때.

오 깨워라, 그대 시인들이여! 그들을 졸음에서도 깨워라,
 지금 아직도 잠자고 있는 그들을. 법칙을 부여하고
  우리들에게 생명을 주시라, 승리하라, 영웅들이여! 오로지 그대들만이
  바쿠스 신처럼 정복할 권리 가지고 있노라.

AN UNSRE GROSSEN DICHTER

Des Ganges Ufer hörten des Freudengotts

  Triumph, als allerobernd vom Indus her

    Der junge Bacchus kam, mit heilgem

      Weine vom Schlafe die Völker weckend.

O weckt, ihr Dichter! weckt sie vom Schlummer auch,

  Die jetzt noch schlafen, gebt die Gesetze, gebt

    Uns Leben, siegt, Heroën! ihr nur

      Habt der Eroberung Recht, wie Bacchus.

1798년 6월 30일 횔덜린은 짧은 송시 〈우리의 위대한 시인들에게〉를 포함하여 다섯 편의 시를 실러에게 보냈다. 동봉된 편지에는 시사하는 바가 적지 않은 내용이 언급되어 있다. "모든 위대한 사람은 그렇지 못한 다른 사람에게서 평온을 빼앗으며, 동등한 사람들 가운데에만 균형과 공정이 성립한다는 사실을 선생님께서는 물론 알고 계십니다. 그렇기 때문에 저는 선생님께 선생님으로부터 저의 자유를 지켜내기 위해서 때때로 선생님의 창조적 정신과 은밀한 투쟁을 벌인다는 사실을 고백해도 될 것 같습니다"(서한집, 263). 다섯 편의 시 가운데 〈우리의 위대한 시인들에게〉와 짧은 송시 〈소크라테스와 알키비아데스〉 단 두 편 만이기는 하지만, 실러는 1798년 10월에 발행한 《1799년판 시 연감》에 실어주었다.

　〈우리의 위대한 시인들에게〉라는 시제(詩題)에서 우리는 편지에 언급한 "은밀한 투쟁"에 대한 징후를 어렵지 않게 읽어낼 수 있다. 이미 앞선 작품 〈젊은이가 현명한 조언자들에게〉(시 전집 1, 357~359)에서 시도했듯이, 여기서도 전혀 이름이 알려지지 않은 한 젊은 시인이 "우리의 위대한 시인"을 향해서 호소하고 있다. 전례가 없는 일이다. 젊은 시인이 동등한 자들 가운데 한 동등한 자로서 "위대한 시인들"을 향하고 그들에게 호소할 뿐만 아니라 그들에게 조언한다. "위대한 시인들"이라는 구절은 실러와 나란히 괴테는 물론, 헤르더와 클롭슈토크 까지도 떠올리게 한다. 이들에 대한 관계는 시제에도 나타나 있듯이 구분된다. 부가어 "위대한"을 통해서는 거리감이, 소유대명사 "우리의"를 통해서는 친근감이 표현된다. 실러는 이 시를 《시 연감》에 실어 발행할 때, 형용사 "위대한"을 삭제했다. 이러한 내용상의 동기에서 행해진 변경으로 시적 진술은 완전히 다른 관점으로 옮겨지고 말았다.

간과할 수 없는 것은 이 짧은 송시가 두 개의 병렬적인, 논리적 양식으로 상호 결부된 두 개의 알케이오스 시연으로 구성되어 있다는 점이다. 첫 시연에서는 절실하게 시제에 포함하여 암묵적으로 거명된 "위대한 시인들"의 활동에 대한 신화적인 본보기로서 디오뉘소스(바쿠스)의 인도를 향한 행진이 거의 서사적인 묘사로 소환되고 있다. 두 번째 시연은 지리적으로나 시간적으로 먼 것(과거형)에서 현재(현재형)로 이행하고 위대한 시인들에게 고대의 영웅 디오뉘소스를 본받으라는 요구를 청원의 어법으로 제기한다. 첫 시연이 복문 형식(주문장, 부문장, 분사 구문)을 통해서 하나의 진술을 담고 있는 데 반해서, 두 번째 시연은 다섯 개의 명령문으로 구성되어 있다.

첫 시연에 소환된 디오뉘소스의 인도를 향한 행진은 무엇보다도 저명한 고대 신화학자인 디오도로스 시켈로스Diodorus Siculus에서 유래하는 전통에 이어져 있다. 이에 따르면 디오뉘소스는 동방에서 서구를 향해서, 즉 인도에서 소아시아를 거쳐 그리스로 왔다는 것이다. 그러나 횔덜린의 이 짧은 송시에서는 이 방향이 정반대로 상정되어 있다. 이러한 디오뉘소스 행진의 역전된 방향은 이미 고대 그리스 서사시 〈디오니시아카〉에 등장한다고 전해진다. 역전이 알렉산더대왕의 동방 정복 행군으로부터 그 동기를 발견했다는 것이며, 횔덜린도 신화의 이러한 헬레니즘적인 연장을 이어받은 것으로 보인다.

고대의 문헌뿐만 아니라 당대의 문헌과 문학에서도 디오뉘소스의 동방으로의 행진은 시인을 자극했다. 카를 필리프 모리츠Karl Philipp Moritz는 1795년《신들의 가르침》에서 이렇게 언급한다. "바쿠스의 인도를 향한 행진은 하나의 멋지고 숭고한 문학이다. 환호의 야단법석과 함께 행진했던 남녀로 이루어진 군대를 이끌고 그는 갠지스 강에 이르기까지 자선을 베푸는 정복을 이어갔다. 그는 정복한 민중들에게 보다 높은 삶을 누리도록 가르쳤고, 포도 경작과 법칙들을 가르쳤다."

휠덜린에게 전해진 신화적 자극과 전통이 이러했지만, 이 짧은 송시가 위치하는 사유의 범위를 완전히 제한할 수는 없다. 디오뉘소스 신화가 가진 변주의 시적인 수용에는 휠덜린의 시대적 경험이 함께 작용했으리라고 충분히 짐작할 수 있다. 그것은 다름 아닌 나폴레옹의 승리의 행군이다. 시에서는 전쟁을 통한 정복에는 상당한 거리를 두고 있는 것이 사실이지만, 우리는 나폴레옹의 성취를 지켜보았던 휠덜린의 감동을 알고 있다.

첫 시연에서 바쿠스는 "환희의 신"으로 나타난다. 디오뉘소스가 환희와 결부된 것은 고대 신화에서부터이다. 실러의 〈환희에 부쳐〉에 노래되는 현실을 변화시키는 환희의 힘도 물론 환기된다. 이 막강한 힘이 휠덜린에게 미친 영향은 입증되어 있다. 이 사상적 자장에는 프랑스 혁명에 대한 열광과 혁명에 관심을 기울인 독일 서정시가 노렸던 정치적인 기능도 들어 있다. 열광은 전 민중의 정치적, 정신적 자세를 변동시키는 공화적인 힘으로 생각되었다. 이런 정치적 표상에 이 시를 관통하고 있는 민중의 잠과 깨어남이라는 은유가 상응한다. "모든 것을 정복하는" 디오뉘소스가 "성스러운 포도주로" "잠에서부터 백성들을 일깨우며" 그들을 완전히 다른 사회적, 정치적, 문화적 상태로 옮겨놓는다. 이처럼 휠덜린의 신화 수용의 방식이 포함하는 정치적인 의미가 작지 않다.

두 번째 시연에서는 지시적인 구조가 눈에 띈다. "깨워라"(제5행에 두 번), "부여하라/주어라"(제6/7행)와 같은 명령어가 반복되는 등 짧은 명령문이 강조의 문체 양식 수단으로 나타난다. 짧은 문장을 통해서 "위대한" 시인들에게 던지는 요구는 강화되고, 서두에 놓인 "오"라는 외침을 통해서 한층 강조된다. 두 번에 걸친 직접적인 호명, "그대 시인들이여!"(제5행)와 "영웅들이여!"(제7행)도 호소를 한층 더 강화시킨다.

두 번째 시연은 이중으로 첫 시연과 연결된다. 우선 "일깨우다/깨우다"라는 동사가 눈에 들어온다. 여기에는 유사한 역사적인 기능이 관여되어 있다. 그것은 오늘날 위대한 시인들이 따라 해야 할, 신화시절 디오뉘소스가 행했던 일이다. 디오뉘소스와 시인들 사이의 이러한 내용상의 연관은 신화에 제기되어 있다. 고대 문학에서 디오뉘소스, 즉 바쿠스는 시인의 신이다. 그리고 헤시오드는 디오뉘소스를 영웅으로 기술했다. 독일의 현시대 "위대한" 시인들에게 유사한 활동과 영향력의 짐을 지우려고 한다. 이미 디오뉘소스는 문명을 일구는 방법으로 "법칙"을 부여했었다. 횔덜린은 후일 "환희의 봉사를 명하면서/포도밭을 일구고/백성의 분노를 길들였던 이"(《유일자》 첫 번째 원고, 제57~59행, 시 전집 2, 243)라고 디오뉘소스의 법칙 부여를 노래한다.

백성을 깨워달라는 위대한 시인들을 향한 호소로써 횔덜린은 계몽주의에 뿌리를 둔 혁명적인 은유법을 구사한다. 디오뉘소스가 "성스러운 포도주"의 해방과 구원의 작용으로 백성들에게 깨어 있는 의식을 촉구했듯이, 시인들은 언어를 수단으로 백성들의 급진적인 변화를 목표로 삼아야만 한다는 것이다. 여기에는 고대와 성서, 경건주의에 기원을 둔 사상의 전통이 함께 흐르고 있다. 다만 경건주의와는 조금 다르게 개별자가 아니라 전체 백성의 깨어남과 부활을 생각한다. 분명한 건 정치적 압박과 법률적인 형식 안에서 경직되고 죽은 현존 양식에 대항을 시작해야 한다는 것이다.

나아가 새로운 "법칙"이 부여되어야 하고 또 새로운 "생명"이 주어져야 한다. 시인과 법칙 제정자를 동일시하는 것이 디오뉘소스만을 회상케 하지는 않는다. 횔덜린이 후일 디오뉘소스에 가까이 놓았던 루소—"그러나 루소여, 그대처럼/…/확고한 감각과 듣고/말하는 감미로운 천성 타고나/주신(酒神)처럼 성스러운 충만으로부터/…/가장 순수한 자들의 언어를 베푸니"(〈라인 강〉, 제139~146행. 시 전집 2, 220~221)—를 또한 생각나게 한다. 이 시절 횔덜린의 세계관이나 시의 수신인(〈라인강〉의 부제가 〈이작 폰 싱클레어에게 바침〉이다)을 떠올려볼 때, 우리는 두말할 것 없이 루소의 자유와 평등의 이상을 생각하게 된다. 짧은 〈우리의 위대한 시인들에게〉에서 시인들에게는 다만 "법칙들" 뿐만 아니라 "생명"을 부여하는 과제가 주어진다. 이러한 개념을 통해서 순수하게 정치적인 사유의 세계는 명백하게 벗어난다. "오로지 그대들만이/바쿠스 신처럼 정복할 권리 가지고 있노라"라는 시구가 전투적이며 정치적인 사실성을 벗어나 있듯이 말이다. 전쟁에 관련된 정치적 용어들인 "개선", "모든 것을 정복하면서", "승리하라", "정복"과 같은 시어들은, 그것의 실제 내용을 시인들에게 전의해서 이해해야 한다.

이 짧은 송시를 쓴 시점을 돌이켜볼 만하다. 횔덜린이 "위대한 시인들"을 향해서 절실하게 호소하는 시점인 1798년에 실러는 희곡《발렌슈타인》을, 괴테는《파우스트》의 집필에 몰두하고 있었다. 이 두 편의 드라마는 횔덜린의 〈우리의 위대한 시인들에게〉나 드라마《엠페도클레스의 죽음》과는 전혀 다른 역사철학적 관점을 바탕에 두고 있으며, 전혀 다른 심미적 구상을 따르고 있다. 역사 진행에의 문학적 참여 가능성이나 독자에 대한 의도적인 문학적 영향에 대한 관점에서 횔덜린은 실러와 괴테와는 전혀 다른 태도를 보인다. 결과는 명백했다. 횔덜린의 시는 메아리 없는 외침에 불과했다. 실러는 시제의 변경("위대한"이란 부가어 삭제)으로 수신인 연관을 일반화시키고, 따라서 이 시의 본래 지향된 목표를 무력화시켰다. 횔덜린은 1801년 이 짧은 송시를 더욱 신랄하고 단호한 〈시인의 사명〉으로 확장 개작했다.

> 그러나 시인이 어쩔 수 없이 외롭게 신 앞에 서야 할지라도
>
> 두려움 없도다. 단순함이 그를 보호해주며
>
> 그 어떤 무기도 지략도 필요치 않도다
>
> (시 전집 2, 173)

횔덜린은 이미 이들 "위대한 시인들"과 자신을 대조하는 가운데 그 차이를 의식했던 것이다.

내가 한 소년이었을 때…

내가 한 소년이었을 때
 신은 때때로
  인간들의 소란과 채찍으로부터 날 구원했었네.
   그때는 근심 없고 착한 마음으로
    언덕의 꽃들과 더불어 놀았고
     천국의 미풍도
      나와 함께 놀았네.

그대를 향해서
초목들의 가냘픈 가지들 뻗쳐오를 때
그대 초목들의 마음
즐겁게 해주었듯이

그대 나의 마음 즐겁게 해주었네.
아버지 헬리오스여! 또한 엔디미온처럼
내 그대의 연인이었네,
성스러운 루나여!

오 그대들 충실하고
우정 어린 신들이여!
나의 영혼 얼마나 그대들을 사랑했는지

그대들도 알고 있는 일

진실로 그때 내 아직 그대들을
이름으로 부르지 않았으며 그대들 또한
나를 이름 지어 부르지 않았었네. 인간들은
서로를 알고 나서 이름을 부를지라도.

그러나 나는 그대들을 어떤 인간을
안 것보다 더욱더 잘 알았다네.
내 천공의 침묵을 이해했으나
인간의 말마디는 이해하지 못했었네.

살랑대는 임원의 화음
나를 길러내었고
꽃들 가운데서
나는 사랑을 배웠었네.

신들의 품 안에서 나는 크게 자랐었네.

DA ICH EIN KNABE WAR …

Da ich ein Knabe war,

  Rettet' ein Gott mich oft

    Vom Geschrei und der Rute der Menschen,

    Da spielt' ich sicher und gut

      Mit den Blumen des Hains,

        Und die Lüftchen des Himmels

          Spielten mit mir.

Und wie du das Herz

Der Pflanzen erfreust,

Wenn sie entgegen dir

Die zarten Arme strecken,

So hast du mein Herz erfreut

Vater Helios! und, wie Endymion,

War ich dein Liebling,

Heilige Luna!

O all ihr treuen

Freundlichen Götter!

Daß ihr wüßtet,

Wie euch meine Seele geliebt!

Zwar damals rief ich noch nicht
Euch mit Namen, auch ihr
Nanntet mich nie, wie die Menschen sich nennen
Als kennten sie sich.

Doch kannt' ich euch besser,
Als ich je die Menschen gekannt,
Ich verstand die Stille des Äthers
Der Menschen Worte verstand ich nie.

Mich erzog der Wohllaut
Des säuselnden Hains
Und lieben lernt' ich
Unter den Blumen.

Im Arme der Götter wuchs ich groß.

이 시는 횔덜린이 프랑크푸르트 시절의 마지막 시기인 1798년 가을에 쓴 작품이다. 시인의 인간적 고립이 자신을 둘러싼 신적 존재들과의 공동체적인 삶으로 넉넉히 균형을 이루었던 찬란한 소년 시절에 대한 회상 가운데 쓴 작품이다. 이 회상은 과거라는 서사적 시제 안에 간직되어 있다. 그러나 이것은 횔덜린의 삶에서의 지나간 시절뿐만이 아니라, 그의 전 생애에 걸친 실존 상황을 증언한다.

　도입부인 첫 3행의 세 마디 시어에 이 시의 핵심이 있다. "신"과 "나", "인간"이 그것이다. 우선 첫 관련이 전개된다. "신"과 "나"이다. 그를 구원한 이는 하느님(Gott)이 아니라, 횔덜린이 믿는 많은 신적 존재들 가운데의 한 신("ein Gott")이다. 이 신들은 다양한 형상체로 그의 주변에 현전한다. "언덕의 꽃들"(제5행), "천국의 미풍"(제6행), "천공의 침묵"(제26행) 가운데 자리한다. 이들은 서정적 자아와 교체하면서 첫 연에서 주체로서 또는 대상으로 나타난다. 서정적 자아가 "언덕의 꽃들과 더불어 놀았"는가 하면 "천국의 미풍도/나와 함께 놀았다." 횔덜린은 여기서 교차 대구법(Chiasmus)을 활용하고 있는데, 이 문체 양식은 여기서 수사적인 표현 이상의 효과를 나타낸다. 서정적 자아와 신적인 형상체들과의 연관은 내면적인 연관으로 변화하기 때문이다. 이러한 모티브는 2연과 3연에서도, 5연의 제20~22행에서도 반복된다. 단순히 반복되는 것이 아니라 서로 간의 주고받음이 더욱 내면화된다. 이 서로 나눔은 가냘픈 가지를 뻗치고 있는 초목들이라는 영상과 인상적으로 부르고 있는 호칭, 태양의 신―"아버지 헬리오스여!"―과 달의 여신을 향한 부름―"성스러운 루나여!"―에서 상승을 거듭한다. 이어지는 시구에서 말머리는 모든 신들로 향하고, 관계를 명명하는 시어 "나의 영혼 얼마나 그대들을 사랑했는지"(제18행)에서 절정을 이룬다.

오 그대들 충실하고
우정 어린 신들이여!

첫 시연에서 인간을 또한 불렀다. 이중의 대조가 변화를 일으킨
다. 인간들은 그렇게 할지 모르지만, 소년과 신들은 서로를 이름 지어
부르지 않는다. 이러한 대조의 모티브는 "그러나 나는 그대들을 어떤
인간을/안 것보다 더욱더 잘 알았다네"(제24~25행)와 "내 천공의 침묵
을 이해했으나/인간의 말마디는 이해하지 못했었네"(제26~27행)에서
상승적으로 명백해진다. 서정적 자아와 신들은 사랑과 이해를 통해서
그렇게 가깝지만, 인간들은 그에게 그처럼 낯설다. 이 구절에서는 시어
들까지도 대칭적이다. "천공의 침묵"과 "인간의 말마디"(제3행 "인간들
의 소란" 비교)가 그렇다. 횔덜린의 전체 시적 인간적 비극성이 이 시구에
암시되고 있다.

이제 이 시는 시발점으로 되돌아간다. 마지막 독립된 시구 "신들
의 품 안에서 나는 크게 자랐었네"는 첫 시연의 "인간들의 소란과 채찍
으로부터 날 구원했었네"로 복귀한다. 전체 32행의 이 시는 이 결구에
수렴된다. 혼돈의 시대, 입주 가정교사로 살면서 불안과 불만의 세계에
맞서 신들과 자연과 일치를 이루었던 행복한 시절에 대한 회상은 시인
의 "슬프도록 행복한" 위안의 작업이었다.

휘페리온의 운명의 노래

너희들 천상의 빛 가운데
 부드러운 바닥을 거닐고 있구나, 축복받은 정령들이여!
  반짝이는 신들의 바람
   마치 예술가 여인의 손가락
    성스런 칠현금을 탄주하듯이
     너희들을 가볍게 어루만지고 있구나.

잠자는 젖먹이인 양
 천국적인 것들 운명을 모른 채 숨 쉬고 있도다.
  수줍은 봉오리에
   순수하게 싸였다가
    영혼은 그것으로부터
    영원히 피어나도다.
     또한 축복받은 눈동자
      고요하고 영원한
       해맑음 가운데 반짝이도다.

그러나 우리에겐 어디고
 쉴 곳 없고
  고뇌하는 인간들
   눈먼 채 시간에서

시간으로 떨어져
사라지도다.
마치 물줄기 절벽에서
절벽으로 내동댕이쳐져
해를 거듭하며 미지의 세계로 떨어져 내리듯이.

HYPERIONS SCHICKSALSLIED

Ihr wandelt droben im Licht
　Auf weichem Boden, selige Genien!
　　Glänzende Götterlüfte
　　Rühren euch leicht,
　　　Wie die Finger der Künstlerin
　　　Heilige Saiten.

Schicksallos, wie der schlafende
　Säugling, atmen die Himmlischen;
　　Keusch bewahrt
　　In bescheidener Knospe,
　　　Blühet ewig
　　　Ihnen der Geist,
　　　　Und die seligen Augen
　　　　Blicken in stiller
　　　　Ewiger Klarheit.

Doch uns ist gegeben,
　Auf keiner Stätte zu ruhn,
　　Es schwinden, es fallen
　　Die leidenden Menschen

Blindlings von einer

Stunde zur andern,

Wie Wasser von Klippe

Zu Klippe geworfen,

Jahr lang ins Ungewisse hinab.

송시 〈인간〉(시 전집 1, 392~394)은 무절제와 운명에의 예속이 인간을 다른 모든 존재와 구분 짓는 특징으로 노래한다. 인간은 무절제로 인해 신들에게서 소외되고, 운명에 내맡겨진 존재로서 신들과는 본질적으로 구분된다. 소설 《휘페리온》 제2권(1799년)에 실려 있어 "휘페리온의 운명의 노래"라고 불리는 이 시는 바로 이러한 인간의 숙명을 노래한다.

이 시가 소설 중 어떤 상황에서 노래된 것인지를 아는 게 이해에 도움이 된다. 이 시는 휘페리온이 파로스에서의 마지막 밤, 그를 카라우레아의 디오티마에게로 데려다줄 배를 기다리는, 그의 생애에서 가장 운명적인 순간에 부른 노래이다. 아침에는 친구 알라반다가 영원히 그와 작별을 고했고, 그는 이제 디오티마를 만나 알프스의 성스러운 계곡으로 돌아갈 생각이다. 젊은 시절의 모험은 끝났다. 이때 언젠가 스승 아다마스가 그에게 가르쳐준 노래 하나가 떠오른다. 그는 칠현금을 붙든다. 이 노래의 마지막 화음이 잦아들기도 전에, 그의 종자(從者)가 디오티마가 보낸 작별의 편지와 그녀의 죽음을 알리는 노타라의 통지문을 그에게 가져다준다.

신들의 처지와 인간 운명 사이의 대비가 이 시의 큰 주제이다. 세 부분으로 나뉜 시연 구조는 우리가 전제하기 쉬운 정반합이라는 도식적인 기본 사고에는 들어맞지 않는다. 첫 두 개 시연은 하나의 단위로 파악된다. 여기서 노래되는 "운명을 모른 채" 숨 쉬는 천상적인 힘과 나머지 시연에서 노래되는 "운명에 맡겨져" 어디로인지도 모른 채 내동댕이쳐져 떨어지고 있는 인간의 대칭은 끝내 해소되지 않는다. 신들의 지위와 인간의 운명이 나열되어 있다. 첫 두 시연에는 명사적인 표현형식, 근원에 머물러 쉬고 있는 존재인 "젖먹이", "봉오리" 같은 표현이 주를 이루는 데 반해, 마지막 시연에서는 동사적 표현이 "미지의 세계"로 밀어붙인다. 이 점에서 이 시는 일정 부분 나열적, 단편적 특성을 보인다.

〈휘페리온의 운명의 노래〉를 읽으면 같은 주제의 괴테의 시 〈인간 존재의 한계Grenzen der Menschheit〉(1781)의 한 구절을 연상하게 된다.

> 무엇이 신들을
> 인간과 구분 짓는가?
> 수많은 물결이
> 영원한 강을 이루어
> 신들 앞을 흘러가는데
> 그 물결 우리를 들어 올려
> 삼켜버리니
> 우리는 그 안에 가라앉을 뿐이네
> (Goethes Werke, Hamburger Ausgabe 1, 147)

다만 괴테의 시와 비교할 때 휠덜린은 아래로 추락하는 인간의 운명을 시각적으로 표현하기 위해서 각 시연에서 시행을 역 계단식으로 배열한 것이 눈에 띈다. 내용과 형식의 일치가 시도된 것이다.

조국을 위한 죽음

오 전투여! 그대 오려무나, 벌써 젊은이들
　그들의 언덕에서부터 아래로, 계곡 아래로 물결쳐 내려온다,
　　거기 살해하는 자들 뻔뻔스럽게 달려들고 있다,
　　　전투의 기술과 군대의 힘을 믿고, 그러나

그들 위로 젊은이들의 영혼 더 확고하게 넘어서리라,
　왜냐하면 정당한 자들, 마치 신들린 자들처럼 쳐부수고
　　그들의 조국의 송가들은
　　　염치없는 자들의 무릎을 절게 만들기 때문.

오 나를, 나를 전열 안으로 받아들여달라,
　그리하여 내가 언젠가 비열한 죽음을 죽지 않도록!
　　헛되이 죽는 것 나는 바라지 않는다, 아무렴
　　　희생의 언덕에서 쓰러지는 것 좋아하도다,

조국을 위해, 심장의 피 흘리는 것을
　조국을 위해 나는 좋아하도다, ─또한 곧 그런 일 일어나리!
　　그대들을 향해, 그대들 귀한 이들이여! 나는 가리라,
　　　나에게 사는 것과 죽는 것을 가르친 그대들을 향해 하계로!

내 얼마나 자주 빛 가운데서 그대들을 보기를 갈망했던가,
　그대 영웅들과 그대 옛날의 시인들이여!
　　이제 그대들은 다정하게 보잘것없는
　　　낯선 자에게 인사 건네니 여기 아래는 형제 같도다.

또한 승리의 전령들 내려온다. 전투는
　우리의 승리이다! 그 위에서 잘 살지어라, 오 조국이여,
　　그리고 죽은 자를 헤아리지 말라! 그대에게는,
　　　사랑하는 조국이여! 너무 많이 쓰러진 것 한 사람이 아니네.

DER TOD FÜRS VATERLAND

Du kömmst, o Schlacht! schon wogen die Jünglinge

Hinab von ihren Hügeln, hinab in's Tal,

Wo keck herauf die Würger dringen,

Sicher der Kunst und des Arms, doch sichrer

Kömmt über sie die Seele der Jünglinge,

Denn die Gerechten schlagen, wie Zauberer,

Und ihre Vaterlandsgesänge

Lähmen die Kniee den Ehrelosen.

O nimmt mich, nimmt mich mit in die Reihen auf,

Damit ich einst nicht sterbe gemeinen Tods!

Umsonst zu sterben, lieb' ich nicht, doch

Lieb' ich, zu fallen am Opferhügel

Für's Vaterland, zu bluten des Herzens Blut

Für's Vaterland—und bald ist's gescheh'n! Zu euch

Ihr Teuern! komm' ich, die mich leben

Lehrten und sterben, zu euch hinunter!

Wie oft im Lichte dürstet' ich euch zu seh'n,

Ihr Helden und ihr Dichter aus alter Zeit!

Nun grüßt ihr freundlich den geringen

Fremdling und brüderlich ist's hier unten;

Und Siegesboten kommen herab: Die Schlacht

Ist unser! Lebe droben, o Vaterland,

Und zähle nicht die Toten! Dir ist,

Liebes! nicht Einer zu viel gefallen.

이 알케이오스 시연의 송시는 1799년에 쓰였고, 노이퍼가 발행한 《1800년판 교양 있는 여성을 위한 소책자》에 실려 발표되었다. 이 시는 문학이 정치적으로 악용당한 가장 대표적인 예라는 상처를 안고 있다. "조국을 위한 죽음"이라는 시제가 나치의 선동적 선전의 혈안에서 벗어날 수 없었다. 시인 고트프리트 벤Gottfried Benn은 그의 자서전《이중적 삶》에서 자신도 관여한 나치 국방군의 최고사령부 선전국의 여러 전략 가운데 적대국을 향한 야비한 중상모략과 함께 품위 있는 계층들에게는 문학을 선전 도구로 삼았음을 밝힌 바 있다.

> 횔덜린과 릴케를 가지고 작업을 벌인 부드러운 방책도 역시 있었다. 이 두 시인이 나치 마지막 수년의 총체적 정치적인 선전에 얼마나 유력하게 사용되었는지를 추적해보는 것은 지극히 흥미로운 일이다. '그대에게는, 사랑하는 조국이여, 아무도 너무 많이 쓰러진 것 아니네.' 이것이 이 중 한 시인의 가장 자주 사용된 인용구이다.

잘못된 인용—"너무 많이 쓰러진 것 한 사람이 아니네" 대신에 "아무도 너무 많이 쓰러진 것 아니네", 그리고 "죽은 자를 헤아리지 말라!"의 삭제—은 이 시의 본래적 의미를 가려버렸다. 나치의 이런 자기화는 명백한 왜곡이다. 이 송시의 깊이 읽기가 특별히 요구되는 이유이다.

〈조국을 위한 죽음〉은 정치적 환멸에도 불구하고 프랑스혁명이 횔덜린의 작품에 중심적이고 양도할 수 없는 연관성을 가지고 있다는 사실을 증언하고 있다. 이 시는 인접국에서의 혁명적인 변혁들이 폭력적인 폐해 때문에, 집정 내각의 냉정한 현실 정치 때문에 일찍이 불신에 빠진 시점인 1799년에 쓰였다. 그럼에도 불구하고 이 송시는 열정적으로 혁명을 호소하며, 전제정치에 항거하는 자유를 위한 투쟁 의지를 선언한다. 첫 두 시연에서 이 송시는 혁명적인 열정에서 전쟁에 참여한 경험이 없는 "젊은이들"과 전제적 권력의 휘하에 있는 전쟁을 통해서 단련된, 그러나 정치적으로 아무런 동기도 느끼지 않는 병사들을 대조해서 묘사한다. 신념에서 우러나온 참전과 희생의 태세와 아무런 정치적 정체성도 없는 순전한 용병들의 복무 사이의 대립은 1792년 민중 봉기를 지원하기 위해서 파리로 향했던 마르세이유 부대의 행진곡 라 마르세예즈를 연상시킨다. 라 마르세예즈에서 "조국의 아들들(enfants de la Partie)"은 "용병 무리(phalanges mercenaires)"에 맞서 싸운다. 더욱이나 제3행에 나오는 "살해자들(Würger)"은 라 마르세예즈의 1절에 나오는 "당신들의 자식들과 아내의 목을 따기 위해서(égorger vos fils; vos compagnes)" 몰려오는 적에서 그 표본을 볼 수 있다. 이를 넘어서 횔덜린은 "형제애(fraternité)"라는 혁명적인 주도 개념을 취한다. 〈조국을 위한 죽음〉에서 서정적 자아는 조국의 자유를 위해서 희생을 바친 이들과의 상상 속의 만남을 "형제와(의 만남과) 같도다"고 노래한다. "이제 그대들은 다정하게 보잘것없는/낯선 자에게 인사 건네니 여기 아래는 형제 같도다"(제19~20행). "아래"는 지하세계/하계라는 고대적 표현과 관련하며, 횔덜린의 텍스트에서 현재와 과거, 시대사와 고대 신화가 어떻게 중첩될 수 있는지를 보여준다.

앞서 언급한 대로 〈조국을 위한 죽음〉은 나치의 예비 활동과 세계 대전 동안에 국가사회주의 집단에 의해서 독점되었다. 그러나 횔덜린이 말하는 "조국"은 우선 민족적으로나 국경을 통해 규정되는 국가가 아니라, 자유, 평등, 형제애라는 혁명적인 삼원일치를 실현하는 공화적 질서의 나라이다. 따라서 타민족과 문화를 배척하고 폄하하며, 자신의 패권주의적인 요구를 관철하기 위해 공격적이며 찬탈의 외교정책을 강행하는 어떤 민족적 쇼비니즘과는 아무런 공통점이 없다. 하이데거의 횔덜린의 이념적 도구화를 비판하는 가운데 아도르노는 논문 〈병렬문체-횔덜린의 후기 서정시에 대해서〉에서 횔덜린의 "조국"에 대해 이렇게 언급한다.

"조국이라는 어휘 자체가 이 시가 쓰인 지 150년이 지나는 동안 고약하게 변화되었다. […] 횔덜린에게서는 어떤 흔적도 찾을 수 없는 국수주의에 흠뻑 젖어버린 것이다. 독일 우파들의 횔덜린 숭배는 조국적인 것이라는 횔덜린의 개념을 마치 이것이 그들의 우상들에게 바쳐져 있으며, 총체적이며 특수한 것의 성공적인 보장과는 관계가 없다는 듯이 이용했던 것이다."

"총체적이며 특수한 것의 성공적인 보장", 한편으로는 보편성과 다른 한편으로는 개별성의 성공적인 보장이라는 횔덜린의 조국 개념에 대한 아도르노의 규정은 횔덜린의 조국이 오로지 인간 상호간의 정치적으로 보장된 조화만을 의미하지는 않는다. 이를 넘어서 인간들 사이에 체험하고 느끼는 조화로운 일치성과 상호작용과 신적인 것과 자연의 일치와 상호작용을 의미한다.

여기서 노래하는 승리의 "전투"(제21행)는 무엇과의 전투를 의미하는가를 음미해야 한다. 〈조국을 위한 죽음〉은 첫 초안의 다음 구절을 바탕으로 썼다.

오 조국을 위한 전투,
　독일인의 불타며 피 흘리는 아침노을
　태양처럼, 깨어 있는 자

이제 더 이상 머뭇거리지 않는 자, 이제

　더 이상 어린아이가 아닌 자, 독일인.

　　왜냐면 그에게 스스로를 아버지라 불렀던 자들

　　　그들은 도적들,

　　　　독일인들에서 어린아이를 훔쳐가

　　　　　아이의 경건한 마음을 속이고

길들인 짐승처럼, 부렸던 자들.

(KA. I, 624)

　　여기서 군주국가의 "아버지들"을, 그러니까 국가의 아이들을 그들의 권력 과시용 비용을 조달하기 위해 고향의 "요람"에서 빼내어 외국에 팔아넘긴 그 "아버지들"을 환기시킨다. 이를 통해서 횔덜린은 나라의 아버지(Landes Vater)인 군주, 나라의 아이들(Landes Kinder)인 신하라는 개념에 대해 계몽주의적이며 혁명적인 시각에서 문제를 제기한다. 이것은 17세기 말 존 로크John Locke에서 루소를 거쳐 칸트와 쟈코뱅파인 조지 포르스터Georg Forstert에 이르는 사상가들의 핵심적인 논쟁 대상이었다. 이 논쟁에 따르면 위의 개념들은 전제정치를 자연이 부여한 것으로 정당화하고 백성은 근본적으로 미개한 상태에 있다고 치부해버리는 데 이용된다는 것이다. 이 송시는 그러니까 혁명에의 외침, 자기 자신의 나라 안에 있는 압제자에 저항하는 "전투"에의 부름인 것이다. 이러한 점에서 횔덜린은 이 송시에서 단순히 영토나 민족을 기준으로 정의한 물리적, 정치적 조국 개념이 아닌 다른 조국 개념을 의미하고 있다는 게 또다시 드러난다. 공화주의자의 조국, 민권에 의해 결정되는 조국, 이를 위한 싸움이 의미되고 있는 것이다.

이제 〈조국을 위한 죽음〉은 문학과 정치적·혁명적 행동이 여기까지는 상호 보완적인 관계에 있음을 암시한다. 마지막에서 두 번째 시연에서 서정적 자아는 "영웅들"과 "옛날의 시인들"을 만나는 지하세계의 장면을 묘사한다. 이러한 연관에서 1799년에 쓰인, 싱클레어에게 바친 송시 〈에뒤아르에게〉(첫 번째 원고, 시 전집 2, 156~158)를 상기하게 된다. 이 시에서 횔덜린은 싱클레어와는 달리 정치에 적극적으로 참여하지 않을 것을 확인한다. 그렇지만 〈에뒤아르에게〉에서 시인과 전투적인 영웅은 불멸의 쌍둥이 성좌 디오스쿠렌으로 불리는 헤어질 수 없는 카스토르와 폴룩스 형제, 아킬레우스와 그의 전우 파트로클로스와의 비교를 통해 형제애로 맺어진 전우로 그려져 있다. 거듭 지하세계의 고대 모티브를 소환하는 가운데, 서정적 자아는 죽음에 이르기까지 자신의 충실을 다짐한다.

> 그리고 이것, 이 하나의 일, 나의 칠현금을 켜라고
> 　그가 명한다면, 나는 감행하리라, 그리고
> 　그가 원하는 곳으로 노래와 함께, 용감한 자들의
> 　종말에까지라도 그를 따라 내려가리라.
>
> (같은 책, 156)

횔덜린에게 문학과 혁명적인 투쟁은 하나의 공통된 목적을 따르고 있다. 문화의 새로운 기초 세우기가 그것이다. 〈조국을 위한 죽음〉은 횔덜린이 프랑스혁명의 구체적인 진행 과정에서 나타나는 그 폭력적

인 국면을 보면서 프랑스혁명을 비판적으로 대했고, 혁명적인 해결보다는 진화적인 해결을 차츰 선호하게 되었지만, 근본적으로는 혁명적 이상에 충실히 머물러 있었으며,《휘페리온》에 뿌리박고 있는 폭력적인 변화에 대한 근본적인 비판에도 불구하고 때때로 불의에 대한 혁명적인 투쟁을 생각하고 있었다는 사실을 증언해준다. 1799년 1월 1일 의붓동생 카를에게 횔덜린은 이렇게 썼다.

> 그리고 어둠의 나라가 폭력으로 침투하려고 하면 펜을 책상 아래로 던져버리고 신의 이름으로 가장 큰 위기에 처하여 우리를 가장 필요로 하는 곳으로 가도록 하자. (서한집, 316)

같은 때 어머니에게 쓴 편지에는 자신이 몰두하고 있는 문학을 "모든 일 가운데 가장 무죄한 일"(같은 책, 322)이라고 변호했다.

시대정신

벌써 너무도 오랫동안 나의 머리 위에서
어두운 구름 속에서 지배하고 있구나, 그대 시대의 신이여!
사방은 너무도 거칠고 두렵다. 하여
내 눈길 미치는 곳마다 무너지며 흔들리고 있다.

아! 마치 어린아이처럼, 내 가끔 대지를 내려다보고
지옥 안에서 그대의 구원을 찾는다. 또한 부끄러움을 타는 자
나는 그대가 있지도 않은 정처를,
천지를 진동시키는 자여! 그 정처를 찾고자 한다.

끝내 아버지여! 저로 하여금 뜬눈으로 그대를
맞게 하시라! 도대체 그대는 그대의 빛살로써 먼저
나의 정신을 일깨우지 않으셨던가? 그대
찬란하게 생명으로 나를 이끄셨도다. 오 아버지여! ―

어린 포도나무에서 우리의 성스러운 힘은 움터 오른다.
따뜻한 대기에서, 이들 말없이 임원을 떠돌 때
죽어갈 자들을 쾌활케 하며 한 신을 만난다.
그러나 보다 전능하게 그대는

젊은이들의 순수한 영혼을 일깨우며, 또한 노인들에게는

현명한 기예를 일러주나니, 그러나 사악한 자는 오로지

더욱 사악해질 뿐, 하여 그대

대지를 흔드는 자여! 사악한 자를 붙들 때, 그의 종말은 일찍 다가오리라.

DER ZEITGEIST

Zu lang schon waltest über dem Haupt mir
Du in der dunkeln Wolke, du Gott der Zeit!
Zu wild, zu bang ist's ringsum, und es
Trümmert und wankt ja, wohin ich blicke.

Ach! wie ein Knabe, seh' ich zu Boden oft,
Such' in der Höhle Rettung von dir, und möcht'
Ich Blöder, eine Stelle finden,
Alleserschütt'rer! wo du nicht wärest.

Lass' endlich, Vater! offenen Aug's mich dir
Begegnen! hast denn du nicht zuerst den Geist
Mit deinem Strahl aus mir geweckt? mich
Herrlich an's Leben gebracht, o Vater! —

Wohl keimt aus jungen Reben uns heil'ge Kraft;
In milder Luft begegnet den Sterblichen,
Und wenn sie still im Haine wandeln,
Heiternd ein Gott; doch allmächt'ger weckst du

Die reine Seele Jünglingen auf, und lehrst

Die Alten weise Künste; der Schlimme nur

Wird schlimmer, daß er bälder ende,

Wenn du, Erschütterer! ihn ergreifest.

‘시대정신’이라는 복합어는 독일 사상가 헤르더가 처음 쓴 단어로 알려져 있다. 이 단어가 횔덜린에게 가지는 의미를 주목할 때 횔덜린의 ‘시대정신’과 이와 유사한 표현들이 직접적으로 헤르더에게서 유래되고 어떤 우회로를 거치지 않고 그의 작품에 스며들었다는 것을 추정할 수 있다. 이 어휘는 1799년 노이퍼에게 보낸 알케이오스 시연의 〈시대정신〉을 통해서 문자 그대로 표면에 등장했다. 이 송시로 횔덜린은 헤르더의 신조어에 신화적인 가시성을 부여한다. 헤르더는《인도주의 정신의 촉진을 위한 일련의 편지》(1793~1797)에서 “시대의 정신은 상황의 특정한 진행에서 주어진 원인과 작용으로 표출되는 사상, 신념, 추구, 욕구와 생동하는 힘의 총합을 말한다. 주어진 것의 요소를 우리는 보지 않는다. 우리는 단지 그것의 현상들을 알아차릴 뿐이다”라고 기록하고 있다. 헤르더의 추상적인 해명 대신에 〈시대정신〉에는 서정적 자아에 의해서 호명된 “시대의 신”으로 하나의 신화적인 형상체가 등장한다. 모호함에 내맡겨진 “현상들”이 횔덜린에게서는 뇌우(雷雨) 같은 구체적인 자연현상으로 전화된다. 천둥과 번개, 그러니까 하늘의 불은 횔덜린의 텍스트에서는 신적인 것이 자신을 고지하는 신호이자 징표이다. 이에 상응하여 횔덜린은 1801년 12월 4일 자 뵐렌도르프에게 쓴 편지에서 번개와 관련해 “내가 신에게서 볼 수 있는 모든 것 가운데 이러한 징표가 나에게는 특별히 뽑힌 징표가 되었다오”(서한집, 481)라고 말한다. 선발된 자로서, 위대한 개별자로서 시인은 시대의 징표에 대해 예민해야 하고, 그 징표에 자신을 내맡겨야 한다. 〈시대정신〉에서 신적인 것의 현현(顯現)은 어두운 구름의 이미지를 통한 뇌우의 형태로 표현된다.

벌써 너무도 오랫동안 나의 머리 위에서
　어두운 구름 속에서 지배하고 있구나, 그대 시대의 신이여!

　시대정신은 시인에게 더 이상 추상개념이 아니다. 이것은 신적인
힘으로 체험된다. 이 힘은 너무도 커서 시인은 그것을 피하려고 시도한
다. "천지를 진동시키는 자"는 파괴적으로 작용하는 듯이 보인다.

　사방은 너무도 거칠고 두렵다. 하여
　내 눈길 미치는 곳마다 무너지며 흔들리고 있다.

　뇌우의 파괴적인 잠재력은 인간과 여러 신들 사이의 중재가 시인
에게는 하나의 위협을 의미한다는 사실을 명백하게 한다. 신들에게의
위험한 접근은 횔덜린이 후기 시에서 반복해 다루는 모티브이다. 예컨
대 찬가 단편인 〈마치 축제일에서처럼…〉이나 6운각 시행의 장시 〈아
르히펠라구스〉의 시구에 나타나는 것과 같다.

　나 천상의 것들 바라보고자 다가갔으나
　그들 스스로 나를 살아 있는 자들 가운데로,
　잘못된 사제를 어둠 속으로 깊숙이 던져버리니
　〈마치 축제일에서처럼…〉, 시 전집 2, 46~47)

　또한 낡아채 생채기 내는 시대가
　너무도 세차게 나의 머리를 엄습하고, 필멸의 인간들 사이 궁핍과 방
　황이

나의 필멸의 삶을 뒤흔들 때는

〈아르히펠라구스〉, 시 전집 2, 88)

　〈안티고네에 대한 주석〉에서도 그렇지만, 여기서 시대정신은 서정
적 자아의 머리를 엄습하는 "낚아채 생채기를 내는 시대"로 강화된다.
〈시대정신〉에는 신들에 대한 내면적인 관계가 숨기고 있는 위험이 부끄
러워하며 땅바닥을 내려다보는 눈길이라는 몸짓을 통해 강조된다.

　아! 마치 어린아이처럼, 내 가끔 대지를 내려다보고
　　지옥 안에서 그대의 구원을 찾는다. 또한 부끄러움을 타는 자
　　　나는 그대가 있지도 않은 정처를,
　　　　천지를 진동시키는 자여! 그 정처를 찾고자 한다.

　"부끄러움을 타는(blöde)"이라는 어휘는 18세기에 '소심한', '두려
워하는'이라는 의미를 가지고 있었다. 이제 서정적 자아는 〈시대정신〉
의 두 번째 시연에서 묘사하는 위험과 방어의 전략적인 태도에도 불구
하고 자신의 운명을 받아들이고, 세 번째 시연 서두에서 "시대의 신"에
게 요구한다.

　끝내 아버지여! 저로 하여금 뜬눈으로 그대를
　　맞게 하시라!

　횔덜린은 〈시인의 용기〉를 개작한 송시 〈수줍음〉(시 전집 2, 196
~197)에서 다음과 같이 시인의 수줍음을 탁월하게 다룬다. 이 송시에서

서정적 자아는 한층 고조된 자기 신뢰를 스스로에게 고지한다.

>   그 때문이다, 나의 정령이여! 오직 올바르게
>   삶 가운데 발길 내어 딛고, 근심하지 말라!

그러나 자신감과 신들의 은총에 대한 인지가 수줍음의 극단적인 대척점, 오만으로 돌변해서는 안 될 일이다. 시대정신을 노래할 특권과 사명을 지닌 시인의 위험과 겸손을 횔덜린은 잊은 적이 없다.

저녁의 환상

농부는 오두막 앞 그늘에 편안히 앉아 있고
 그 만족한 자 아궁이에는 연기가 피어오른다.
  평화로운 마을에선 저녁 종소리
   손님을 반기며 나그네에게 울려온다.

이제 어부들도 만족하여 항구로 돌아오고
 먼 도시에서는 장터의 떠들썩한 소리
  흥겹게 사라져가면, 조용한 정자에는
   어울릴 만찬이 친구들을 기다려 차려져 있다.

한데 나는 어디로 가나? 뭇사람
 일과 그 보답으로 살고, 애씀과 쉼을 번갈아
  모두가 즐거운데, 어찌 내 가슴에서만은
   그 가시 결코 스러지지 않는가?

저녁 하늘에는 봄이 피어오른다.
 장미꽃 수없이 피어나고 황금빛 세계
  고요히 빛난다. 오 저곳으로 나를 데려가다오,
   진홍빛 구름이여! 하여 저 드높은 곳

빛과 대기 가운데 내 사랑과 고뇌도 사라지려므나! ─
　허나 어리석은 간청에 놀란 듯, 석양은
　　도망쳐간다. 하여 하늘 아래, 옛과 다름없이
　　　사위는 어두워지고, 나는 외로워라. ─

이제 그대 오려므나, 달콤한 잠이여! 마음은
　너무 많이 원하노라. 허나 끝내, 청춘이여! 다 타오르라.
　　그대 쉼 없고 꿈꾸는 자여!
　　　하여 노년은 평화롭고 유쾌하여라.

ABENDPHANTASIE

Vor seiner Hütte ruhig im Schatten sitzt
  Der Pflüger, dem Genügsamen raucht sein Herd.
    Gastfreundlich tönt dem Wanderer im
      Friedlichen Dorfe die Abendglocke.

Wohl kehren itzt die Schiffer zum Hafen auch,
  In fernen Städten, fröhlich verrauscht des Markts
    Geschäft'ger Lärm; in stiller Laube
      Glänzt das gesellige Mahl den Freunden.

Wohin denn ich? Es leben die Sterblichen
  Von Lohn und Arbeit; wechselnd in Müh' und Ruh'
    Ist alles freudig; warum schläft denn
      Nimmer nur mir in der Brust der Stachel?

Am Abendhimmel blühet ein Frühling auf;
  Unzählig blühn die Rosen und ruhig scheint
    Die goldne Welt; o dorthin nimmt mich
      Purpurne Wolken! und möge droben

In Licht und Luft zerrinnen mir Lieb' und Leid! —

Doch, wie verscheucht von töriger Bitte, flieht

Der Zauber; dunkel wirds und einsam

Unter dem Himmel, wie immer, bin ich —

Komm du nun, sanfter Schlummer! zu viel begehrt

Das Herz; doch endlich, Jugend! verglühst du ja,

Du ruhelose, träumerische!

Friedlich und heiter ist dann das Alter.

1798년 9월 횔덜린은 프랑크푸르트를 떠나 인근 홈부르크 포어 데어 회에로 갔다. 명망 있는 은행가 공타르가 횔덜린을 가정교사직에서 해고했기 때문이다. 횔덜린의 작품에 디오티마로 형상화된 주제테와 횔덜린의 염문이 공공연해진 직후에 벌어진 일이다. 홈부르크에서는 싱클레어가 횔덜린을 맞아주었다. 두 사람은 공화주의적인 정치적 입장을 함께했다. 횔덜린은 1800년 5월까지 수수한 거처에서 기거하면서 홈부르크에 머물렀다. 그곳에서 체류하는 동안 예술적으로 완벽한 몇 편의 송시를 썼다. 1799년 7월경에 쓴 것으로 보이는 〈저녁의 환상〉은 1800년 요한 레온하르트 하더만Johann Leonhard Hadermann이 발간하는 연감《영국식 여성용 월력과 소책자》에 실려 발표되었다.

　이 시는 면밀하게 구조화된 목가로 시작한다. 자기의 오두막 그늘에 편안히 앉아 있는 농부와 고요한 정자에서 사교의 만찬을 기다리는 친구들이 양극단을 이룬다. 이때 결정적인 것은 조화로운 상태의 사회적인 체험으로의 상승이다. 양극단 사이 아주 간결한 서술로 우선은 시골풍의 목가, 이어서는 도시풍의 목가가 전개된다. 휴식에 이른 움직임의 중심적인 상징인 항구로 돌아오는 사공들이 중심축을 이룬다. 어떤 베일로 가려진 목가적 이상향이 아니라, 실제의 시골 또는 도시의 생활 방식을 공평하게 나누고 있는 목가, 만족스럽고 조화로운 세계가 서 있다. 눈에 띄는 것은 "농부"와 "친구들"의 통사론적인 위치이다. 원문에서 두 시어는 각기 한 시구의 끝에 위치해 있으며, 앞에는 각기 장소가 지시되어 있다. 공간과의 통합을 가시적으로 형상화시키고 있는 것이다. 유유히 흐르는, 조망할 수 있는 진술로 구성된 시구를 통해서 형용사들은 정서를 가시적으로 그려내고, 정태적으로 속도를 늦추는 역할을 행한다. 이제 저녁은 하루의 일을 끝내고 그 보답으로 얻은 보통 사람들의 휴식으로, 조화로운 어울림과 안전의 정점으로 나타난다.

그러나 이제 "헌데 나는 어디로 가나?"라는 날카로운 물음으로 이 목가는 깨지고 만다. 서정적 자아는 공간적·사회적 연관에서 배제되어 고통스럽게 자신의 고립을 의식한다. 목가적인 일체감의 자리에 분리에 대한 비탄이 들어선다. 서정적 자아에게는 일과 보답, 애씀과 쉼의 평화로운 리듬이 주어져 있지 않다. 첫머리처럼 이 시연은 자신의 정처 없음에 대한 의식과 괴로움을 불러일으키는 불안 앞에서 어찌할 바 모름이 한데 울려 퍼지는 물음으로 종결된다.

> 한데 나는 어디로 가나? 뭇사람
> 일과 그 보답으로 살고, 애씀과 쉼을 번갈아
>   모두가 즐거운데, 어찌 내 가슴에서만은
>   그 가시 결코 스러지지 않는가?

서정적 자아는 고립된 자신을 절감한다. 그러나 자기 자신이 선택한 거리 때문이 아니라, 사회가 자신에게 거부한 어떤 위치에 대한 고통스러운 확증 때문에 고립된 자신을 비탄한다. "내 가슴에서만" "스러지지 않는 가시", 즉 뭇사람과는 다른 나의 숙명을 의식한다.

목가적인 것에서 비가적인 태도로의 이러한 급격한 변화에는 혁명의 시대, 젊은 세대의 희망과 각성이 투영되어 있다. 횔덜린의 송시들은 사회적·역사적 경험의 감각적 암호이자 극단적으로 내면화된 성찰의 결과물이다. 역사는 간접적으로, 섬세한 감성의 주체에 대한 영향을 통해 외적인 사건과 불가분의 관계를 맺고 있는 내면적인 과정으로 형상화된다. 심미적 정신적 공간에서 자신을 보호하기를 중단하고 가

차 없이 외적인 사건에 내맡겨진 서정적 자아는, 불가피한 역사성에의 고백에 대한 대가로서 자기 파괴적인 불안에 사로잡힌 자신을 보게 된다. 횔덜린의 서정시에는 도피하지 않은 채 역사에 대한 고통을 떠안고, 주저함 없이 자신을 열어, 자신의 고통 가운데 인간의 행복이 모든 역사적 행동의 궁극적인 목적이라고 선언하는 근대적인 서정적 주체의 모습이 뚜렷이 드러난다. 시인의 내면에는 공화정에 대한 희망을 환멸로 전복시키고, 아름답고 만족할 만한 인간성의 혁명적인 계획들을 무산시키는 프랑스에서의 유혈 테러를 목도하는 고통이 남아 있다. 그 "가시가 내 가슴에서만 스러지지 않는" 것은 "뭇사람"과는 같을 수 없는 시인의 숙명이다.

휴식의 시간으로서의 저녁과 분리 의식으로 정처 없음의 고통스러운 시간으로서의 저녁에 이어서 약속으로서의 저녁이 뒤따른다. 비가적으로 체험된 각성 뒤에 황혼을 바라보는 순간 이상적인 고양(高揚)에 이른다. 그러나 이 이상적인 것은 단순히 처음의 상태로 되돌아가는 것을 의미하지는 않는다. 목가적인 이상향, 태고의 조화로운 상태는 두말할 나위 없이 도달 가능한 것이 아니다. 거기에서는 도시와 시골을 포함하며 평화를 주는 세계, 하나의 현세적인 목가가 가능해 보였다면, 이제 눈길은 저 위 멀리 놓여 있는 조화의 황금 세계를 향한다. 목가적인 이상향 대신에 환상적 이상향이 들어선다. 오두막, 농부, 장터, 정자에서 만찬이 기다리는 친구들이라는 비교적 구체적인 표상은 직접적인 직관으로는 표현이 가능하지 않은 보다 나은 미래에 대한 암시적인 상징들, 시적 담지자들에게 자리를 비켜준다. 저녁노을에 피어나는 장미, 진홍빛 구름, 봄 자체는 지상의 역사적인 현실에서가 아니라, 표상 가운데, 이상적인 꿈 가운데서만 살아 있는 하나의 세계에 대한 비유적인 보증이다. 무아경의 간청, "오 저곳으로 나를 데려가다오"에는 사실적인 것에 대한 서정적 자아의 비판적인 거리두기가 새롭게 드러난다. 현재는 봄을 예감하면서 저녁노을을 통해서 예고되는 것처럼 보이는, 그러나 다만 상징으로 소환된 막연한 희망으로 남아 있는 과도기로 체험된다.

이상적인 고양의 시연은 새로운 각성의 시연으로 넘어간다. 벌써 무아경의 청원은 개별적 의식의 해소에 대한 청원이다. 오로지 완전한 자기 망각 가운데만 세계에 대한 고통이 해소될 것처럼 보인다. 확고한 변화에의 믿음을 포기하고 만 체념의 그림자가 드러난다. 관념적인 희망과 함께 자기 망각의 가능성도 사라진다. 역사적인 세계에서의 고뇌와 고통은 해소가 불가능하다. 마법을 벗어던진 현실 앞에 서정적 자아는 다시 고독하게 선다. 목가와 이상은 현실적인 세계의 세찬 풍랑을 견디어내지 못한다.

제5연에서는 저녁노을의 사라짐과 더불어 서정적 자아의 완전한 각성에 이르기까지의 환멸이 일어난다. "석양은/도망쳐 가고", "사방은 어두워지고", "나는 외로워"진다. 제13행의 "저녁 하늘에는"으로 열정적으로 이어지는 2개의 시연을 열고 있는 자아를 해방시키는 위를 향한 공간 지향은 현실주의적인 자기관찰로 환원된다. 서정적 자아는 다시금 무심하게 멀어져버린 똑같은 "하늘 아래"(제19행) 홀로 고독한 현세적 존재로 추방된 자신의 모습을 본다. 초월적인 힘의 도움으로 이 현세적 존재를 벗어나려는 희망은 허망한 환상으로 밝혀진다. 오히려 송시 〈고향〉의 종결 시연이 노래하는 냉혹한 진리가 옳아 보인다.

천상의 불길을 우리에게 건네준 이들

그 신들은 성스러운 고통을 또한 우리에게 안겨주었기 때문,

그 때문에 고통은 여전한 것. 나는 대지의 아들로

사랑하도록 지어져 또한 고통하는 듯하노라.

(시 전집 2, 55)

인간은 자신의 개별적인 운명을 (그것이 신에 의해서 결정된 것이든, 인간학적으로 결정적인 심신 상태이든, 태생적인 예정 사항이든) 받아들이고 과감하게 견디어내야만 한다. 보다 높은 숙명 의식을 통해 횔덜린의 시에서의 서정적 자아는 항상 완성의 이상을 향한 동경으로 충만하다. 〈저녁의 환상〉에서 다 타서 사그라지는 것으로 끝나는 청춘의 "타오름"은 바로 이 무한한 목표에의 헌신을 "너무도 많이 원하노라"라고 표현한다. 그것이 인간에게는 여전히 도달할 길 없다는 사실이 인간에게는 고통의 근원이다. 그러나 "성스러움"에 이르고자 시도하는 불완전성은 "성스러운" 것으로 해석되는 고통을 자아낸다.

이 시의 종결 시연에 이르렀다. 이 시연은 잠들기를 원하는 소망으로 시작한다. 이제 서정적 자아가 청원하는 것은 자신의 삶의 문제에 대한 구원의 답변이 아니라, 고통의 체험이 짧은 시간 내에 평온에 이르기까지의 일종의 유예이며, 치유가 아니라 고통의 완화이다. 감정적인 소망의 표현, "이제 오려므나 달콤한 잠이여!"에 곧바로 비판적인 성찰인 "너무도 많이 원하노라"가 이어진다. 이어지는 부름 "청춘이여"의 맥락에서 환상적 희망은 전형적으로 젊은이의 세계관으로 파악된다. 즉 "꿈꾸는 자여!"로 표현되는 것처럼 비합리적, 비현실적이다. 이것은 만족하는 자의 삶에 날카로운 대립을 이룬다. 횔덜린은 이로써 해소할 수 없는 것으로 보이는 모순이 해명되고 제거되는 새로운 대립의 쌍을

이 마지막 시연의 바탕으로 삼고 있다. 처음 다섯 시연에선 개인과 다른 뭇사람 사이의 이중성이 결정적이라면, 이제는 갈등이 서정적 자아 자신의 내면으로 완전히 물러난다. 청춘과 노년 사이의 삶의 역사적 차이는 그 극복의 핵심이 된다. 화해는 인간들이나 하늘처럼 외부에서가 아니라, 서정적 자아 자체에서 이루어져야 한다. 나이 든다는 것에는 보다 더 내면적인 평화와 조화가 모습을 나타낸다. 서정적 자아의 이러한 확신은 횔덜린이 여기서 동사의 미래형이나 접속법 형식이 아니라 논란의 여지가 없는 직설법 현재로 표현하고 있다는 사실로 확인된다. "하여 노년은 유쾌하여라"

스물아홉 살의 시인은 이 시에서 "달콤한 잠"과 "유쾌한 노년"에 대한 소망을 노래한다. 이후 3년이 흘러 시인의 정신착란이 서서히 드러난다. 이 정신착란은 "정신적 잠" 가운데 거의 40년에 가까운 끝없는 삶의 황혼으로 이어진다. "평화롭고 유쾌하게"가 아니라, 거부감 없이 받아들여지는 삶의 저녁으로 말이다.

의문의 여지없이 마지막 시구에는, 대부분 '저녁의 노래'나 '밤의 노래'에서처럼 죽음에 대한 사념이 함께 울린다. 그러나 이 시의 맥락에서 보자면 다른 무엇인가가 주제화되고 있다. 이 시의 어느 한 구절도 청년기의 꿈의 실현이나 뒤늦은 시간에서의 서정적 자아의 고독의 해소를 노래하지 않는다. 노년의 삶은 개별자가 자신의 이념적인 노력을 포기하고 욕심 없는 현존 형식으로 만족하는 것으로써만 "평화롭고 유쾌해"질 수 있는 것이다. 그렇게 이르게 된 내면의 평온은 "너무도 많이 요구함"에 대한 단호한 거부로 표현된다. 노년의 내면적 평온은 분별력 있는 체념의 결과인 것이다.

서정적 주체가 자신을 개방하고 세계로 하여금 자신에게 작용하도록 용납하는 정도에 따라 정신적인 자주성을 잃는다. 심미적인 자기 만족 대신에 역사로 인한 고통이 들어선다. 심미적인 가상은 소실되고 사실적인 사건과 일들의 피할 길 없어 보이는 진행 과정에 자유롭게 눈길을 준다. 횔덜린을 기점으로 한 초월성으로의 출발, 스토아적인 피난처로의 도주 또는 이상적인 미와 순수 정신적인 영역 내에서의 보호를 포기하는 현대 시인의 고뇌의 길은 시작된다. 주체와 세계의 거부된 화해 의식 안에 들어 있는 고통이 〈저녁의 환상〉의 주제이며, 횔덜린의 성숙기 서정시의 주제이다. 우리 시로는 김수영의 시 〈달밤〉에서 〈저녁의 환상〉에서의 체념의 슬픔을 다시 체험할 수 있다.

> [⋯]
> 언제부터인지 잠을 빨리 자는 습관이 생겼다
>
> 이제 꿈을 다시 꿀 필요가 없게 되었나 보다
> 나는 커단 서른아홉 살의 중턱에 서서
> 서슴지 않고 꿈을 버린다
>
> 피로를 알게 되는 것은 과연 슬픈 일이다
> 밤이여 밤이여 피로한 밤이여
> (김수영, 〈달밤〉, 《김수영 전집 1》, 민음사, 2003)

하이델베르크

오랫동안 내 그대를 사랑했고, 나의 기쁨을 위해
 그대를 어머니라 부르며, 소박한 노래 한 편 드리고 싶네.
  그대 내가 본 많은 조국의 도시들 가운데서
   가장 아름다운 정경의 도시,

그대를 스쳐 반짝이며 강물 흐르는 곳에
 숲속의 새가 나무의 우듬지를 넘어 날듯이
  힘차게 나는 듯 다리 걸쳐 있고
   마차와 사람들도 그 다리 울리고 있네.

내 거기를 넘어갈 때, 신들의 사자(使者)이듯
 마법은 언젠가 한때 그 다리 위에 나를 부여잡았고
  매혹하는 먼 경치 나에겐
   산속으로 비쳐드는 듯하였으며,

젊은이, 강물은 평원을 달리고 있었네.
 슬퍼하며 흔쾌하게, 자신에겐 너무나도 아름다워
  사랑하면서 파멸하고자
   시간의 파랑에 몸 던진 마음처럼.

달아나는 자에게 그대 샘들을 주었고
 서늘한 그늘도 선사했었네. 그리고 모든 강안
  그를 향해 바라다보고 물결로부터는
   그들의 사랑스러운 모습 살아 움직였네.

그러나 계곡 가운데로 거대한
 운명을 알리는 성곽은 묵직이 드리워져 있었네,
  온갖 풍상으로 밑바닥까지 할퀴어진 채로.
   그러나 영원한 태양은

그 회춘의 빛살 나이를 먹어가는 거인의 모습 위로
 내리비치고 사방으로 생생한 송악 푸르게 물들이고
  있었네. 하여 다정한 숲들은
   그 성 위로 소리를 쏟아붓고 있었네.

덤불도 무성히 피어내려 닿았던 곳, 해맑은 골짜기 안에
 언덕에 기대어 혹은 강변을 따라
  그대의 즐거운 골목길들
   향기 피어나는 정원 사이에 쉬고 있네.

HEIDELBERG

Lange lieb' ich dich schon, möchte dich, mir zur Lust,
  Mutter nennen, und dir schenken ein kunstlos Lied,
    Du, der Vaterlandsstädte
      Ländlichschönste, so viel ich sah.

Wie der Vogel des Walds über die Gipfel fliegt,
  Schwingt sich über den Strom, wo er vorbei dir glänzt,
    Leicht und kräftig die Brücke,
      Die von Wagen und Menschen tönt.

Wie von Göttern gesandt, fesselt' ein Zauber einst
  Auf die Brücke mich an, da ich vorüber ging,
    Und herein in die Berge
      Mir die reizende Ferne schien,

Und der Jüngling, der Strom, fort in die Ebne zog,
  Traurigfroh, wie das Herz, wenn es, sich selbst zu schön,
    Liebend unterzugehen,
      In die Fluten der Zeit sich wirft.

Quellen hattest du ihm, hattest dem Flüchtigen

Kühle Schatten geschenkt, und die Gestade sahn

All' ihm nach, und es bebte

Aus den Wellen ihr lieblich Bild.

Aber schwer in das Tal hing die gigantische,

Schicksalskundige Burg nieder bis auf den Grund

Von den Wettern zerrissen;

Doch die ewige Sonne goß

Ihr verjüngendes Licht über das alternde

Riesenbild, und umher grünte lebendiger

Efeu; freundliche Wälder

Rauschten über die Burg herab.

Sträuche blühten herab, bis wo im heitern Tal,

An den Hügel gelehnt, oder dem Ufer hold,

Deine fröhlichen Gassen

Unter duftenden Gärten ruhn.

1799~1800년 홈부르크에서 쓴 아스클레피아데스 시연의 송시이다. 이때 쓰기는 했으나 하이델베르크를 노래하고자 하는 충동은 이전에도 있었던 것으로 보인다. 횔덜린이 하이델베르크를 처음 방문한 때는 1788년이었다. 마울브론을 떠나 라인 강을 따라서 5일간 여행할 때 그는 이 도시를 보고 어머니에게 "이 도시는 참으로 마음에 든다"고 쓴 적이 있다. 1795년 예나를 떠나 귀향하던 길에, 또 같은 해 12월 프랑크푸르트로 가던 길에, 1798년 라슈타트로 가던 길에, 1800년 6월 초 홈부르크에서 귀향하던 길에 횔덜린은 하이델베르크를 거쳐갔다. 그러나 이 시가 단지 거쳐간 한 도시의 인상만을 담고 있지 않은 점으로 미루어볼 때, 초고의 "내쫓긴 방랑자/인간과 책들로부터 도망쳐 나와"(StA. Ⅱ, 410)라는 시구로 보아 예나를 떠나 귀향했던 1795년에 처음 쓰고, 이를 1798년에 다시 고쳐 썼으며 1800년에 완성한 것으로 추정된다.

이 시는 장소의 수호신을 향한 간청으로, 도시와 정경에 대한 서정적 자아의 사랑의 고백으로, 이 도시에게 감사하며 "소박한 노래" 하나 바치고 싶다는 소망의 피력으로 서장을 열고 있다. 서정적 자아는 하이델베르크를 "어머니"라 부르며 월행(越行)을 통해서 두 번째 시행의 첫머리에 놓는가 하면, "나의 기쁨을 위해"라는 삽입구를 통해서 무한한 사랑을 절실하게 고백한다(제1~4행).

그에게 그처럼 가장 아름다운 정경의 도시는 "숲"과 "나무의 우듬지"(제6행)로, "강"(제5행)과 "다리"(제7행)로, 그 다리에 생명을 불어넣는 사람들로 단숨에 그 정경의 전체적 이미지가 그려지고, 이 이미지는 마지막 시연에서의 "언덕"과 "강변", "골목길"과 "정원"으로 완결된다(제30~32행).

이 영원한 현재 안으로, 둘도 없는 절호의 순간―"언젠가 한

때"("einst")(제10행)—서정적 자아에 있었던 마법에 대한 개인적 회상
의 형식을 빌어서 "강"과 "성곽"에 대한 지배적인 체험이 들어선다.

> 젊은이, 강물은 평원을 달리고 있었네.
> 슬프도록 흔쾌하게, 자신에겐 너무나도 아름다워
>   사랑하면서 파멸하고자
>   시간의 파랑에 몸 던진 마음처럼.

"젊은이, 강물", 물론 이 동격의 시구는 힘차게 흐르는 강으로서
젊은 네카 강을 가리킨다. 네카 강은 하이델베르크를 지날 때는 기원에
서 아주 멀리 와 있기 때문에, 태어난 지 오래지 않았다는 의미에서의
"젊은이"는 아니다. 그런 의미에서 이 강을 바라다보는 서정적 자아가
이 젊은이에 동화된다. 서정적 자아는 원경이 산속으로 비쳐드는 다리
위에서 강이 평원으로 달려 나가는 것을 체험했다. 그 체험은 "슬퍼하
며 흔쾌하게", "자신에겐 너무나도 아름다워" "사랑하면서 파멸하고자"
"시간의 파랑에 몸 던진 마음"과 같다고 노래한다. "슬퍼하며 흔쾌하
게", 이 모순형용은 충만한 행복이 여전히 석연치 않은 불만의 감정 가
운데 즐거움과 서글픔을 동시에 느낀 심정을 표현한다. 불만의 감정은
여기 지금의 확고한 형식에 묶임으로써 행복의 충만을 재차 느낄 수 없
기 때문에 일어난다. 마음은 스스로를 너무도 아름답다고 느끼는 순간
그 과잉된 사랑 가운데 파멸하고자, 다시 말해서 행복의 충만으로부터
삼라만상 안으로, 영원한 방랑으로 흘러가고자 시간의 파랑에 몸을 던
진다. 젊은 강물의 흐름에 대한 체험이 현재 서정적 자아의 심정과 조
응한다. 이 시의 어디에도 드러낸 적이 없는 서정적 자아의 쓰라린 사

랑의 체험이 "슬프도록 흔쾌함"에 내재되어 있는 것이다.

하이델베르크 성은 흘러가는 강과는 대조적으로 강에 묵직하게 몸을 내리고 있다. "풍상으로, 밑바닥까지, 할퀴어진 채로", 세월을 견디고 연륜을 당당히 뽐내고 있다. 이 시구에 미세하게 울려 나오는 암시는 이 성이 당했던 역사적 재난과 자연 재앙이다. 1689년 팔츠의 세습전쟁으로 인한 성의 황폐화와 1764년 낙뢰로 인한 성의 결정적인 파손이 그것이다. 그러나 이 성은 "거대하게(gigantisch)" 서 있다. 이 시어는 제우스에 대한 거인족의 싸움이라는 신화를 연상시킨다. 그러나 시는 이 거대한 성이 다정한 빛 안에 모습을 나타내게 한다. "그러나 영원한 태양은//그 회춘의 빛살 나이를 먹어가는 거인의 모습 위로/내리 비치고"(제24~26행) 성채에 주어졌던 역사적·신화적 의미는 역설적으로 어둠 속으로 사라진다. 역사가 자연으로 변신하는 것이다.

하이델베르크, 그 복된 고장은 이러한 강과 성채에 아낌없이 선물을 베푼다. 강에게는 샘물을, 그늘을, 서둘러 흘러가는 모습을 되비쳐주는 강안을 베풀고, 성에게는 그 상처를 감싸주는 생생한 송악과 다정한 숲을 베푼다.

하이델베르크는 "달아나는 자", 젊은이, 서정적 자아를 위안하고 상처를 감싸준다. 고향을 체험하며 그 행복감과 감사를 생동하는 시어의 음향을 통해서 고조시키면서 "향기 피어나는 정원" 사이에 "쉬고 있는"(제32행) 하이델베르크에 바치는 시는 여운을 남기면서 막을 내린다. 이렇게 "소박한 노래"가 고색창연한 한 아름다운 도시에 바쳐진 것이다.

시골로의 산책
_란다우어에게

오라! 탁 터진 곳으로, 친구여! 오늘 반짝이는 것은 많지 않으나
 하늘은 그저 아래로 우리를 꼭 껴안고 있구나.
산들도 숲의 정수리도 원하는 만큼 솟아오르지 않았고
 대기는 노래를 멈추고 공허하게 쉬고 있네.
오늘 날씨는 흐릿하고 길들과 골목들도 졸고 있어
 마치 납처럼 무거운 시간에 놓인 듯한 생각이 들 정도네.
그러나 옳게 믿는 자들은 하나의 시간을 의심치 않고
 한낮이 즐거움에 빠진 채였으면 하는 소원은 이루어졌다네.
왜냐면 우리가 하늘로부터 얻은 것, 하늘은 거부하지만
 끝내 아이들에게 주어지면 주는 즐거움 적지 않기 때문.
다만 그러한 말들과 발걸음과 애씀
    얻음에 값하고 그 누리는 기쁨이 아주 참되기를.
때문에 내 감히 희망하나니, 우리가 소망하는 바를 말하기
 시작할 때 우리의 혀가 풀리기를.
하여 말이 찾아지고 또한 가슴이 열리며,
 취한 이마로부터 더욱 드높은 사유가 솟아오르고,
우리들의 꽃과 더불어 하늘의 꽃들 피기 시작하고
 탁 터진 시야에 빛 밝히는 자가 나타나기를.

왜냐면, 우리가 원하는 것은 강력한 것 아니나,
 삶에 속하는 것 그리고 적절하면서도 기쁘게 보이는 것
그러나 축복을 가져다주는 제비 몇몇은 여름이
 시골에 도래하기 전에 언제나 찾아온다네.
말하자면 저 위쪽에서 좋은 말과 함께 땅을 축성하며
 거기 사려 깊은 주인이 손님들을 위해 집을 짓네.
그리하여 그들이 가장 아름다운 것, 대지의 충만을 향유하며 바라보고
 마음이 원하는 대로 정신에 알맞게 활짝 열린 채,
식사와 춤과 노래와 슈투트가르트의 기쁨이 최후를 장식하도록,
 그렇기 때문에 우리는 오늘 소망하면서 언덕에 오르고자 하네.
저 너머로 인간에게 친밀한 오월의 빛살이
 더 좋은 것을 말할지도 모르지, 유연한 손님들에 의해 설명되었듯이.
아니면, 여느 때처럼, 그 관습이 오래된 탓으로 다른 이들의 마음에 들고
 그처럼 신들이 미소 지으면서 우리들을 내려다볼 때,
우리들이 잘되었을 때 우리들의 평결을 내리듯이,
 지붕의 꼭대기에서 목수가 평결을 내릴지도 모를 일이지.

그러나 거기는 아름다운 곳이네, 봄의 축제의 나날, 계곡이
 모습을 드러내고, 네카 강과 함께 수양버드나무 푸르러
아래로 늘어지니 숲과 모든 푸르러지는 나무들 수없이
 하얗게 꽃피우며 잠재우는 대기 안에 물결치며
그리고 구름 조각들과 더불어 아래쪽으로 포도밭이 산들을 뒤덮고
 가물거리며 자라나며 밝은 향기 아래 따뜻해질 때면.

DER GANG AUFS LAND

_An Landauer

Komm! ins Offene, Freund! zwar glänzt ein Weniges heute

  Nur herunter und eng schließet der Himmel uns ein.

Weder die Berge sind noch aufgegangen des Waldes

  Gipfel nach Wunsch und leer ruht von Gesange die Luft.

Trüb ists heut, es schlummern die Gäng' und die Gassen und fast will

  Mir es scheinen, es sei, als in der bleiernen Zeit.

Dennoch gelinget der Wunsch, Rechtglaubige zweifeln an Einer

  Stunde nicht und der Lust bleibe geweihet der Tag.

Denn nicht wenig erfreut, was wir vom Himmel gewonnen,

  Wenn ers weigert und doch gönnet den Kindern zuletzt.

Nur daß solcher Reden und auch der Schritt und der Mühe

  Wert der Gewinn und ganz wahr das Ergötzliche sei.

Darum hoff ich sogar, es werde, wenn das Gewünschte

  Wir beginnen und erst unsere Zunge gelöst,

Und gefunden das Wort, und aufgegangen das Herz ist,

  Und von trunkener Stirn' höher Besinnen entspringt,

Mit der unsern zugleich des Himmels Blüte beginnen,

  Und dem offenen Blick offen der Leuchtende sein.

Denn nicht Mächtiges ists, zum Leben aber gehört es,

Was wir wollen, und scheint schicklich und freudig zugleich.

Aber kommen doch auch der segenbringenden Schwalben

Immer einige noch, ehe der Sommer ins Land.

Nämlich droben zu weihn bei guter Rede den Boden,

Wo den Gästen das Haus baut der verständige Wirt;

Daß sie kosten und schaun das Schönste, die Fülle des Landes,

Daß, wie das Herz es wünscht, offen, dem Geiste gemäß

Mahl und Tanz und Gesang und Stutgards Freude gekrönt sei,

Deshalb wollen wir heut wünschend den Hügel hinauf.

Mög' ein Besseres noch das menschenfreundliche Mailicht

Drüber sprechen, von selbst bildsamen Gästen erklärt,

Oder, wie sonst, wenns andern gefällt, denn alt ist die Sitte,

Und es schauen so oft lächelnd die Götter auf uns,

Möge der Zimmermann vom Gipfel des Daches den Spruch tun,

Wir, so gut es gelang, haben das Unsre getan.

Aber schön ist der Ort, wenn in Feiertagen des Frühlings

Aufgegangen das Tal, wenn mit dem Neckar herab

Weiden grünend und Wald und all die grünenden Bäume

Zahllos, blühend weiß, wallen in wiegender Luft

Aber mit Wölkchen bedeckt an Bergen herunter der Weinstock

Dämmert und wächst und erwarmt unter dem sonnigen Duft.

이 육필 원고로 전해지는 미완성의 비가는 슈투트가르트의 상인 크리스티안 란다우어Christian Landauer에게 바친 시이다. 횔덜린은 1800년 6월부터 그해 말까지 그의 집에 머물면서 행복하고 활발한 창작의 시간을 보냈다. 이해 가을에 이 시를 썼다. 이 시를 쓰게 된 동기는 슈투트가르트의 교외에 란다우어가 신축하게 되는 가스트하우스(Gasthaus, 식당과 숙박을 겸한 독일식 여관)의 사전 봉헌식이었던 것으로 보인다. 제4연의 미완성 초안의 첫머리 "그러나 일찍이 나에게, 그 가스트하우스에서 신들은 무엇을 해야 할까? 물었네/그에게 대답하기를, 신들께서는 사랑하는 사람들처럼, 축제처럼 행복하게,/신부(新婦)처럼 사시리라 […]"(KA. Ⅰ, 711)와 "저 위쪽에서 좋은 말과 함께 땅을 축성하며/거기 사려 깊은 주인이 손님들을 위해 집을 짓네"(제23~24행)가 이러한 사실을 증언한다.

횔덜린은 시를 구성하고 그 시의 의미를 담당하는 은유를 발견하는 데 정통했다. 비가 〈시골로의 산책〉을 구조화시키는 것은 동산에 오르기이다. 이는 미완성이지만, 초안에서 동산에 오르기에 성공하면서 이 시의 정점은 전망과 확 트임의 조건과 신적 접근의 느낌이었다는 것은 분명하다. 개는 날씨, 가스트하우스의 준공을 위한 축제 분위기는 그러한 조건의 실질적인 연관으로서 소용이 닿았을 것이다.

이 시의 주제는 소박하기 이를 데 없는데, 시란 일상생활 가운데 적어도 항상 잠재되어 있는 의미와 아름다움을 드러내 보이고 찬미해야만 한다는 믿음을 가진 횔덜린에 의해 선택된 것이다. 란다우어의 가정에서 함께 생활하면서 횔덜린은 잠재력의 실현보다 실상은 더 능력을 가지고 있는 인물과 어울렸다. 이 시는 그의 충성스럽고 친절한 친구에게 바친 네 편의 시 중 하나이다. 횔덜린 작품의 첫 편집자 중 한 사람인 유스티누스 케르너Justinus Kerner는 그 원고에 "이 안에는 특수한 것들이 들어 있다. 예컨대 슈투트가르트라는 지명이 그것이다"라고 기록했다. 그의 부정적 비평은, 시란 동시대의 특별한 것을 다루어서는 안 된다는 선입견에서 나온 것이다. 그러나 휠덜린은 그의 시 작품에서 실재하는 장소를 언급하거나 실제의 인물들에게 말 걸기를 좋아했다. 그의 많은 헌정시들이 이를 단적으로 보여준다. 지크프리트 슈미트에게 바친 비가 〈슈투트가르트〉, 하인제에게 바친 〈빵과 포도주〉, 이삭 폰 싱클레어에게 바친 찬가 〈라인 강〉 등이 그러한 말 걸기의 대표적인 예이다.

　　이 시의 제목이 굳이 〈시골로의 산책〉인 이유는 확실하지 않다. 다른 가능한 시제는 정서된 원고에서 지운 부분을 복원해 읽어낸 〈가스트하우스〉이다. 창작 동기는 새로운 식당 겸 여관이 들어설 동산 마루의 부지를 보고 축성하기 위해 그곳에 오르는 일이었고, "우리가 원하는 것 강력한 것이 아니라,/삶에 속한 것, 그리고 적절하면서도 기쁘게 보이는 것"(제19~20행)이라고 노래한 것처럼 소박하다. 시가 완성을 보지 못한 것은 그렇게 평범한 세속적인 계기를 의미심장한 신적인 것과 결부시키는 일의 어려움 때문일 것이다. 초안에 "그러나 일찍이 나에게, 그 가스트하우스에서 신들은 무엇을 해야 할까? 물었네"라고 분명히 읊고 있다. 시인은 답변을 가지고 있고, 그러한 중재의 장소가 매우 필요하다 말하고 싶었으나 그것을 시적으로 구성할 수 없었던 것으로 보인다. 그러나 이 시는 서막을 잘 열고(제34행까진 잘 정서되어 있다) 휠덜린의 매우 특징적인 어떤 것, 즉 기쁨의 의지를 과시하고 있다. 출발선에서는 상황이 여의치 않다.

158

오늘 반짝이는 것은 많지 않으나

　하늘은 그저 아래로 우리를 꼭 껴안고 있구나.

산들도 숲의 정수리도 원하는 만큼 솟아오르지 않았고

　대기는 노래를 멈추고 공허하게 쉬고 있네.

오늘 날씨는 흐릿하고 길들과 골목들도 졸고 있어

　마치 납처럼 무거운 시간에 놓인 듯한 생각이 들 정도네.

그렇지만 "오라! 탁 터진 곳으로, 친구여!"라고 외친다. 첫 시행은 우리가 출발하면, 답변하는 기쁨이 생기리라는 희망으로 끝을 맺는다.

때문에 내 감히 희망하나니, 우리가 소망하는 바를 말하기

　시작할 때 우리의 혀가 풀리기를.

하여 말이 찾아지고 또한 가슴이 열리며,

　취한 이마로부터 더욱 드높은 사유가 솟아오르고,

우리들의 꽃과 더불어 하늘의 꽃들 피기 시작하고

　탁 터진 시야에 빛 밝히는 자가 나타나기를.

　아름다운 희망이다. 거의 실존적인 모험이기도 하다. 이 시가 깊은 의미를 창조하고자 하는 것은 명백하다. 질서, 아름다움, 목적 같은 것은 삶에 그냥 존재하는 것이 아니다. 그러한 것들은 형성되어야만 하고, 시는 그것들을 형성해낸다. 아니면 시도(試圖) 중에 실패도 한다.

　〈시골로의 산책〉에는 이 시의 주제와 시적인 시도 사이 특별히 밀접한 연관성이 있다. 가스트하우스의 건축과 이 시의 구성은 매우 유사한 역사(役事)이다. 두 구조물은 완성된다면, 이상적으로 상상해본다

면, 그 안에 신의 뜻을 머물게 할 것이다. 또한 휠덜린의 특성인 겸손은 여기 한 계획, 건축이 시작될 예정인 부지의 축성(祝聖)을 보다 달리 잘 구현할 수 없을지도 모른다. 우리는 신을 느낄 수 있고 신이 느껴지는 온전한 신전으로부터는 먼 거리에 있다. 그러나 결연한 희망이 시를 그 목적을 향해서 몰고 간다.

그렇다면 미완성이 오히려 적절해 보인다. 그러나 휠덜린이 실패의 미덕을 행한 것은 그답지 않은 것이라고 여겨진다. 그의 특별한 선물은 완벽하게 완성된 시 작품들에서 영적인 불완전성의 조건을 보여주는 것이었다. 이 시에서 "가스트하우스에 신들을" 모시려는 시도는 분명 매우 과감한 시도이다. 그러나 처음부터 희망이 없다고 생각한 시도는 아니다. 이 시에서도 휠덜린 시문학의 대부분처럼 훨씬 쉽게 쓰여질 조건을 만들어보려고 분투한다. 초안이 끝나는 원고의 난외에는 다음과 같은 이행 시구가 기록되어 있다.

나는 가벼운 노래를 부르고 싶었으나, 한 번도 성공한 적 없네,
  나의 행복이 나의 말을 결코 (쉽게) 만들어주지 않기 때문이네.
(KA. I, 712)

이 이행 시구가 〈시골로의 산책〉과 아무런 관련이 없을 수도 있다. 또는 이 시를 마치지 못한 실패에 대한 휠덜린 자신의 언급일 수도 있다. 이 경우 첫 행은 주제의 "가벼움"이 그를 패배시켰음을, 두 번째 시행은 행복 자체에서 시적 표현이 방해받았음을 암시한다.

이 시의 실패에 대한 시인 자신의 성찰에도 불구하고, 가스트하우스 건축을 위한 현장답사를 기회로 쓴 행사시에서 차가운 교회

(Gotteshäuser)가 아니라 세속적이지만 탁 트인, "오로지 완고한 시민적 교제보다 한층 아름다운 교제"가 가능하거나 그래 보이는 가스트하우스에서 신들이 더 생동하며 가면을 벗기를 감히 소망하는 시인을 만나게 된다.

빵과 포도주

　_하인제에게

1

사위로 도시는 쉬고 있다. 등불 밝힌 골목길도 조용하다.
　또한 횃불로 장식하고 마차는 사라져간다.
한낮의 즐거움을 만끽하고 사람들은 소리 내며 사라져간다.
　골똘한 어떤 사람은 만족한 마음으로 잃음과 얻음을
집에서 헤아리기도 한다. 포도 열매도 꽃들도 치워져 비고
　일손도 거두어진 채 분주했던 장터도 쉬고 있다.
그러나 멀리 정원에서는 현금의 탄주 소리 들린다. 어쩌면
　그곳에서 사랑에 빠진 사람이 켜고 있을까, 아니면 외로운 사람 있어
먼 곳의 친구와 청춘 시절을 생각하며 켜고 있을까. 샘들은
　향기 가득한 꽃밭의 곁에서 끊임없이 솟아나며 신선하게 소리 내고 있다.
으스름한 대기 가운데 은은한 종소리 조용히 울리며
　시간을 깨우쳐 파수꾼은 수효를 소리 높이 외친다.
이제 또한 한 자락 바람 일어 임원의 나무 우듬지들을 흔들고 있다.
　보아라! 우리 지구의 그림자, 달이 이제
은밀히 다가오고 있다. 도취한 자, 한밤이 다가오고 있다.
　별들로 가득해, 우리들을 조금도 걱정하는 것 같지 않다.
저기 우리를 놀라게 하는 것, 인간들 사이에 낯선 여인
　산꼭대기 위로 애처롭고도 장려하게 떠오르고 있다.

2

드높은 밤의 은총은 경이롭다. 아무도

　그 밤으로 어디서 누구에겐가 무슨 일이 일어날지 알지 못한다.

그렇게 그 밤 세상을 움직이고 인간의 희망찬 영혼을 흔들지만

　어떤 현자(賢者)도 그 밤이 무엇을 예비하는지 알지 못한다.

왜냐하면 그것은 그대를 지극히 사랑하는 자, 지고한 신의 뜻이며

　그리하여 한밤보다는 그대에겐 사려 깊은 한낮이 더욱 사랑스럽기 때

문이다.

그러나 때때로는 해맑은 눈길조차 그늘을 사랑하며

　농 삼아, 그럴 필요도 없이 잠을 청하기도 한다.

혹은 충실한 사람 역시 한밤을 바라다보며 이를 즐긴다.

　그렇다, 화환과 노래를 밤에 바치는 일은 어울리는 일이다.

왜냐하면 방황하는 자, 죽은 자에게 밤은 바쳐졌지만

　밤 스스로는 그러나 영원히 지극히 자유스러운 정신이기 때문이다.

그러나 밤은 우리들에게, 머뭇거리는 순간에

　어두움 속에서 우리가 버틸 수 있는 몇몇이 존재하도록

망각과 성스러운 도취를 허락해주어야만 하며

　연인들처럼 졸음도 없는 터져 흐르는 말과

가득 찬 술잔과 대담한 인생을 그리고 또한

　한밤에 깨어 있을 성스러운 기억을 허락해주어야만 한다.

3

가슴속에 진심을 감추는 일, 용기를 다만 억제하는 일
 거장이며 소년인 우리에겐 소용없는 일, 도대체 누가
그것을 가로막으려 하며 누가 기쁨을 방해하려 하랴?
 신성의 불길은 한낮이건 한밤이건 터져 나오기를 독촉한다.
그러하거늘 오라! 하여 탁 트인 천지를 보자
 비록 멀다 한들 우리 고유한 것을 찾자.
하나의 일 지금도 확실하다. 한낮이건
 한밤중에 이르건 언제나 하나의 척도 존재하는 법.
모두에게 공통이며, 그러나 각자에겐 자신의 것이 주어져 있고
 각자는 각기가 이를 수 있는 곳으로 가고 또 오는 것이다.
그 때문이다! 기쁨의 열광이 한밤중에 가인을 붙들 때,
 그 열광은 조롱하는 자들을 조롱하고 싶어 한다.
그러니 이스트모스로 오라! 그곳, 파르나스 산기슭에
 탁 트인 대양 철썩이고 델피의 바위에 덮인 눈이 반짝이는 곳으로.
거기 올림포스의 지역으로 거기 키타이론 산정으로
 거기 가문비나무 아래로, 포도나무의 아래로. 거기로부터
테에베 요정이 달려 나오고 이스메노스 강이 카드모스의 땅에 소리쳐
흐르는 곳으로,
 다가오는 신 그곳으로부터 오고 거기를 가리켜 보이고 있다.

4

축복받은 그리스여! 그대 모든 천국적인 것들의 집이여,
 그러니 우리 젊은 시절 한때 들었던 것이 정말이란 말인가?
장중한 홀이여! 바다가 바닥이구나! 산은 또 식탁이로다.
 참으로 유익한 용도로 그 옛날에 지어졌도다!
그러나 그 용좌는 어디에? 그 신전들, 그 그릇들은 어디에,
 넥타르로 채워져 신들을 즐겁게 해주었던 노래는 어디에 있는가?
어디에 그 멀리 정통으로 맞힌 예언들은 빛나고 있는가?
 델피 신전은 졸고 있다. 어디서 그 위대한 숙명은 울리고 있는가?
그 재빠른 숙명 어디에? 도처에 모습 보이는 행복으로 가득해
 청명한 대기로부터 천둥 치며 눈으로 밀려들던 그 숙명 어디에?
아버지 천공이여! 그렇게 외쳐 입에서 입으로 수천 번
 전파되었고 아무도 삶을 혼자서 짊어진 자 없었다.
이러한 좋은 일 나누어 즐겼고 하나의 환희는
 타인들과 나누었다. 말의 힘참은 자면서도 자란다.
아버지시여! 밝은 빛이여! 이 말 오래 반향하며 떠돈다.
 그 태고의 징표, 조상으로부터 물려져, 멀리 맞히며 창조하며 울려 내린다.
하여 천상의 것들 들어서고, 깊숙한 원천 흔들어 깨우며
 길은 그늘로부터 나와 그들의 날이 인간들 가운데로 이른다.

천상의 신들 처음에 올 때 아무도 느끼지 못한다. 오로지 아이들만
 그들을 맞아 나가니 그 행복 너무도 밝게 눈부시게 찾아든다.
인간들은 그들을 꺼려 하고 선물을 들고 다가오는 이들
 이름이 무엇인지 반신도 아직 말할 수 없다.
그러나 그들로부터 오는 의지는 위대하고, 반신의 마음 그들의 기쁨으로
 채워지나, 그 재보로 무엇을 해야 할지 그가 알기 어렵다.
부지런히 지어서 소모해버리고 부정한 것을 성스럽게 여겨
 착하고도 어리석게 축복의 손으로 이를 어루만진다.
천상의 신들 이를 힘껏 참고 있다. 그러나 그들 자신이
 진실 가운데 모습을 나타내고 인간들은 그 행복에 그러한 낮에
익숙해져, 드러난 자들을 보고 그들의 모습을 보는데 익숙해지리.
 그들 오래전에 하나이며 전체라고 불리워졌고
말 없는 가슴 깊숙이 자유로운 만족으로 채웠으며
 처음으로 홀로 모든 욕구를 충족시켰었다.
인간은 그러하다. 재보가 그곳에 있고 신은 선물로
 그를 보살피지만, 인간은 알지도 못하고 보지도 못한다.
인간은 먼저 참고 견디어야만 한다. 그러나 이제 가장 보배스러운 것
이름 부르고
 이제 그것을 나타낼 말들 꽃처럼 피어나야만 하리라.

6

또한 이제 인간은 진심으로 축복의 신들께 경배하려 생각한다.
  진정 그리고 참되게 삼라만상은 신들의 찬미를 메아리쳐야 한다.
아무것도 드높은 자들의 마음에 들지 않는 빛을 보아서는 안 된다.
  부질없이 시도하는 것 천공 앞에서는 맞지 않는 탓이다.
때문에 천국의 자들의 면전에서 보람되고 부끄럽지 않게 서기 위해
  찬란한 질서 가운데 백성들 나란히 서서
아름다운 신전과 도시들을 견고하고 고귀하게 세우니
  그 위용 해변들을 건너 치솟아 오르리라. ─
하지만 그들은 어디에 있나? 어디에 그 잘 알려진 자들, 축제의 화관들
피어 있나?
  테에베도 아테네도 시들고 올림피아에는 무기도
황금빛 경기 마차도 소리 내지 않으며,
  또한 코린트의 배들도 이제 다시는 꽃으로 장식하지 않는가?
어찌하여 오랜 성스런 극장들조차 침묵하고 있는가?
  어찌하여 신에게 바쳐진 춤도 흥겹지 않은가?
어찌하여 신은 인간의 이마에 옛처럼 증표의 낙인을 찍지 않으며
  옛처럼, 신성으로 맞혀진 자들에게 성스러운 인장을 누르지 않는가?
어쩌면 인간의 모습 띠고 그 스스로 나타나
  손님들을 위안하며 천국의 축제를 완성하고 마무리 지을지도 모른다.

그러나 친구여! 우리는 너무 늦게 왔다. 신들은 살아 있지만
 우리의 머리 위 다른 세상에서 그들은 살고 있다.
거기서 그들 무한히 역사(役事)하며 우리가 살고 있는지
 거의 거들떠보지 않는 것 같고 그렇게 천국적인 것들 우리를 아낀다.
왜냐하면 연약한 그릇 항시 그들을 담을 수 없고
 인간도 다만 때때로만 신성(神性)의 충만을 견디어내기 때문이다.
따라서 인생은 그들에 대한 꿈이다. 그러나 방황도 졸음처럼
 도움을 주며 궁핍과 밤도 우리를 강하게 만든다.
하여 영웅들은 강철 같은 요람에서 충분히 자라나고
 마음은 옛처럼 천상적인 것들과 비슷하게 자라나고
그다음에야 그들은 천둥 치며 오리라. 그러나 이러는 사이 자주
 우리처럼 친구도 없이 홀로 있으니 잠자는 것이 낫다는 생각을 한다.
그렇게 언제나 기다리며 그사이 무엇을 하고 무엇을 말할지
 나는 모른다. 이 궁핍한 시대에 시인은 무엇을 위해 사는 것일까?
그러나 시인들은 성스러운 한밤에 이 나라에서 저 나라로
 나아가는 바쿠스의 성스러운 사제와 같다고 그대는 말한다.

말하자면 우리에겐 오랜 일로 생각되지만, 사실은 얼마 전에
 삶을 기쁘게 해주었던 신들 빠짐없이 하늘로 올라가버리고

아버지께서 인간들로부터 얼굴을 돌리셔
 지상에는 참으로 슬픔이 시작되었을 때,
마지막으로 한 조용한 신인(神人) 천국의 위안 전하며 나타나
 한낮의 종말을 알리고 사라져갔을 때,
한때 그가 있었고 다시 돌아오리란 징표로
 천상의 합창대 몇몇의 선물을 남겨두었고
옛처럼 우리들 인간의 분수대로 이를 즐길 수 있나니
 영적 즐거움을 위해 그 위대한 것 사람들 사이에
너무도 커져 가장 강한 자들도 지극한 기쁨
 누릴 수 없으나, 조용히 감사할 일 아직 남아 있기 때문이다.
빵은 대지의 열매이지만 빛의 축복을 받고
 천둥 치는 신으로부터 포도주의 환희는 나오는 법이다.
그 때문에 우리는 거기서도 천상의 신들을 생각하노라.
 한때 있었고 제때에 돌아와주시는 신들을.
그 때문에 진심으로 가인들 바쿠스를 노래하며
 그 옛 신의 찬미 공허하게 꾸민 것으로 들리지 않는다.

9

그렇다! 그들, 바쿠스 한낮과 밤을 화해하며
 천상의 성좌 영원히 위아래로 운행한다 말한 것 틀림이 없다.
그가 좋아하는 사철 푸른 가문비 잎사귀처럼
 송악에서 가려 뽑은 화환처럼 언제나 즐겁게 노래함 옳았다.

왜냐하면 그는 머물러 달아난 신들의 흔적까지를

 어두움 가운데 있는 신 잃은 자들에게 날라다주기 때문이다.

옛사람들 신들의 자식들에 대해 예언했던 것

 보라! 우리 자신이다. 서방의 열매인 우리이다!

놀랍고도 정확하게 서구의 인간들에서 실현된 듯이 놀랍도록 아주 가

까이 있도다.

 이를 본 자들 믿을 일이다! 그러나 그렇게 많은 일 일어나도

아무것도 역사(役事)하지 않으니, 우리 아버지 천공이 모두에게 알려지고

 모두에게 인식되기까지 우리는 감정도 없는 그림자인 탓이다.

그러나 그 사이 지고한 자의 아들, 시리아의 사람

 횃불을 든 자로서 우리의 어둠 가운데로 내려오도다.

축복받은 현자들 이를 안다. 붙잡힌 영혼에서

 한 줄기 미소 드러나고 그 빛에 화답하여 그들의 눈길 누그러져 열린다.

대지의 품안에 안겨 거인족도 부드럽게 꿈꾸며 잠자고

 시기심 많은 케르베로스조차 취하여 잠든다.

BROT UND WEIN

_An Heinze

1

Rings um ruhet die Stadt; still wird die erleuchtete Gasse,

   Und, mit Fackeln geschmückt, rauschen die Wagen hinweg.

Satt gehn heim von Freuden des Tags zu ruhen die Menschen,

   Und Gewinn und Verlust wäget ein sinniges Haupt

Wohlzufrieden zu Haus; leer steht von Trauben und Blumen,

   Und von Werken der Hand ruht der geschäftige Markt.

Aber das Saitenspiel tönt fern aus Gärten; vielleicht, daß

   Dort ein Liebendes spielt oder ein einsamer Mann

Ferner Freunde gedenkt und der Jugendzeit; und die Brunnen

   Immerquillend und frisch rauschen an duftendem Beet.

Still in dämmriger Luft ertönen geläutete Glocken,

   Und der Stunden gedenk rufet ein Wächter die Zahl.

Jetzt auch kommet ein Wehn und regt die Gipfel des Hains auf,

   Sieh! und das Schattenbild unserer Erde, der Mond

Kommet geheim nun auch; die Schwärmerische, die Nacht kommt,

   Voll mit Sternen und wohl wenig bekümmert um uns,

Glänzt die Erstaunende dort, die Fremdlingin unter den Menschen

   Über Gebirgeshöhn traurig und prächtig herauf.

Wunderbar ist die Gunst der Hocherhabnen und niemand

Weiß von wannen und was einem geschiehet von ihr.

So bewegt sie die Welt und die hoffende Seele der Menschen,

Selbst kein Weiser versteht, was sie bereitet, denn so

Will es der oberste Gott, der sehr dich liebet, und darum

Ist noch lieber, wie sie, dir der besonnene Tag.

Aber zuweilen liebt auch klares Auge den Schatten

Und versuchet zu Lust, eh' es die Not ist, den Schlaf,

Oder es blickt auch gern ein treuer Mann in die Nacht hin,

Ja, es ziemet sich ihr Kränze zu weihn und Gesang,

Weil den Irrenden sie geheiliget ist und den Toten,

Selber aber besteht, ewig, in freiestem Geist.

Aber sie muß uns auch, daß in der zaudernden Weile,

Daß im Finstern für uns einiges Haltbare sei,

Uns die Vergessenheit und das Heiligtrunkene gönnen,

Gönnen das strömende Wort, das, wie die Liebenden, sei,

Schlummerlos und vollern Pokal und kühneres Leben,

Heilig Gedächtnis auch, wachend zu bleiben bei Nacht.

3

Auch verbergen umsonst das Herz im Busen, umsonst nur

  Halten den Mut noch wir, Meister und Knaben, denn wer

Möcht' es hindern und wer möcht' uns die Freude verbieten?

  Göttliches Feuer auch treibet, bei Tag und bei Nacht,

Aufzubrechen. So komm! daß wir das Offene schauen,

  Daß ein Eigenes wir suchen, so weit es auch ist.

Fest bleibt Eins; es sei um Mittag oder es gehe

  Bis in die Mitternacht, immer bestehet ein Maß,

Allen gemein, doch jeglichem auch ist eignes beschieden,

  Dahin gehet und kommt jeder, wohin er es kann.

Drum! und spotten des Spotts mag gern frohlockender Wahnsinn,

  Wenn er in heiliger Nacht plötzlich die Sänger ergreift.

Drum an den Isthmos komm! dorthin, wo das offene Meer rauscht

  Am Parnaß und der Schnee delphische Felsen umglänzt,

Dort ins Land des Olymps, dort auf die Höhe Kithärons,

  Unter die Fichten dort, unter die Trauben, von wo

Thebe drunten und Ismenos rauscht, im Lande des Kadmos,

  Dorther kommt und zurück deutet der kommende Gott.

4

Seliges Griechenland! du Haus der Himmlischen alle,
  Also ist wahr, was einst wir in der Jugend gehört?
Festlicher Saal! der Boden ist Meer! und Tische die Berge,
  Wahrlich zu einzigem Brauche vor Alters gebaut!
Aber die Thronen, wo? die Tempel, und wo die Gefäße,
  Wo mit Nektar gefüllt, Göttern zu Lust der Gesang?
Wo, wo leuchten sie denn, die fernhintreffenden Sprüche?
  Delphi schlummert und wo tönet das große Geschick?
Wo ist das schnelle? wo brichts, allgegenwärtigen Glücks voll
  Donnernd aus heiterer Luft über die Augen herein?
Vater Äther! so riefs und flog von Zunge zu Zunge
  Tausendfach, es ertrug keiner das Leben allein;
Ausgeteilet erfreut solch Gut und getauschet, mit Fremden,
  Wirds ein Jubel, es wächst schlafend des Wortes Gewalt
Vater! heiter! und hallt, so weit es gehet, das uralt
  Zeichen, von Eltern geerbt, treffend und schaffend hinab.
Denn so kehren die Himmlischen ein, tiefschütternd gelangt so
  Aus den Schatten herab unter die Menschen ihr Tag.

5

Unempfunden kommen sie erst, es streben entgegen

　Ihnen die Kinder, zu hell kommet, zu blendend das Glück,

Und es scheut sie der Mensch, kaum weiß zu sagen ein Halbgott,

　Wer mit Namen sie sind, die mit den Gaben ihm nahn.

Aber der Mut von ihnen ist groß, es füllen das Herz ihm

　Ihre Freuden und kaum weiß er zu brauchen das Gut,

Schafft, verschwendet und fast ward ihm Unheiliges heilig,

　Das er mit segnender Hand törig und gütig berührt.

Möglichst dulden die Himmlischen dies; dann aber in Wahrheit

　Kommen sie selbst und gewohnt werden die Menschen des Glücks

Und des Tags und zu schaun die Offenbaren, das Antlitz

　Derer, welche, schon längst Eines und Alles genannt,

Tief die verschwiegene Brust mit freier Genüge gefüllet,

　Und zuerst und allein alles Verlangen beglückt;

So ist der Mensch; wenn da ist das Gut, und es sorget mit Gaben

　Selber ein Gott für ihn, kennet und sieht er es nicht.

Tragen muß er, zuvor; nun aber nennt er sein Liebstes,

　Nun, nun müssen dafür Worte, wie Blumen, entstehn.

6

Und nun denkt er zu ehren in Ernst die seligen Götter,

Wirklich und wahrhaft muß alles verkünden ihr Lob.

Nichts darf schauen das Licht, was nicht den Hohen gefället,

Vor den Äther gebührt Müßigversuchendes nicht.

Drum in der Gegenwart der Himmlischen würdig zu stehen,

Richten in herrlichen Ordnungen Völker sich auf

Untereinander und baun die schönen Tempel und Städte

Fest und edel, sie gehn über Gestaden empor —

Aber wo sind sie? wo blühn die Bekannten, die Kronen des Festes?

Thebe welkt und Athen; rauschen die Waffen nicht mehr

In Olympia, nicht die goldnen Wagen des Kampfspiels,

Und bekränzen sich denn nimmer die Schiffe Korinths?

Warum schweigen auch sie, die alten heilgen Theater?

Warum freuet sich denn nicht der geweihete Tanz?

Warum zeichnet, wie sonst, die Stirne des Mannes ein Gott nicht,

Drückt den Stempel, wie sonst, nicht dem Getroffenen auf?

Oder er kam auch selbst und nahm des Menschen Gestalt an

Und vollendet' und schloß tröstend das himmlische Fest.

7

Aber Freund! wir kommen zu spät. Zwar leben die Götter,

Aber über dem Haupt droben in anderer Welt.

Endlos wirken sie da und scheinens wenig zu achten,

Ob wir leben, so sehr schonen die Himmlischen uns.

Denn nicht immer vermag ein schwaches Gefäß sie zu fassen,

Nur zu Zeiten erträgt göttliche Fülle der Mensch.

Traum von ihnen ist drauf das Leben. Aber das Irrsal

Hilft, wie Schlummer und stark machet die Not und die Nacht,

Bis daß Helden genug in der ehernen Wiege gewachsen,

Herzen an Kraft, wie sonst, ähnlich den Himmlischen sind.

Donnernd kommen sie drauf. Indessen dünket mir öfters

Besser zu schlafen, wie so ohne Genossen zu sein,

So zu harren und was zu tun indes und zu sagen,

Weiß ich nicht und wozu Dichter in dürftiger Zeit?

Aber sie sind, sagst du, wie des Weingotts heilige Priester,

Welche von Lande zu Land zogen in heiliger Nacht.

8

Nämlich, als vor einiger Zeit, uns dünket sie lange,

Aufwärts stiegen sie all, welche das Leben beglückt,

Als der Vater gewandt sein Angesicht von den Menschen,

   Und das Trauern mit Recht über der Erde begann,

Als erschienen zu letzt ein stiller Genius, himmlisch

   Tröstend, welcher des Tags Ende verkündet' und schwand,

Ließ zum Zeichen, daß einst er da gewesen und wieder

   Käme, der himmlische Chor einige Gaben zurück,

Derer menschlich, wie sonst, wir uns zu freuen vermöchten,

   Denn zur Freude, mit Geist, wurde das Größre zu groß

Unter den Menschen und noch, noch fehlen die Starken zu höchsten

   Freuden, aber es lebt stille noch einiger Dank.

Brot ist der Erde Frucht, doch ists vom Lichte gesegnet,

   Und vom donnernden Gott kommet die Freude des Weins.

Darum denken wir auch dabei der Himmlischen, die sonst

   Da gewesen und die kehren in richtiger Zeit,

Darum singen sie auch mit Ernst die Sänger den Weingott

   Und nicht eitel erdacht tönet dem Alten das Lob.

9

Ja! sie sagen mit Recht, er söhne den Tag mit der Nacht aus,

   Führe des Himmels Gestirn ewig hinunter, hinauf,

Allzeit froh, wie das Laub der immergrünenden Fichte,

   Das er liebt und der Kranz, den er von Efeu gewählt,

Weil er bleibet und selbst die Spur der entflohenen Götter

Götterlosen hinab unter das Finstere bringt.

Was der Alten Gesang von Kindern Gottes geweissagt,

Siehe! wir sind es, wir; Frucht von Hesperien ists!

Wunderbar und genau ists als an Menschen erfüllet,

Glaube, wer es geprüft! aber so vieles geschieht,

Keines wirket, denn wir sind herzlos, Schatten, bis unser

Vater Äther erkannt jeden und allen gehört.

Aber indessen kommt als Fackelschwinger des Höchsten

Sohn, der Syrier, unter die Schatten herab.

Selige Weise sehns; ein Lächeln aus der gefangnen

Seele leuchtet, dem Licht tauet ihr Auge noch auf.

Sanfter träumet und schläft in Armen der Erde der Titan,

Selbst der neidische, selbst Cerberus trinket und schläft.

1800년에서 1801년으로 넘어가는 겨울에 완성한 비가이다. 횔덜린은 이 비가를 소설《아르딩헬로Ardinghello》의 작가 빌헬름 하인제Wilhelm Heinse에게 바치고 있는데, 싱클레어에게 바친 〈라인 강〉도 본래 그에게 바칠 생각이었다. 1796년 여름 횔덜린은 디오티마, 하인제와 전쟁을 피해 카젤을 거쳐 드리브르크로 여행한 적이 있고, 소설《휘페리온》도 하인제의 소설《아르딩헬로》에서 많은 영향을 받았다고 전해진다.

이 비가는 3개 시연이 한 덩어리를 이루고 그러한 3연 1단(Trias)이 세 번 반복되는 구조를 지니고 있다. 제7연에서만 하나의 2행 시구가 짧을 뿐 각 시연은 다시금 3개의 2행 시구가 3개씩 묶여 있다.

〈빵과 포도주〉는 일과 후 저녁이 밤으로 조용히 평화롭게 넘어가는 때의 분위기를 노래하는 것으로 시작한다. 밤은 신비롭고도 장엄하게 도래를 예고하지만, 무슨 위협적인 모습을 하고 있지 않다. 자체 안에 평온하게 집중하고 있는 첫 시연은 이어지는 전체 시연을 연다. 그러나 자체가 이미 전체이기도 하다. 그렇기 때문에 횔덜린은 〈밤〉이라는 제목으로 이 첫 시연을 별도로 출판하는 것에 동의했던 것이다. 낭만주의 시인 클레멘스 브렌타노Clemens Brentano는 이 〈밤〉을 읽고 높은 평가를 내렸던 극소수의 인사 중 하나이다. "그렇게 드높고 숙고된 비애가 그렇게 장려하게 진술된 적은 한 번도 없었다. 나는 통틀어 이 시를 가장 성공적인 시로 생각한다"고 그는 술회했다. 헤르만 헤세도 자신을 시인으로 만든 작품은 바로 횔덜린의 〈밤〉이라고 고백한 적이 있다.

쉬고 있는 한 도시는 여전히 한낮의 즐거움으로 가득하고 만족하고 평화롭다. 낮 동안에 분주한 거리의 소음이 가라앉자, 저녁 어스름에 울리는 시계탑의 종소리에 맞추어 멀리서 켜는 칠현금의 소리를 들을 수 있다. 이행의 시간이다. 무엇인가가 다가오는 느낌을 세 번 반복해서 표현한다. "한 자락 바람이 일고", "달이 […] 다가오고", "한밤이 다가온다." 이들은 역시 세 차례에 걸쳐 "도취한 자", "놀라게 하는 자", "낯선 여인"으로 명명된다. 격식을 차린, 경외심으로 가득 찬 인사이다. 우리가 밤으로 인해서 취하거나 밤이 우리를 놀라게 하고 우리에게 낯설게 보일 때 우리에게 그 의미를 되돌려준다. 밤은 자신이 도취한 여인, 놀라게 하는 여인, 낯선 여인이다. 그것은 우리의 상상일 뿐만 아니라, 밤 자체이다. 밤은 시적 은유를 통해서 생명으로 일깨워질 뿐만 아니라, 자체가 고유한 생명을 가지고 있다. 그렇기 때문에 서정적 자아가 밤은 "우리들을 조금도 걱정하는 것 같지 않다"(제16행)고 노래할 수 있다.

첫 시연이 밤으로 들어서는 입구라면, 두 번째 시연의 밤은 우리에게 반응한다. 이제 밤은 우리가 얽혀 있는 운명의 침투할 수 없는 어두움이다. 밤에는 "드높은 밤의 은총"(제19행)이 숨겨져 있으나, "그 밤으로 어디서 누구에겐가 무슨 일이 일어날지 알지 못한다"(제20행). 그래서 그 은총이 실제로 은총인지는 잘 알 수가 없다. 그렇기 때문에 "한밤보다는 그대에겐 사려 깊은 한낮이 더욱 사랑스럽기 때문이다"(제24행). 우리는 해를 향해서 나아가지만, 밤은 견디어내는 것을 배우지 않으면 안 된다. 우리는 밤을 피할 수 없다. 그렇다면 우리는 밤에게 무엇인가를 요구해야만 한다.

> 그러나 밤은 우리들에게, 머뭇거리는 순간에
> 어두움 속에서 우리가 버틸 수 있는 몇몇이 존재하도록
> 망각과 성스러운 도취를 허락해주어야만 하며

연인들처럼 졸음도 없는 터져 흐르는 말과
가득 찬 술잔과 대담한 인생을 그리고 또한
　한밤에 깨어 있을 성스러운 기억을 허락해주어야만 한다.

　　우리가 고통을 주는 낮의 잔재를 잊어야 할지라도, 시끄러운 한낮에서 보다 고요한 밤에 잘 일어나는 성스러운 도취, 영감을 주는 것에게 열려 있어야 한다. "터져 흐르는 말"도 밤의 보호를 필요로 한다. 그러한 말은 무의식에서 터져 나오기 때문이다.

　　세 번째 시연은 새로운 다른 날이 동터오기 시작할 때까지 밤 깊숙이 들어간다. 이 새날은 앞 시연에서 "성스러운 기억"을 통해서 예고되었다. 그것은 그리스의 먼 과거 속 신들의 날에 대한 회상이다.

　　신성의 불길은 한낮이건 한밤이건 터져 나오기를 독촉한다.
그러하거늘 오라! 하여 탁 트인 천지를 보자.

　　여기 세 번째 시연의 중간에서부터 여섯 번째 시연의 끝까지는 이러한 과거 신적인 날의 비가적인 동시에 찬가적인 것의 생생한 현재화이다. 그리고 나서 이 신적인 날도 다시 지나간다. 다시 밤이 된다. 이 신들의 밤과 다가오는 밝아옴의 징후에 대한 기대에 찬 조망, 그것이 이어지는 마지막 3개 시연의 주제이다.

　　이처럼 비가의 기본 구조는 일관하는 낮과 밤의 은유법으로 짜여 있다. 여기서 "밤"은 횔덜린 문학의 다른 경우와 마찬가지로 현재의 충족되지 않은 시간을, "낮"은 빛나는 그리스 문화의 낮이건 미래의 역사적 충만의 기대에 찬 낮이건 간에 역사적 완성의 시간을 의미한다. 하나의 변증법적인 움직임을 통해서 비가는 첫 3연 1단의 현재적 "밤"의 체험으로부터 두 번째 3연 1단의 그리스적인 "낮"의 회상으로 이어간다. 마침내 마지막 3연 1단에서는 현재의 "밤"이 차츰 더 분명하게 미래적 "낮"의 예비 시간으로 그려진다. 그렇게 밤은 하나의 강림절과 같은 "성스러운 한밤"(제123행)으로 변한다. 한때 있었던 그리스적인 낮에 대한 시적으로 영감을 받은 회상의 시간이기 때문에, 밤은 미래의 "낮"에 대한 앞선 인식이다.

낮과 밤의 은유법과 그것의 역사적인 의미는 두 개의 기본 감정으로 되돌려진다. 이 시의 열쇠 말이기도 한 기쁨과 슬픔이 그것이다. 기쁨과 슬픔은 역사적 전망에 따라서 바뀐다. 그것으로 실러가 그의 논고 〈소박문학과 성찰문학에 관하여〉에서 규정하는, 모든 본질적인 규정들에 걸쳐 횔덜린의 비가의 특성과 일치를 이루는 비가적인 문학 장르의 이상적 유형이 성취된다.

시인이 자연을 예술에, 이상을 현실에 대칭시키고, 앞의 것의 표현이 우세하고 그것에 대한 만족이 지배적인 감정이 되면, 나는 그를 비가적이라고 부르겠다. [...] 이러한 장르에는 그 아래 두 개의 부류가 있다. 자연이 상실된 것으로, 그리고 이상이 도달되지 않은 것으로 표현되면 자연과 이상은 슬픔의 대상이다. 그렇지 않고 이 양자가 현실적인 것으로 표현되면 기쁨의 대상이다. 첫 번째의 경우는 좁은 의미의 비가를, 두 번째의 경우는 가장 넓은 의미의 목가를 제공한다. (Fried-rich Schiller, Sämtliche Werke, Bd. V, 728)

〈빵과 포도주〉에는 두 개의 감각 방식이 교차한다. 그리하여 같은 시안에 비가적인 것의 두 가지 "부류", "좁은 의미의 비가"와 "가장 넓은 의미의 목가"가 동시에 나타난다.

이 시의 모든 본질적인 표상은 하나의 신화적인 형상과 그의 본성과 속성으로 수렴된다. 다가오는 신으로서 디오뉘소스가 그러한 형상체이다. 디오뉘소스가 처음으로 등장하는 세 번째 시연을 보자.

> 그러니 이스트모스로 오라! 그곳, 파르나스 산기슭에
> 탁 트인 대양 철썩이고 델피의 바위에 덮인 눈이 반짝이는 곳으로.
> 거기 올림포스의 지역으로 거기 키타이론 산정으로
> 거기 가문비나무 아래로, 포도나무의 아래로. 거기로부터
> 테에베 요정이 달려 나오고 이스메노스 강이 카드모스의 땅에 소리
> 쳐 흐르는 곳으로,
> 다가오는 신 그곳으로부터 오고 거기를 가리켜 보이고 있다.

알고 있는 대로 디오뉘소스는 포도주의 신이며, 도취와 영감, 탐닉의 신이자 문학과 예술의 신이다. 필멸의 세멜레는 제우스 신과 사랑의 밤을 보내고 나서 그 열매를 보고 싶었으나, 필멸의 운명을 지닌 그녀에게 그것은 허락되지 않았다. 그녀는 제우스가 숨어 있는 벼락에 얻어맞는다. 그러나 그녀의 사랑의 열매, 디오뉘소스는 무사했다. 이 번개와 같은 속성은 그에게 그대로 남았다. 그의 갑작스러운 등장, 접촉을 통한 점화, 영감의 정신적 섬광이 그렇다. 그는 동요하며 방랑하는 신이다. 취한 무리를 이끌고 동방에서 서방으로 향하는 길 위에 항상 있기 때문에 다가오는 신이다. 그러나 기다리고 있으나 아직 오지 않은 신이기도 하다. 셸링은《계시의 철학》에서 디오뉘소스를 "강림"의 신이라

고 불렀다. 다가옴을 그 본질로 하는 신이라는 것이다.

니체Friedrich Nietzsche보다 한 세기 앞서 휠덜린은 이 신의 엄청난 문명 촉진의 의미를 인식했다. 이 다가오는 신은 명상적인 평온이나 신비적인 탐닉이 아니라 열정을 불러일으킨다. 이 신이 가까이 다가선 사람은 격정의 한가운데 서게 된다. 그렇기에 "신성의 불길은 한낮이건 한밤이건 터져 나오기를 독촉한다"(제40행)고 〈빵과 포도주〉는 노래한다.

디오뉘소스의 정신 안에는 안으론 소모적이고 밖으론 파괴적인 뜨거운 연대가 형성되는데, 이는 위험할 수도 있다. 그래서 그것의 모두에 고루 스미는 "천공(Äther)"이라는 자연의 힘이 존재한다. 하인제가 이것을 그리스의 종교성의 원천으로 찬미했었다. 어쩌면 바로 이점 때문에 그에게 이 비가를 바쳤는지도 모른다. 휠덜린은 디오뉘소스의 압도적인 힘에 대한 균형의 힘으로 "천공"을 부른다. "어디서 그 위대한 숙명은 울리고 있는가?/그 재빠른 숙명 어디에? 도처에 모습 보이는 행복으로 가득해/청명한 대기로부터 천둥치며 눈으로 밀려들던 그 숙명 어디에?"(제62~64행)라고 읊고 나서 곧이어 도움을 청하듯이 이렇게 외친다. "아버지 천공이여! 그렇게 외쳐 입에서 입으로 수천 번/전파되었고 아무도 삶을 혼자서 짊어진 자 없었다./이러한 좋은 일 나누어 즐겼고 하나의 환희는/타인들과 나누었다"(제65~68행).

디오뉘소스는 불현듯 등장하여 개별자를 사로잡는다. 그러나 천공은 영속성과 안정을 베푼다. 그의 정신 안에는 베풂이 있고, 주고받음이 있으며 밀접한 연관성이 세워지고 견고해진다.

중간의 3연 1단, 즉 제4연에서 제6연까지는 천상적인 자들이 인간들 속에 섞이면서 낮이 인간들에게 도래할 때, 그 과정이 풍부한 비유와 깊은 사려로 그려져 있다.

처음에 인간들은 오히려 수줍고 과묵하다. 그들이 열리고 스스로 충족케 하기 위해서는 용기가 필요하다. 그러나 그러한 일이 일어나자, 오늘날에도 여전히 척도를 부여하는 문명의 기적은 시작된다. "때문에 천국의 자들의 면전에서 보람되고 부끄럽지 않게 서기 위해/찬란한 질서 가운데 백성들 나란히 서서/아름다운 신전과 도시들을 견고하고 고귀하게 세우니/그 위용 해변들을 건너 치솟아 오르리라—"(제95~98행).

마치 하나의 꿈에서 갑자기 깨어나듯이 이제 여기 단절이 일어난다. 모든 것은 끝났다.

하지만 그들은 어디에 있나? 어디에 그 잘 알려진 자들, 축제의 화관들 피어 있나?
테에베도 아테네도 시들고 올림피아에는 무기도
황금빛 경기 마차도 소리 내지 않으며,
또한 코린트의 배들도 이제 다시는 꽃으로 장식하지 않는가?
어찌하여 오랜 성스런 극장들조차 침묵하고 있는가?
어찌하여 신에게 바쳐진 춤도 흥겹지 않은가?"

신들의 밤이 주제가 되기 전에 제6연의 끝머리에 수많은 해석과 불명확한 주석의 빌미를 준 놀라운 어법이 등장한다. 신의 징후가 나타나지 않은 데 대한 비탄에 이어서 이렇게 읊고 있는 것이다.

어쩌면 인간의 모습 띠고 그 스스로 나타나
손님들을 위안하며 천국의 축제를 완성하고 마무리 지을지도 모른다.

"인간의 모습"을 한 신성은 분명히 그리스도를 의미한다. 주목할 것은 그가 새로운 시대의 시작이 아니라, 옛 시대의 종말이라는 것이다. 그는 마지막 자로서 그리스적 신들의 날에 속한다. 두 번 그의 모습이 그려진다. 처음에는 "마지막으로 한 조용한 신인(神人) 천국의 위안 전하며 나타나/ 한낮의 종말을 알리고 사라져갔을 때"(제129~130행)으로서고, 마지막으로는 "지고한 자의 아들, 시리아의 사람/횃불을 든 자"(제155~156행)로서다.

여기서 그리스도는 십자가에 달린 이가 아니라, 디오뉘소스의 후계자이자 빵과 포도주로 차려지는 성만찬의 창시자이다. 그 때문에 마지막 시연에서 "언제나 즐겁게[⋯]/그는 머물러 달아난 신들의 흔적까지를/어둠 가운데 있는 신 잃은 자들에게 날라다주기 때문이다"(제146~148행)라고 읊었을 때, 그가 그리스도인지 디오뉘소스인지 전적으로 분명하지 않은 것이다.

우선은 징후일 뿐이고 하나의 흔적일 뿐이다. 아직은 사실적인 임재는 없다. "그렇게 천국적인 이들은 우리를 아낀다./왜냐하면 연약한 그릇 항시 그들을 담을 수 없고/인간도 다만 때때로만 신성의 충만을 견디어내기 때문이다"(제112~114행)라는 사실만이 지금 현재 유효하다.

그 사이 우리는 무엇을 할까?

이 비가 안에는 해답을 찾을 수 없는 난처함, 피할 길 없는 회의, 달랠 길 없는 불안이 존재한다.

그러나 이러는 사이 자주
우리처럼 친구도 없이 홀로 있으니 잠자는 것이 낫다는 생각을 한다.

그렇게 언제나 기다리며 그 사이 무엇을 하고 무엇을 말할지
나는 모른다. 이 궁핍한 시대에 시인은 무엇을 위해 사는 것일까?

디오뉘소스로 대변되는 그리스 신들의 날과 그리스도의 융해
는 이 비가가 찾으려고 한 시대적·역사적 과제에 대한 해답이었다. 디
오뉘소스와 그리스도 형상체와의 융합은 처음의 시제 〈포도주의 신〉
을 새로운 〈빵과 포도주〉로 변경한 근거이다. 이 새로운 시제는 케레
스Ceres와 디오뉘소스의 하사물과 기독교의 영성체를 함께 의미하기
때문이다. 융해의 상징인 빵과 포도주를 일용의 양식으로 삼는 인간의
"인생은 그들에 대한 꿈이다" 이때 "방황도 졸음처럼/도움을 주며 궁
핍과 밤도 우리를 강하게 만든다"(제115~116행) "빵은 대지의 열매이지
만 빛의 축복을 받고/천둥 치는 신으로부터 포도주의 환희는 나오는 법
이"(제137~138행)기 때문에 이 양식을 통한 기억과 회상은, 그것이 우선
궁핍한 시대 시인들이 해야 할 일이지만, 천상의 신들을 우리들 가운데
영원히 살아 있게 할 것이다.

휠덜린이 시인으로서 궁핍한 시대의 시인이 할 일을 묻듯이 마종
기 시인은 〈시인의 용도 1〉에서 똑같이 묻는다. 시인은 시인이 되고자
하면서도 그 용도를 묻고 또 묻는다. 하느님을 향해 물을 만큼 인간의
지혜로는 답을 찾을 수 없다. 비감의 시, 투쟁의 시가 이 절망의 시대에
위로와 용기를 주지도 않는다. 그렇다면 이 궁핍한 시대에 시인은 무엇
을 위해서 사는 것일까. 휠덜린의 질문이 두 세기를 지나 마종기 시인
에게까지 이어지고 있다.

자연과 예술
또는
사투르누스와 유피테르

그대는 한낮 드높은 곳에서 지배하고, 그대의 율법은
 활짝 꽃피운다, 그대 판결의 저울을 들고 있도다, 사투르누스의 아들이여!
  또한 그대는 운명을 나누어주며 신다운 통치술의
   명성 가운데 즐거워하며 편히 쉬고 있도다.

그러나 심연으로, 가인들이 말하는 바, 그대는
 성스러운 아버지이자 제 자신의 살붙이를 내쫓았고
  그대보다 먼저 거치른 자들 마땅히
   머물고 있는 저 아래에서

황금시대의 신은 죄 없이 벌써 오랫동안 신음하고 있다 한다.
 어떤 계명도 말하지 않았고 인간들 중 어느 누구도
  이름으로 그를 부르지 않았다 할지라도,
   한때 애씀도 없이 그대보다 더 위대했던 신.

그렇거늘 내려오너라! 아니면 감사드림을 부끄러워 말라!
 그대가 그 자리에 머물려거든 나이 든 신에게 봉헌하고
  가인들이 신들과 인간들 모두에 앞서
   그 신을 칭송하도록 용납해주어라!

마치 구름 떼로부터 그대의 번개가 치듯, 그대의 것
　그로부터 비롯되기 때문이로다. 보라! 그대가 명하는 것
　　그를 증언하고 사투르누스의 평화로부터
　　　모든 권능은 자라났도다.

그리하여 맨 먼저 나는 내 가슴에서 생동함을
　느꼈고 그대가 형상화시킨 것 차츰 가물거린다.
　　또한 그 요람 속에서 바뀌는 시간은
　　　나의 희열 가운데 선잠에서 깨어났도다.

그다음 비로소 그대 크로니온이여! 나는 그대를 알아보며 그대의
　소리를 듣노라, 현명한 거장의 소리를, 우리처럼, 시간의
　　한 아들로서 법칙을 부여하며 성스러운 여명이
　　　숨기고 있는 것이 무엇인지 알리는 그 소리를.

NATUR UND KUNST

oder

SATURN UND JUPITER

Du waltest hoch am Tag' und es blühet dein

Gesetz, du hältst die Waage, Saturnus Sohn!

Und teilst die Los' und ruhest froh im

Ruhm der unsterblichen Herrscherkünste.

Doch in den Abgrund, sagen die Sänger sich,

Habst du den heil'gen Vater, den eignen, einst

Verwiesen und es jammre drunten,

Da, wo die Wilden vor dir mit Recht sind,

Schuldlos der Gott der goldenen Zeit schon längst:

Einst mühelos, und größer, wie du, wenn schon

Er kein Gebot aussprach und ihn der

Sterblichen keiner mit Namen nannte.

Herab denn! oder schäme des Danks dich nicht!

Und willst du bleiben, diene dem Älteren,

Und gönn' es ihm, daß ihn vor Allen,

Göttern und Menschen, der Sänger nenne!

Denn, wie aus dem Gewölke dein Blitz, so kömmt

Von ihm, was dein ist, siehe! so zeugt von ihm,

    Was du gebeutst, und aus Saturnus

      Frieden ist jegliche Macht erwachsen.

Und hab' ich erst am Herzen Lebendiges

    Gefühlt und dämmert, was du gestaltetest,

      Und war in ihrer Wiege mir in

        Wonne die wechselnde Zeit entschlummert:

Dann kenn' ich dich, Kronion! dann hör' ich dich,

Den weisen Meister, welcher, wie wir, ein Sohn

    Der Zeit, Gesetze gibt und, was die

      Heilige Dämmerung birgt, verkündet.

거인족에 대한, 거인의 형상을 지닌 막강한 신의 족속에 대한 설화에는 모순되는 전통들이 혼재한다. 그리스신화에서 그 설화는 한편으로는 기괴하고 파괴적인 권력을 대변하고, 다른 한편으로는 인간들이 자유롭게 자연과 조화를 이루며 살았던 문명 이전, 태고적 원시 상태를 나타낸다. 헤시오드의 《신통기Theogonie》에는 이들이 괴물로 서술되어 있다. 거인족의 우두머리인 크로노스에게 그의 아들 중 하나가 그를 권좌에서 추방하리라는 예언이 전해졌고, 그는 이를 피하기 위해 자신의 자식들을 낳는 대로 집어삼켰다. 크로노스의 아내 레아는 아들 제우스를 낳자 강보에 돌을 싸서 크로노스에게 아이인 것처럼 속여 삼키게 하고 제우스를 크레타섬의 한 동굴에 감추어 그를 죽을 운명에서 구했다. 그러나 이러한 배반은 탄로 난다. 크로노스는 후손들을 다시 토해내고, 뒤이어 소위 말하는 "제우스에 대한 거인족의 싸움(Giganomachie)"이 일어난다. 크로노스 신의 족속과 제우스가 선봉에 선 올림포스의 신들 사이에 싸움이 벌어진 것이다. 올림포스 신들이 승리했고, 거인족들을 지하세계의 가장 깊은 곳인 타르타로스로 떨어뜨렸다. 그러나 그 추방으로 거인족의 권력은 그 행사가 다만 중지되었을 뿐, 완전히 무력화되지는 않았다. 여기서 추방은 조화로운 질서에 대한 계속적이며 잠재적인 위협을 의미한다. 《신통기》에서 거인족을 적개심에 불타는 가문으로 그렸던 헤시오드는 그의 《일과 날Werke und Tage》에서 하나의 선택적인 설화를 기록하고 있다. 시대의 연속에 관한 신화의 틀 안에서 크로노스는 모든 권력 행사 이전의 낙원과 같은 원상태의 지배자이다. 이 두 갈래의 전승은 횔덜린의 작품 도입부에서 발견된다.

그리스의 신화를 자신의 문화로 도입했던 로마인들에게 크로노스는 사투르누스로, 제우스는 유피테르로 불리게 된다. 사투르누스와 유피테르 사이의 경쟁적인 지배권 주장을 휠덜린은 1801년 말에 쓴 것으로 보이는 알케이오스 시연의 송시 〈자연과 예술 또는 사투르누스와 유피테르〉에서 다룬다. 이 시에서 유피테르는 자신의 아버지 사투르누스의 권리를 인정할 것을 요구받는다. 거인족 질서 편들기는 서정적 자아가 유피테르를 그 자체로 표현하지 않고, "아들"로 호칭하고 이를 통해서 유피테르의 계보에 따른 의존성을 강조하는 첫 두 시행에서 일찍이 드러난다.

> 그대는 한낮 드높은 곳에서 지배하고, 그대의 율법은
>   활짝 꽃피운다, 그대 판결의 저울을 들고 있도다, 사투르누스의
>   아들이여!

나아가 제5연에서 화자는 가장 윗자리에 있는 올림포스 신의 권력을 그의 아버지로부터 이끌어낸다.

> 마치 구름 떼로부터 그대의 번개가 치듯, 그대의 것
>   그로부터 비롯되기 때문이로다. 보라! 그대가 명하는 것
>   그를 증언하고 사투르누스의 평화로부터
>   모든 권능은 자라났도다.

사투르누스에 대한 유피테르의 의존관계는 번개와 구름, 소유와 재산, 실현과 잠재능력, 현상과 존재의 관계와 같은 것이다. 번개는 구름에서 발생하는 것이며, 어떤 현상은 어떤 존재로부터 나타나는 것이다. 휠덜린의 이 시에 나타나는 사투르누스의 기본 표상은 모든 실현에

앞서 있는 정신적·창조적 잠재력의 신이라는 점이다. 즉 유피테르가 이제 고지하고 있는 것을 사투르누스는 이미 제 안에 간직하고 있다.

횔덜린은 그 자체로 권력의 한 요소인 유피테르의 "불멸의 통치술"을 사투르누스의 "황금시대"와 "평화"에 맞세우고 있다. 사투르누스는 "어떤 계명도 말하지 않았지만/한때 애씀도 없이 그대보다 더 위대했다." 이로써 횔덜린은 헤시오드의《일과 날》과 함께 오비드의《변신Metamorphose》이 전하는 시대 계승의 신화를 끌어오고 있다. 변신 서사시의 제1권에서 오비드는 "황금시대(Aurea[…]aetas)", 찬란한 황금의 세대에서부터 "단단한 철의(de duro[…] ferro)" 세대로의 시대의 연속을 묘사한다. 퇴행적 전개의 시초에는 낙원과 같은 원초적 상태가 놓여 있다. 자연은 스스로 양분을 취하고 있음으로("애씀도 없이") 예속될 필요가 없었다는 것이다. 법칙들도 필요치 않았다. 인간들은 자유의지에 따라서 선에 머물러 있었기 때문이다. 이러한 조화로운 세계의 상태는 자신의 아버지를 타르타로스로 추방한 유피테르의 통치와 함께 끝나고 말았다. 그처럼 유피테르가 문명의 발전을 대변할 뿐만 아니라, 인류 역사의 타락 단계도 대변하기 때문에, 시 안에 등장하는 "가인/시인"이 그리워하는 이는 유피테르가 아니라, 사투르누스이다.

> 그렇거늘 내려오너라! 아니면 감사드림을 부끄러워 말라!
> 그대가 그 자리에 머물려거든 나이 든 신에게 봉헌하고
> 가인들이 신들과 인간들 모두에 앞서
> 그 신을 칭송하도록 용납해주어라!

서정적 자아가 끝내 지위의 어떤 단순한 교환도 요구하지 않는다

는 것을 한쪽은 개념의 쌍으로, 다른 한쪽은 신화적 쌍으로 이루어진 이 시의 이중적 시제(詩題)가 확실하게 표현한다. 두 쌍은 각기가 접속사 '그리고/~와[과](und)'로 연결되어 있다. "자연과 예술", "사투르누스와 유피테르"처럼 말이다. 따라서 각각의 쌍은 서로를 배제하지 않는다. 오히려 상호 보완의 관계를 형성한다. 물론 사투르누스가 "자연" 영역의 신화화이며, 유피테르는 "예술" 영역의 신화화인 이 송시의 이중적 시제로부터 '예술'에 대한 '자연'의 우위가 분명해진다. 왜냐면 사투르누스는 유피테르의 아버지이기 때문이다. 횔덜린은 이 송시의 첫 시연에서 신화적인 형상을 '자연'에 대한 '예술'의 자율성과 우위 요구에 대항하는 결정적이며 논쟁적인 어법의 토대로 삼는다. 그는 신화에서 보고된 유피테르에 의한 사투르누스의 추락을 부당하다고 보고 동시에 '자연'을 통한 '예술'의 근본적인 제약을 '예술'의 창조적이며 정당성을 부여하는 근원 영역으로 인정할 걸 요구하고 있다. '자연'의, 무의식적인 것의, 무언의, 무시간의 이러한 근원 영역에의 뿌리내림 없이는 예술의, 형식의, 언어의, 의식의, 법칙의, 시간의 유피테르 영역은 '실증적인 것'에서의 경직을 결코 면할 수 없다. 이러한 통찰은 마지막 두 개의 시연에서 자신의 고유한 문학적 경험의 소환으로 타당성을 얻는다. '자연'과 '예술'의 우주론적 보편적 원리는 이렇게 시론적이며 문학 이론적인 원리로 변화한다. 이 송시 역시 일종의 시학적 시의 성격을 가지게 된다. 이미 통사론적으로 이 기본 관계는 파악된다. 즉 사투르누스 영역은 유피테르 영역의 전제이자 조건이다.

그리하여 맨 먼저 나는 내 가슴에서 생동함을
　느꼈고

그다음 비로소 그대 크로니온이여! 나는 그대를 알아보며 그대의
  소리를 듣노라,

여기서 "크로니온"은 사투르누스/크로노스의 아들 유피테르/제
우스이다. 횔덜린은 엄밀하게 유피테르적인 형상화 행위의 합리적인
성격에 맞세워 사투르누스적인 창조 체험의 합리성 이전을 또한 표현
한다. 사투르누스적인 영역에 관련한 끝에서 두 번째 시연의 첫머리에
"가슴/마음", "느낌", "생동함"과 의식 이전의 "가물거림"을 노래한다.
마지막 시연에서는 유피테르 영역에 해당하는 "알아봄", "현명함", 그
리고 거장다운 처분을 노래한다.

그다음 비로소 그대 크로니온이여! 나는 그대를 알아보며 그대의
  소리를 듣노라, 현명한 거장의 소리를, 우리처럼, 시간의
  한 아들로서 법칙을 부여하며 성스러운 여명이
  숨기고 있는 것이 무엇인지 알리는 그 소리를.

이러한 자연적인 합리성 이전과 합리적인 예술적 처분의 기본 관
계로써 횔덜린은 고대로부터 서구의 문학 전통에 기본을 이루는 자연
(physis)과 기술(techne), 본성(ingenium)과 예술(ars)의 대칭과 함께 불
가피한 결합을 수용하고 있다.
　　횔덜린은 소포클레스의 비극 〈안티고네에 대한 주석〉에서 "우리
는 말하자면 신화를 한층 더 증명이 가능하도록 표현해야만 한다"고 했
다. 그는 이 시에서 사투르누스와 유피테르의 관계의 범주화와 알레고
리화를 통해서 당대의 자연과 예술의 관계에 대한 끝없는 논쟁에 근본

적인 답변을 제시한다. 인간의 총체적인 감성과 표상 능력에 영향을 끼치기 위해서 문학은 추상적인 개념을 구체화해야만 한다. 추상적인 것과 구체화라는 두 담론의 어느 쪽에 우선권이 주어져야 할지를 〈자연과 예술 또는 사투루누스와 유피테르〉에서 실천적으로 응답한다. 즉 자연과 예술의 연관을 가시화하기 위해서 그는 송시로써 문학적 장르를 선택하고, 사투르누스와 유피테르를 통한 신화적인 의인화에 의탁하고 있는 것이다. 이처럼 이 송시는 횔덜린 특유의 '신화-시학적 (mytho-poetisch)' 문학의 전형을 보여준다.

눈먼 가인

아레스는 눈에서 우울한 고뇌를 풀어주었도다.

소포클레스

그대 어디 있는가, 청춘의 사자(使者)여! 아침마다
 시간이 되면 나를 깨우던 이, 그대 어디 있는가, 빛이여!
  가슴은 깨어나건만, 한밤은 여전히 성스러운 마법으로
   나를 붙잡아 매고 부여잡고 있도다.

한때 내 동트는 어스름에 기꺼이 귀 기울였고, 그대를
 기다려 기꺼이 언덕에 머물렀으니 헛되지 않았도다!
  그대 사랑스런 이여, 그대의 사자, 바람결 결코
   나를 실망시키지 않았음이니, 왜냐하면 언제나 그대

모든 것을 기쁘게 하며 그대의 아름다움을 통해서
 일상의 길을 따라 다가왔기 때문이로다. 한데 어디에 있는가, 그대 빛이여!
  가슴은 다시금 깨어 있으나 무한한 밤은
   여전히 나를 가로막고 붙들어 매고 있도다.

나무 덮인 길은 나를 향해 푸르렀도다. 마치
 나 자신의 두 눈처럼 꽃들도 나를 향해 피어 반짝였도다.
  내 족속의 얼굴들 멀리 있지 않았고
   나를 향해 빛났으며 나의 머리 위

그리고 숲을 에워싸고 천국의 날개들
　떠도는 것을 보았도다, 내 젊은 시절에.
　　이제 나 홀로 앉아 이 시간에서
　　　저 시간으로 침묵하며 보다 흰했던 나날의

사랑과 고통으로부터 나의 사념은
　내 스스로의 기쁨을 위해 형상들을 짓고 있으며
　　멀리 귀 기울여 친밀한 구원자
　　　나에게로 혹시 다가올는지 엿듣고 있노라.

하여 내 자주 한낮에 천둥 치는 자의 목소리를
　들으니, 그 강철 같은 자 가까이 다가오고
　　그 자신의 집은 흔들리며 그의 아래
　　　대지가 울리며 산들도 이를 반향하도다.

그럴 때면 나는 한밤중에 구원자의 소리 듣도다,
　그 해방자가 살해하며 새 생명을 주는 소리,
　　천둥 치는 자 서쪽으로부터 동쪽을 향해서
　　　서둘러 가는 소리 듣도다, 또한 그의 소리 따라

너희들 나의 칠현금은 소리를 내도다! 그와 더불어
　나의 노래 살고, 마치 강줄기 따라서 샘물이 흐르듯
　　그의 생각 미치는 곳으로 내 떠나야 하고
　　　미로의 태양계에서 확실한 자를 내 따르리라.

어디를 향해? 어디로? 내 이곳저곳에서

그대 찬란한 자여! 그대의 소리를 듣노라. 대지의 사방에서 소리 울리도다.

어디서 그대 끝나는가? 또한 무엇이, 무엇이

구름 위에 있으며, 오 나에게 무슨 일이 일어나는가?

한낮이여! 한낮이여! 쏟아 내리는 구름 위에 있는 그대여!

어서 나에게로 오라! 나의 눈길은 그대를 향해 피어나노라.

오 청춘의 빛이여! 오 행복이여! 그 예전 그대로

다시금! 허나 그대 더욱 영적으로 흘러내리는구나,

그대 성스러운 술잔의 황금빛 샘물이여! 또한 그대

푸르른 대지, 평화로운 요람이여! 또한 그대,

내 선조들의 집이여! 한때 내가 만났던

너희들 사랑하는 이들이여, 오 다가오라,

오, 오라, 하여 너희들의 것 기쁨이 되고

너희 모두를, 앞을 보는 자가 너희들을 축복하도록!

오 내가 견디어낼 수 있도록, 나의 이 생명을,

힘겨운 나의 가슴으로부터 이 신적인 것을 가져가거라.

DER BLINDE SÄNGER

Ελυσεν αινον αχος απ' ομματων Αρης

Sophokles

Wo bist du, Jugendliches! das immer mich
  Zur Stunde weckt des Morgens, wo bist du, Licht!
    Das Herz ist wach, doch bannt und hält in
      Heiligem Zauber die Nacht mich immer.

Sonst lausch' ich um die Dämmerung gern, sonst harrt'
  Ich gerne dein am Hügel, und nie umsonst!
    Nie täuschten mich, du Holdes, deine
      Boten, die Lüfte, denn immer kamst du,

Kamst allbeseligend den gewohnten Pfad
  Herein in deiner Schöne, wo bist du, Licht!
    Das Herz ist wieder wach, doch bannt und
      Hemmt die unendliche Nacht mich immer.

Mir grünten sonst die Lauben; es leuchteten
  Die Blumen, wie die eigenen Augen, mir;
    Nicht ferne war das Angesicht der
      Meinen und leuchtete mir und droben

Und um die Wälder sah ich die Fittige

Des Himmels wandern, da ich ein Jüngling war;

Nun sitz ich still allein, von einer

Stunde zur anderen und Gestalten

Aus Lieb und Leid der helleren Tage schafft

Zur eignen Freude nun mein Gedanke sich,

Und ferne lausch' ich hin, ob nicht ein

Freundlicher Retter vielleicht mir komme.

Dann hör ich oft die Stimme des Donnerers

Am Mittag, wenn der eherne nahe kommt,

Wenn ihm das Haus bebt und der Boden

Unter ihm dröhnt und der Berg es nachhallt.

Den Retter hör' ich dann in der Nacht, ich hör'

Ihn tötend, den Befreier, belebend ihn,

Den Donnerer vom Untergang zum

Orient eilen und ihm nach tönt ihr

Ihm nach, ihr meine Saiten! es lebt mit ihm

Mein Lied und wie die Quelle dem Strome folgt,

Wohin er denkt, so muß ich fort und

Folge dem Sicheren auf der Irrbahn.

Wohin? wohin? ich höre dich da und dort

Du Herrlicher! und rings um die Erde tönts.

Wo endest du? und was, was ist es

Über den Wolken und o wie wird mir?

Tag! Tag! du über stürzenden Wolken! sei

Willkommen mir! es blühet mein Auge dir.

O Jugendlicht! o Glück! das alte

Wieder! doch geistiger rinnst du nieder

Du goldner Quell aus heiligem Kelch! und du,

Du grüner Boden, friedliche Wieg'! und du,

Haus meiner Väter! und ihr Lieben,

Die mir begegneten einst, o nahet,

O kommt, daß euer, euer die Freude sei,

Ihr alle, daß euch segne der Sehende!

O nimmt, daß ichs ertrage, mir das

Leben, das Göttliche mir vom Herzen.

일찍이 계획되었던 이 알케이오스 시연의 송시는 1801년 여름에 쓰여졌고, 정서된 원고로 전해진다. 약 2년 후에는 〈케이론〉으로 완전히 개작되어 소위 〈밤의 노래들〉의 맨 앞에 자리한다.

〈눈먼 가인〉은 이중적인 관점에서 고대의 모범과의 대조를 통해서 횔덜린의 근대적 시인 정신에 대한 관념을 표현한다. 이 시의 모토가 암시하고 있는 것처럼 눈먼 가인이라는 모티브 자체가 이미 고대로 거슬러 올라간다. 그러나 형식상으로는 알케이오스 시연의 적용으로 고대 전통과의 외적인 유대뿐만 아니라, 전통에 기대면서도 이 전통을 넘어서는 이 시 형식 적용의 뚜렷한 의도가 언급될 수 있다. 횔덜린이 보기에 모든 문학 장르에는 그것의 생성 조건이 함께 새겨져 있기 때문에, 형식적인 것도 추상적이 아니라 오로지 그것의 시대 연관성에서 파악되어야 한다. 따라서 그는 비극과 영웅서사시라는 거대 형식을 그리스 고대에 편입시켰다. "고대 고전적인 형식들은 그처럼 내재적으로 그것의 소재에 적합하지만, 다른 소재에는 알맞지 않다네."(노이퍼에게 보낸 편지, 서한집, 358) 예컨대 "위대한 서사문학이 […] 가장 초감각적인 시적 소재에서 출발하며" 본래 어떤 현세적인 영웅이 아니라, "아버지 쥬피터를 기리기 위해서 노래"했던 것처럼, 비극 역시 신과 인간의 만남을 특징으로 한다는 것이다.

그렇다면 송시는 어떤가? 적어도 횔덜린이 근대 문학의 고유한 양식으로 점점 더 명백하게 인식한 "조국적 찬가들의 드높고 순수한 기쁨의 환희"(출판업자 빌만스에게 보낸 편지, 서한집, 502)의 전 단계로 인정할 만한 이 형식은 어떤 소재에 알맞은 것인가? 그의 오랜 천착 후에야 비로소 얻어낸 그리스적인 것과 서구적인 것의 차이에 대한 통찰—1801년 말 친구 뵐렌도르프에게 그 내용을 토로했다(서한집, 477~482,

특히 478)—과 그 이전 〈눈먼 가인〉과 일치적인 대부분의 송시가 쓰인 1799년에서 1801년 사이에 엠페도클레스 소재의 극작 작업을 완결하지 못한 상황에 봉착해 고대 비극 형식의 모방 불가능성을 분명히 인식했다. 이러한 발전 단계에서 그에게 송시가 역사적인 전제들을 성찰하는 근대 문학의 가장 유리한 표현형식으로 대두되었다. 송시의 형식은 그것의 본질적인 특성을 변함없이 유지하는 구조로 이해된다. 이는 형식의 근거를 비로소 제기해주는 주제와 관련해서 자기 시대의 분열이 운명으로 되어버린 시인의 삶과 고통을 "시인으로서의 사명"의 토대인 "보다 드높은 것"의 찬미와 효과적으로 결합시킨다. 나아가 적합한 드라마적인 표현을 벗어나 있는 "비극적인 것"에 다가가는 것도 송시에 대한 그의 개념 규정에 해당된다. 비극적이지만 드라마로서는 적합하지 않은 소재에 알맞은 문학 형식이 송시인 한, 〈눈먼 가인〉에는 이러한 역사적으로 조건 지어진 필연성과 형식의 타당성이 가장 명백하게 드러난다.

형식은 가인의 눈멂에서 다시 눈뜸으로의 깨어남이라는 내용으로 뒷받침된다. 두 가지 상황은 형식의 본질에 해당된다. 이러한 복합성의 해명을 위해서는 고대로부터 전래되고, 횔덜린의 작품에서도 암시되곤 하는 눈먼 예언자라는 토포스(Topos)를 돌이켜볼 수 있다. 가까운 예로서는 횔덜린이 번역한 소포클레스의 《오이디푸스 왕》에서 예언을 하며 등장하는, 주제넘은 앎의 응보로 눈이 먼 예언자 티레시아스를 생각해볼 수 있다. 다른 예는 아이아스 설화이다. "신적인 광기"에 붙잡혀, 눈이 먼 상태로 적으로 오인해 가축을 도살한 아이아스는 횔덜린의 눈먼 가인과 마찬가지로 그의 눈먼 상태에서 풀려난다. 횔덜린이 〈눈먼 가인〉의 모토로 삼은 소포클레스의 《아이아스》에서 "아레스는 눈에서 끔찍한 괴로움을 풀어주었다"란 구절이 이를 암시한다. 그러나 그가 반목했던 그리스의 동포들과 신들과의 화해에도 불구하고 아이아스는 결국 그의 병든 공명심을 자살을 통해서만 충족시킬 수 있었다. 이러한 비극적 설화는 횔덜린의 〈눈먼 가인〉의 이해에도 매우 중요하다. 새롭게 눈을 뜨게 된다는 것은 그렇게 해서 진실을 보게 된 자에게는 치명적이다. 이러한 주제 의식은 횔덜린의 시에서도 전의적으로 분명히 살아 있다.

횔덜린에게 있어서는 눈멂과 봄이라는 대립보다는 밤과 낮이라는 대립이 이 시의 상징과 비유를 더 많이 결정한다. 이것은 새롭고도 본질적인 요소이다. 사실 "눈멂"은 시제(詩題)에서만 드러날 뿐이다. 가인은 "무한한 밤"(제11행)에 의해서 속박당하기 때문에 보지 못한다. 이 밤의 "성스러운 마법"(제3행)이 그를 파문해버린 것이다. 개인적 운명으로서 봄과 눈멂이 대칭을 이루고 있는 것이 아니라, 보편적으로 지배적인 상황으로서 낮과 밤이 대칭을 이루고 있다. 따라서 눈멂은 모든 것을 볼 수 있도록 해주는 수단인 빛이 사라진 시대에 무엇을 보려고 하는 자의 운명이기도 하다. 〈눈먼 가인〉의 첫 4개 반의 시연을 가득 채우고 있는 지나간 행복에 대한 회고에서 "눈멂"이 자연과의 소박한 일치 상태로부터의 탈락에 기인한 것이라는 사실이 드러난다. 회상하는 자는 더 이상 보이지 않는 빛을 그가 젊었을 때 그에게 항상 모습을 보였던 "한 젊은이"(제18행)에 비유하여 부른다. 빛과 젊은이는 병존한다. 아침마다 빛의 귀환은 젊은이가 보호를 받는 느낌을 가졌던 의문의 여지 없는 질서의 확실성을 보장해주었다. 빛이 "모든 것을 기쁘게 하며"(제9행) "일상의 길을 따라"(제10행) 다가왔을 때 그의 기다림은 "헛되지 않았다"(제6행). 인칭대명사 "나에게/나를 향해(mir)"의 반복—"나무 덮인 길은 나를 향해 푸르렀도다"(제13행), "나 자신의 두 눈처럼 꽃들도 나를 향해 피어 반짝였도다"(제14행), "나를 향해 빛났으며"(제16행)—을 통해서 나와 세계 사이를 구분하지 않는 소박한 자기만족이 뚜렷이 강조되고 있다. 하늘로부터는 무한한 창공이 아니라, 조망할 수 있는 현상으로서 "숲을 에워싸고" 있는 새들, "천국의 날개들"(제17행)이 보인다. 인간의 공동체—"내 족속의 얼굴들"(제15행)—도 행복한 자에게 자연스럽게 주어져 있다.

그러나 빛에 의해서 이룩된 자연의 리듬에의 통합은 이제 고립으로 전복되고, 공동체는 고독으로 뒤바뀐다. 이미 시의 첫 마디에서의 허공을 향한 물음, "그대 어디 있는가, 빛이여"(제2행)에서 드러났듯이 자연스러운 리듬과 성찰하는 자의 의식 사이에 괴리가 생긴 것이다. 자연에서의 이탈과 성찰의 대두는 서로 의존적이다. 눈멂은 자연의 상실이다. 자아와 자연의 이러한 분리는 두 개의 결과를 초래한다. 그 하나는 밤이 무한히 계속되는 것으로 보인다는 점이다. 밤은 이제 용기를 잃고 동트기를 학수고대하는 자를 "성스러운 마법으로"(제3행) 사로잡고 붙들어 맨다. 회전하며, 주기적으로 체험되었던 시간이 불확실한 미래로 뻗어가는, 역사적이라고 지칭되는 직선적인 진행에 굴복했기 때문에 연관성 없는 계승으로 체험되는 시간의 연속 가운데서 그는 "이 시간에서 저 시간으로"(제19~20행) 홀로 앉아 있다. 그리하여 다른 하나의 결과로 그렇게 고립된 자의 활동에 새로운 일이 일어난다. "보다 훤했던 나날의//사랑과 고통으로부터 나의 사념은/내 스스로의 기쁨을 위해 형상을 짓는다"(제20~22행). 여기서 처음으로 고립을 전제로 하며, 잃어버린 자연과 행복의 보다 밝은 나날의 재현에 근거하는 주체의 창조적인 힘이 제기된다. 그러나 이러한 자기 관여로 채워진 사념은 더 이상 자연의 포괄적인 연관을 향하지 않고, 자기 스스로를 향하며 "스스로의 기쁨"(제22행)만을 도모할 뿐이다.

자연의 상실과 성찰의 우세가 한층 새로운 문학의 문제가 많은 특징의 근거라면, 이 송시의 나머지 절반에는 새롭게 파악되는 시인 정신의 본질적으로 다른 규정이 두드러지게 나타난다. 중요한 변동의 첫 번째는 "빛"이 현세적인 현상들이나 인간의 시력에 똑같이 내재된 원리로 관찰되는 것이 아니라, "천둥치는 자"(제25/31행)가 무한하고 초시간적인 존재가 되었다는 점이다. 그런 존재로서 그는 시간의 흐름을 그것의 총체성 가운데 규정하지만, "순간적으로는" 시간에 개입하고 시간을 중단시키며 정지시키는 작용을 통해서만이 자신을 분명히 드러낸다. 그리하여 보지 못하는 자는 이제 "한낮에"(제25행)나 "한밤중에"(제29행)도 "천둥 치는 자"에게 귀를 기울인다. 여기에서 벌써 신에게 내맡겨진 자의 수동성이 드러난다. 한낮에 천둥 치는 자는 "천지를 진동시키는 자"(〈시대정신〉, 시 전집 1, 416)로서 겉으로 볼 때 단단히 지어진 것을 동요(動搖)에 빠뜨린다. 밤에는 "서쪽에서 동쪽으로"(제31행) 그는 서둘러 간다. 그렇게 그는 (당초의 자연스러운 빛과는 반대로) 자신의 고유한 힘으로 되돌리기도 하는 시간의 순서를 초월한다. 새롭게 시력을 되찾도록 홀림을 당한 자―"오 나에게 무슨 일이 일어나는가?(제40행)―역시 이제 자신의 무아경으로 체험되는 시간의 환상을 통해서 해방된다. 그는 똑같이 지구의 회전을 벗어난 그곳 "구름 위에"(제40행)서 신을 만난다. "쏟아 내리는 구름 위에"(제41행) 체험된 새로운 "낮"은 순차성을 영원한 동시성으로 변경시킨다. 그리하여 보는 자에게 "청춘의 빛", "행복"(제43행)이, 그러니까 지나간 것과 잃어버린 것 모두가 넘치는 환상 가운데 전개된다.

그대 성스러운 술잔의 황금빛 샘물이여! 또한 그대

푸르른 대지, 평화로운 요람이여! 또한 그대,

내 선조들의 집이여! 한때 내가 만났던

너희들 사랑하는 이들이여, 오 다가오라,

여기서 우리는 눈을 뜬 자의 축복을 받아달라는 사랑하는 이들을 향한 최종적인 요구를 새로운 시대의 대립이 극복된 조화로운 상태의 실현으로 서둘러 이해한다면 그것은 오독이다. 새로움이 환영의 인사를 받는 것이 아니라, "그 예전 그대로/다시금"(제43~44행) 돌아온 것이 노래되고 있기 때문이다. 단도직입적으로 말해서, "신적인" 빛에 얻어맞은 자는 변화되었지만, 구름 아래에 있는 세계는 여전히 근원적인 일치의 상실 때문에 생겨난 한 밤으로 덮여 있다. 끝에 이르러 가인은 점점 더 압박을 받지만, "가슴"과 의식 사이의 불화는 해소 없이 연장될 뿐이다. "가슴"은 한밤에 빛을 동경하는 사이 직접적인 감각으로서 여전히 "깨어" 있었다면, 지금은 빛에 압도당하여 그전에 밤에 당면했을 때와 마찬가지로 빛을 앞에 두고서도 "천국의 증여"(〈마치 축제일에서처럼…〉, 시 전집 2, 46)를 계속해서 전달하고자 갈망은 이루어지지 않는다. 이러한 갈망은 내적인 필요로 충분히 이해되지만, 만족할 만큼 현실화되지 않는다. "성스러운 술잔의 황금빛 샘물"이 "더욱 영적으로 흘러내"(제44~45행)린다. 그러나 그것이 다시 생생한 재현으로서 소박하게 체험되는 것이 아니라, 예언자적인 환상의 시간적으로 얽매이지 않은 조망 가운데에 인지될 뿐이다. 눈멂의 형식에서건, 압도적인 감정의 분출에서건 빛을 접한 가인의 고통은 해소되지 않는다.

〈눈먼 가인〉에는 일종의 파국이 내재되어 있다. 왜냐면 가인이 수 없이 새로워지는 날과의 순간적인 합일의 정점에서, 감격 가운데 예감되는 총체성과 이러한 감동을 담을 언어의 한계 사이의 불일치에 대한 고통스러운 의식에서 시간적으로 한정된 현존으로 눈길을 돌리기 때문이다. 비극적, 극적인 문학의 파국을 서정적 시로 말하자면 무아지경의 자기 상실의 위험이다. 이러한 위험은 끝에 이르러 송시를 새로운 불협화로 접어들게 하는 풀리지 않는 긴장을 형성한다. 이러한 의미에서 이 시는 전체적으로 볼 때 당초의 음조로 되돌아간다. 〈눈먼 가인〉은 쓰일 당시, "궁핍한 시대"에 시인의 자기 인식과 시 쓰기의 가능성과 함께 불안한 양가감정을 가장 정연하게 표현하고 있는 작품이다. 비극적인 이 시는 그 시제와는 달리 눈먼 상태를 자각한 시인의 빛을 향한 열망과 그 의미를 시학적으로 역사철학적으로 해석하고 있다.

반평생

노오란 배 열매와
들장미 가득하여
육지는 호수 속에 매달려 있네.
너희 사랑스러운 백조들
입맞춤에 취하여
성스럽게 깨어 있는 물속에
머리를 담그네.

슬프다, 내 어디에서
겨울이 오면, 꽃들과 어디서
햇볕과
대지의 그늘을 찾을까?
성벽은 말없이
차갑게 서 있고, 바람결에
풍향기는 덜걱거리네.

HÄLFTE DES LEBENS

Mit gelben Birnen hänget

Und voll mit wilden Rosen

Das Land in den See,

Ihr holden Schwäne,

Und trunken von Küssen

Tunkt ihr das Haupt

Ins heilignüchterne Wasser.

Weh mir, wo nehm' ich, wenn

Es Winter ist, die Blumen, und wo

Den Sonnenschein,

Und Schatten der Erde?

Die Mauern stehn

Sprachlos und kalt, im Winde

Klirren die Fahnen.

1803년 성탄절 무렵 횔덜린은 출판업자 빌만스에게 보낸 편지에서 "밤의 노래(Nachtgesänge)"란 시 묶음을 보낼 거라 예고했다. 여기에 문화 현상에 대한 진단도 덧붙였다.

"저는 귀하의 시 연감을 위해 몇 편의 밤의 노래를 교정하고 있습니다. 그러나 저와 귀하의 관계에서 기다림과 같은 일이 발생하지 않도록 곧바로 회답하고자 했습니다. 독자에게 자신을 희생하는 것 그리고 독자와 함께 우리의 여전히 유아적인 문화의 좁은 한계들로 들어가는 것은 하나의 즐거움입니다"(서한집, 501).

빌만스의《사랑과 우정에 바치는 1805년판 소책자》의 첫 발행 때 이 연작시는 〈시들〉이라고 표제되어 있었기 때문에 〈밤의 노래들〉에서 중요한 것은 한 작품 단위의 제목이 아니라, 문학 장르의 명칭 또는 시의 유형일 것으로 우선 추측된다. 이는 에드워드 영Edward Young의 〈밤의 사색〉과 노발리스의 〈밤의 찬가〉에 대한 암시와 이를 통해서 낭만적인 우울의 체험을 노래한 것으로 이해되었다. 하지만 이런 설명은 빌만스에게 보낸 편지에 〈밤의 노래들〉이 자리하는 문화 내지는 역사철학적인 맥락을 고려하지 않은 결과였다. 횔덜린에게 밤이 역사철학적 의미를 지니고 있다는 사실은 〈빵과 포도주〉가 확인해준다. 이 비가에서 신들이 멀어져 밤과 같이 어두운 시대에 "밤에 깨어 머물기 위해서" 한때 있었던 신들의 현존에 대한 기억의 필연성이 강조되고 있다. 〈밤의 노래들〉 아홉 편의 시 가운데 중심을 차지하는 〈수줍음〉은 잠이라는 형식을 통해 간접적으로 제시하며 밤은 어린아이들과의 비유, 역사적인 위치 규정으로 교차되어 나타난다. "그[신]는, […]/시대의 전환점에서 우리 잠들어 있는 자들/그의 황금빛 끈으로, 마치 어린아이를 이끌 듯/바로 세워 이끌고 있도다"(시 전집 2, 197).

〈밤의 노래들〉은, 빌만스의 시 연감에 실린 순서대로 보자면, 여섯 편의 송시 〈케이론〉, 〈눈물〉, 〈희망에 부쳐〉, 〈불칸노스〉, 〈수줍음〉과 〈가뉘메데스〉에 이어서 자유 운율의 단시 〈반평생〉, 〈삶의 연륜〉, 〈하르트의 골짜기〉로 이루어져 있다. 이에 대한 긍정적 수용은 오랫동안 이루어지지 않았다. 1805년 한 서평에서 프리드리히 라운Friedrich Laun은 이 시편들을 "애매한, 그리고 지극히 별난 시들"이라고 평가했고, 심지어 1846년 크리스토프 테오도르 슈바프는 〈정신착란기의 시들〉이라는 별도의 표제를 붙여 횔덜린《전집》에 실었다. 당시 대부분의 주석자들에게 〈반평생〉조차도 정신착란의 한 기록으로 보였던 것이다.

1916년에 들어서 헬링라트의 횔덜린 작품집 발행과 더불어 이 시의 명예 회복이 시작되었다. 헬링라트에게 그 이전 편집 출판자들의 거부적 태도는 "당시 횔덜린의 정신착란보다도 한층 더 혼란스러워" 보였다. 적어도 〈반평생〉은 애매하거나 별나거나 또는 정신착란의 징후와는 전혀 다른 느낌을 불러일으키는 작품이다. 오히려 이 작품은 횔덜린의 후기 시에서는 거의 찾아보기 어려운 명료함과 용이한 이해 가능성으로 독자의 마음을 사로잡는다. 그렇다고 여름과 겨울이라는 자연현상을 노래한 단순한 자연시도, 디오티마와의 행복했던 시절과 영원한 작별을 예감하는 체험시도 물론 아니다.

〈반평생〉은 의미론적으로나 형식적으로 날카로운 대조를 이루는 2개의 시연으로 되어 있다. 충만의 여름에 대한 감동적인 자연묘사가 겨울의 결핍 상태와 충돌한다. 호수에 속으로 매달려 있는 "노오란 배" 그리고 "들장미"로 첫 시연은 식물들의 호화로움의 영상으로 채워져 있다. 거기에 더하여 이 유쾌한 공간에 "입맞춤"에 취하고, 사랑의 내면화를 관조할 수 있게 하는 "백조들"이 가담한다. 동기나 내용상의 조화는 이 시연의 통사나 운율 구조와도 상통한다. 시행 이월로 연결된 하나의 단일 문장이 일곱 행에 걸쳐서 펼쳐져 있다. 이때 통사적인 단위들은 시행 분절과 일치를 이룬다.

"슬프다"라는 비탄의 외침으로 제2연은 첫 시연의 목가와 가파르게 대조를 이루며 출발한다. 이 감탄사는 포괄적인 부재(不在)를 상상케 하는 "내 어디서"로 도입되는 물음으로 이어진다. 첫 시행에서의 서정적 자아는 백조들에 대한 말걺을 통해서 암시적으로만 나타나는 데 반해서, 두 번째 시연에서는 인칭대명사 "mir"와 "ich"을 통해서 직접 등장한다. 물음에 쓰인 모티브들은 자연에서 가져온 것이다. "겨울", "꽃들", "햇볕", "대지의 그늘"이 그것들이다. 이와는 달리 마지막 시행의 영상인 "성벽", "풍향기"는 문명의 영역에 속한다. "성벽"으로 그 분리의 기능이 횔덜린이 1801년 12월 4일 뵐렌도르프에게 보낸 편지에서 언급한 주체를 넣은 관(棺)(서한집, 479)과 비교할 만한 격리가 일깨워진다. 또한 두 번째 시연의 내용상의 불협화는 형식의 차원에도 반영된다. 첫 시연과는 달리 이 시연은 두 개의 구획으로 나뉜다. 하나의 의문문(제8~11행)과 종결의 서술 부분(제12~14행)이 그것이다. 이것으로 말미암아, 다시 첫 시연과는 달리 통사적인 통일성은 시행 분절을 통해서 파괴된다.

이 시가 삶의 "절반"을 다루고 있다는 점이 〈반평생〉을 중년의 위기에 대한 문학적 표현으로 보려는 해석으로 우리를 유인하기도 했다. 횔덜린이 이 시를 쓴 것이 그의 생애의 절반쯤에 해당되기는 하지만 이 시의 제목이 그의 생애기와 일치한다는 것은 생각하기 어려운 일이다. 횔덜린의 생애에서 이 시의 해석의 열쇠를 찾아낼 수 있다는 인식은 이 시의 전래와 이 시에 대한 시인의 언급에 나타나는 중심적 측면을 도외시하는 일이다. 1803년 12월 8일 빌만스에게 보낸 편지(서한집, 499~500)를 보면 〈반평생〉을 포함하는 〈밤의 노래들〉은 역사철학적 차원을 지니고 있다. 육필 원고에 나타나는 전래 상황도 생애기에 의존하는 해석에 동의하기 어렵게 한다. 소위 "슈투트가르트 2절판 원고철"은 〈반평생〉이 미완의 찬가 〈마치 축제일에서처럼…〉에서 파생된 작품임을 보여준다. 이 미완의 찬가는 두 번에 걸친 "슬프도다(Weh mir)"와 "천상의 것들 바라보"(시 전집 2, 46~47)려는 노력을 문제 삼으면서 끝난다. 횔덜린은 이 비탄을 이어받아 연장해 〈반평생〉의 몇몇 시상을 같은 지면에 기록하고 있다. 그리고 이 시의 제목으로 "마지막 시간"을 고려했음을 보여준다.

두 작품의 육필 원고라는 자료상의 인접성은 두 작품 간 내용상의 연관성도 있지 않을까 하는 추측을 낳는다. 찬가 〈마치 축제일에서처럼…〉은 문학의 근거와 시인이 당면하는 위험을 다룬다. 이러한 시학적인 것이 〈반평생〉에서도 똑같이 하나의 모티브로 역할 한다. 횔덜린의 가장 중요한 삶의 주제는 사랑과 문학이다. 문학이 이 작은 시에도 암호화되어 화제로 등장한다. 슈미트와 젤프만R. Selbmann은 〈반평생〉에는 시학적인 문제 제기가 하나의 의미심장한 역할을 한다는 사실을 입증했다. 이러한 관점에서의 해석을 위한 중심 개념으로 슈미트는 "성스럽게 깨어 있는"이라는 은유를 사용한다. 이 은유는 그것의 조화로운 대립인 "도취"와 고전적 문학 이론의 한 부분, "깨어 있는 도취(sobria ebrietas)"라는 잘 알려진 전통적 표현법을 환기시킨다. 고대로부터 미학은 이 표현법으로 참된 시인은 "완벽한 시문학"을 성취하기 위해서는 "감동과 심사숙고의 결합"에 도달하지 않으면 안 된다는 점을 말하고자 한다. 이에 대해서 시사하는 것이 많은 시구를 횔덜린의 시 초안

〈독일의 노래〉에서 읽을 수 있다.

　　이 시는 우선 "아침이 취하게 감동케 하면서 떠오를 때" "조용히 심장을 간직하고/…깊은 생각에 잠기는" 시인을 그리고 있다. 그런 다음 그가 "깊은 그늘 가운데 앉아" 있을 때, "성스럽게 깨어 있는 물을 충분히 마셨을 때" "영혼의 노래"를 부른다고 한다(시 전집 2, 304). 이 은유들과 그것이 숨기고 있는 상징적 의미는 〈반평생〉의 그것과 일치한다. 그보다 조금 후에 쓰인 〈독일의 노래〉는 그 시제가 암시하듯이 시학적인 진술 의도를 지니고 있다. "성스럽게 깨어 있는 물"은 문학 이론적인 의미에서만 온전히 이해 가능하다. "성스럽게 깨어 있는 물"은 내면적 평온이라는 시작(詩作)을 위해서 요구되는 이상적인 상태로 시인을 옮겨 놓는 청량제의 비밀스러운 효능을 지니고 있는 것이다.

　　횔덜린은 이론적으로도 이러한 문제들에 대해서 의견을 피력했다. 예컨대 뷜렌도르프에게 보낸 편지(1801년 12월 4일 자)에서 그의 성공적인 작품을 축하하면서, 작품이 그가 "정밀성"을 얻어내면서도 "따뜻함"을 잃지 않았음을 보여준다고 상찬하고 있다(서한집, 477). 이외에도 횔덜린은 자신의 경탄해 마지않는 모범인 호머의 편을 들어 논의를 전개한다. 이 "특출한 인물"은 자신의 타고난 "성스러운 열정"에 서구적인 "주노와 같은 냉정"을 더하여 자기화할 만큼 "영혼이 충만"했다는 것이다(같은 책, 478). 서로 반대 방향을 달리는 요소들, 성스러운 감동과 이성적 거리두기, 열광과 깨어 있음의 균형 잡힌 전체를 위한 결합은 여기서도 문학적인 것에 대한 횔덜린의 개념의 출발점을 형성한다.

　　매우 암시적이기는 하지만, 같은 사고가 〈반평생〉에서도 한 역할을 하고 있다는 사실은 백조들이라는 모티브를 통해서 확인된다. 고대에서부터 19세기에 이르기까지 백조는 시인에 대한 상징으로 여겨져 왔다. 사람들은 사실적으로 노래하는 백조와 함께 은유적으로 시인으로서의 백조도 노래했다. 따라서 허구적인 서정적 자아가 경탄하면서 외치는 시기에 찬 부름 "너희 사랑스러운 백조들"(제4행)은 그들이 "성스럽게 깨어 있는 물속에/머리를 담그는" 한 은밀하게 그의 작품 가운데 드높은 예술 이해가 이상적으로 결합되어 있는 모범적인 시인으로 여겨진다.

제1연의 문학 이론적인 해석에 대해서는 보완적인 제2연에도 그 상당한 일치가 들어 있다. 시적 세계의 구축을 위해서 활용된 은유들은 저절로 시학적 의미에서의 해석을 용납한다. 서정적 자아와 백조들 사이의 현저한 대조는 우리로 하여금 이 자아가 스스로를 모범적인 시인으로 생각하지 않고 있음을 이해하게 만든다. 이 자아는 자신이 처한 환경 때문에, 인간으로서 예술가로서의 완전함을 향한 자신의 동경을 이해하지 못하는 이웃들 때문에 괴로워한다. 그런 분위기에는 행복한 세계에서 내면적인 감동을 일깨우고, 꽃과 열매들, 그러니까 자연의 아름다움이 가득한 작품을 선사하는 "햇볕"이 결여되어 있다. 감정의 과잉을 건강한 수준으로 진정시켜주는 "그늘"도 없다. 나아가 그늘은 목가적 공간의 구성 요소이다. 이 목가적 공간은 어쩌면 "시에 적대적인 분망함"의 피안에 있는 시인의 이상적인 처소일지도 모른다. 이 모든 것 없이는 제2연의 서정적 자아에게 "꽃들"이 결여되는 것은 당연하다. 꽃들은 비유적인 의미에서 고대의 수사학에서부터 이미 시인의 말을 나타낸다. "꽃들"은 또한 말의 장식적 기능을 환기시킨다. 시 〈게르마니아〉에서의 "입의 꽃(Blume des Mundes)"(시 전집 2, 228)을 통해서 꽃과 수사법의 은유적 결합이 명백해진다. 횔덜린은 다른 시구에서도 이 은유의 관례를 이용했다. 비가 〈빵과 포도주〉에서 그리스 문화의 이상주의적인 영상을 그리면서 그것을 자신의 시대에 마주 세운다. 그러고 나서 고대에서 신들을 부를 때처럼 "꽃처럼 말들이"(제5연의 마지막 시구) 피어나야 한다고 노래한다. 〈반평생〉 제2연, 겨울 시연에서 꽃의 부재는 시적 어휘의 결여와 언어의 거부를 의미한다. 이것이 당대의 문명사적인 상황과 연관되어 있다는 사실은 〈빵과 포도주〉에서 드러난다. 거기에서 서정적 자아는 시적인 것의 의미에 대한 자신의 깊은 회의를 "이 궁핍한 시대에 시인은 무엇을 위해 사는 것일까?"라는 물음으로 에둘러 표현했다. "궁핍한 시대"의 가장 두드러진 징후는 신들의 부재이다. 즉 참된 믿음의 결여이다. 시 〈반평생〉의 겨울 시연에 이러한 진단은 꼭 들어맞는다. 신들에 대해서 이 시연은 아무것도 말하지 않고 있다. 그런데 "더 이상" 말하지 않고 있다고 우리는 말해야 한다. 이 시의 이른 초안은 신들을 여전히 부재하는 이들로 노래한 적이 있기 때문이다.

> 겨울이 오면, 내 어디서
> 천상적인 이들에게 화환을 엮어줄 꽃들을 얻을 수 있을까?
> 그러면 나는 마치 신적인 이들을 전혀 모르기라도 한 듯 되리라,
> 왜냐면 나에게서 생명의 정신이 비켜 가버린 것이기에
> (StA. II, 664)

초월적, 종교적인 의미 영역이 〈반평생〉에 주제화되어 있지는 않다. 그러나 이 의미 영역은 이 작품 생성의 저변에 하나의 역할을 하고 있다. 겨울 시연은 전체적으로 여러 의미에서 "궁핍한 시대"의 비유이며, 이러한 세계에는 신들을 위한 어떤 공간도 더 이상 존재하지 않기 때문이다.

똑같은 상황이 시인들에게도 적용된다. 마지막 3개 시행의 은유들은 어떤 소통도 행할 수 없는 인간의 무능을 그려 보인다. 관계의 파탄과 함께, 사랑의 실종과 함께 그들에게서 언어도 상실된다. 남아 있는 것은 무의미하고 위협적인 기계적 발성뿐이다. 시인도 그의 감동과 환상이 얼음처럼 찬 오성의 냉정함에 짓눌려 질식하게 되면 더 이상 시적 언어를 구사할 수 없다. 시인은 더 이상 백조처럼 노래하지 않으며, 풍향기처럼 찍거리는 소리만 울릴 것이다. 〈반평생〉이 표현하는 두려움과 경고는, 그에 대한 긍정적인 대응은 특별히 시인이 처한 상황에 연관된다. 그러나 이 시의 다양한 측면을 고려한 해석은 시적 진술의 의미가 문학적인 것의 문제성을 넘어서 있다는 것을 보여준다. 우리는 횔덜린의 다른 시 작품들과의 맥락에서 〈반평생〉 역시 모든 것을 포괄하는 사랑에 의해 보장되는 세계 연관의 파괴에 대한 시적으로 표현된 서정적 자아의 근심으로 이해하게 된다.

"밤의 노래들" 중에서 가장 많이 읽히고 해석된 〈반평생〉처럼, 연작시 전체는 "궁핍한 시대"에 적합한 언어 구사의 의도를 펼쳐 보인다. 1803년 12월 성탄절 무렵 빌만스에게 보낸 편지에서 횔덜린은 또 다른 시 집합체 "조국적 노래들(Vaterländische Gesänge)"을 언급하고 있다. "밤의 노래들"과는 달리 이 노래들은 서구적인 궁핍에 맞추어져 있지 않으며, 오히려 이 노래들의 "드높고 순수한 기쁨"(서한집, 502)을 통해서 감동으로 가득 채워진 사연을 표현한다. 이 이야기를 수단으로 위기의 현 상황이 극복되고 새로운 문화적 모범이 확립된다는 것이다. 횔덜린 자신은 반복해서 "노래들"이라고 말하고 있지만, "조국적 노래들"은 대부분 찬가로 분류된다. 이 "노래들"을 전통적인 찬가문학으로 분류하는 데 반대하는 학자들이 있기는 하지만, 찬가적인 축제와 찬미의 서곡인 것만은 틀림없다. 이 "노래들"은 이제 공동체를 구성하고 신이 떠나고 없는 밤에 신적인 자들의 임재를 예비해야만 한다. 횔덜린의 이 "노래들"을 찬가문학의 서구적인 이행기에 적합하고 혁신적인 형식으로 해석해도 무방할 것이다. 연작시 "밤의 노래들"과 "조국적 노래들" 사이, 현재의 궁핍과 축제 같은 약속의 어법 사이의 차이는 개별적인 모티브를 근거로 저절로 증명된다. 예컨대 "밤의 노래들"의 첫 시 〈케이론〉은 "그대 어디 있는가, 사려 깊은 것이여! 때마다/언제나 나를 비켜 가야만 하는 것, 그대 빛이여, 어디 있는가?"(시 전집 2, 186)라는 물음으로 시작한다. 이에 "조국적 노래"의 하나인 〈이스터 강〉의 첫머리에서의 마법적인 간청, "이제 오너라, 불길이여!/우리는 한낮을 보기를/갈망하고 있도다"(시 전집 2, 273)가 대척점을 이루고 있다.

　〈반평생〉은 생애의 범위로서의 절반을 의미한다기보다는 신이 떠난 밤과 신들의 부재를 심사숙고하고 해석하는 한가운데의 휴지(休止)를 의미한다고 하겠다. 반전, 또는 회귀(Umkehr)는 여기서 시작한다. 〈시인의 사명〉에서 "신이 없음이 우리를 돕는 한" "시인이 어쩔 수 없이 외롭게 신 앞에 서야 할지라도 두려움 없다"(시 전집 2, 173)고 노래한 적이 있다.

삶의 연륜

너희들 에우프라트의 도시들이여!
너희들 팔뮐라의 골목들이여!
황량한 평원 가운데의 너희들 기둥의 숲들이여,
너희들은 무엇이냐?
너희들의 수관(樹冠), 너희들이
숨 쉬는 자의 한계를 넘어갔을 때
천국적인 힘의 연기와
불길이 너희들로부터 걷어가 버렸다.
그러나 이제, (그 안에서 누구든 평온을 찾는)
구름 아래 나는 앉아 있다.
잘 정돈된 떡갈나무들 아래,
노루의 언덕 위에 나는 앉아 있다. 하여
지복한 자들의 정령들
나에게 낯설고도 죽은 듯
모습을 나타낸다.

LEBENSALTER

Ihr Städte des Euphrats!

Ihr Gassen von Palmyra!

Ihr Säulenwälder in der Eb'ne der Wüste,

Was seid ihr?

Euch hat die Kronen,

Dieweil ihr über die Grenze

Der Othmenden seid gegangen,

Von Himmlischen der Rauchdampf und

Hinweg das Feuer genommen;

Jetzt aber sitz' ich unter Wolken (deren

Ein jedes eine Ruh' hat eigen) unter

Wohleingerichteten Eichen, auf

Der Heide des Rehs, und fremd

Erscheinen und gestorben mir

Der Seligen Geister.

이 시의 육필 원고는 전래되지 않는다. 〈반평생〉과 마찬가지로 1803년 12월 빌만스에게 보낸 편지에서 "교정을 보고 있다"고 한 "밤의 노래들"에 포함되어 《사랑과 우정에 바치는 1805년판 소책자》에 실려 발표되었다.

이 작품은 휠덜린에게도 잘 알려진 프랑스의 철학자이자 여행작가 콩테 드 볼니Comte de Volney의 저서 《폐허 또는 제국의 혁명에 대한 고찰》에서 시상의 단초를 얻어 쓴 것으로 보인다. 휠덜린의 이 후기 시와 이 책이 밀접하게 연관을 맺게 된 것은 17세기 말 발견된 이래 계몽주의자들의 환상을 특별히 자극했고, 볼니의 혁명적인 고찰의 동기를 이루었던 "폐허", 구체적으로는 "팔밀라의 폐허"라는 상황이다. 볼니의 책에 강조하면서 등장하는, 폐허를 바라다보면서 과거와 미래를 곰곰이 생각하는 상투적인 상황이 휠덜린의 시에서도 반복된다. 볼니의 저술과의 직접적인 연관은 몇몇 정밀한 상호텍스트성 참조를 통해서 확인된다. 휠덜린의 〈삶의 연륜〉과 마찬가지로 볼니의 책도 하나의 직접적인 "부름"으로 시작한다. "나의 인사를 받아라, 고독한 폐허, 성스러운 무덤들, 침묵의 성벽이여! 나 그대들을 부르노라, 나 그대들을 향해서 나의 기도를 바치노라." 볼니는 이론적인 상론의 서두에 간단히 자신의 여행에 관해서, "사막에 위치한 가까운 도시 팔밀라를 찾아갈" 결심을 밝히고 "평원으로 나서면서 바라다본 폐허의 놀라운 광경을" 묘사하고, "그 폐허가 수없이 곧추 서 있는 웅장한 기둥들로 이루어져 있었고, 그 기둥들은 우리의 눈이 미칠 수 있는 한 대칭을 이루면서 열 지어 서 있는 우리의 동물원 가로수 길과 닮았다"고 술회한다. 볼니의 이 "기둥들"에 대한 "가로수 길"의 비유는 휠덜린에게서는 "황량한 평원 가운데의 너희들 기둥의 숲"이라는 은유로 압축적으로 그려져 있다.

역사철학적인 책《폐허 또는 제국의 혁명에 대한 고찰》과 직접적인 연관을 통해서 횔덜린의 이 후기 시는 정치적 철학의 당대 논의에 개입한다. 이 시는 그러나 볼니의 정치적 역사철학의 문학적인 예증을 차용한다기보다는 그것에 대한 시적 비판적 성찰을 행한다. 간결한 표현법과 장식 없는 시어의 사용은 폐허 관찰의 장황한 파토스를 능가한다.

팔뮐라는 시리아사막에 있는 한 오아시스 도시이다. 구약성서에 타마르로 등장하는 동방의 번창한 도시 중 하나였다. 이 팔뮐라 제국의 수도는 기원후 3세기 오다에나투스Odaenathus와 그의 부인 제노비아Zenobia에 의해서 통치되는 짧은 기간 동안 매우 융성했다. 횔덜린에 의해서 비교적(秘敎的)으로 재해석되고 있는 역사적 사건은 팔뮐라의 여군주 제노비아를 향한 로마의 출정(기원후 273년)으로 팔뮐라가 몰락한 일이다. 그녀는 동방에서 지배를 확장하고 스스로를 여황제(Augusta)라고 부름으로써 로마의 최고 권위에 도전했다. 자신을 여황제라고 부른 데서 볼 수 있는, 횔덜린이 거대한 기둥들의 장관에서 발견하는 그녀의 오만은 "한계를 넘어서" 가는 동기가 된다. 여기서 횔덜린은 재해석을 시작한다.

이 시절의 다른 작품에서처럼 횔덜린의 이러한 재해석은 우주의 주기적 파괴 사상인 세계 대화재 소멸론을 바탕으로 한다. 이것은 스토아학파의 우주론에서 세계 순환의 종말마다 일어나는 현존재의 해체 사상이다. 세계의 대순환기는 불에 의해서 생명과 영혼이 주어지지만, 그 종말 역시 불을 통해서 일어난다는 것이다. 먼저 생명의 가운데에서 작용했고 그 생명 안에서 창조적인 원리로 결합되었던 불이 끝에 이르러서는 파괴적으로 "풀려난다." 한때 생명을 주는 불의 이러한 파괴적인 폭발을 스토아학파에서는 "불을 통한 세계의 해체", 즉 "Ekpyrosis"

라고 했다. 횔덜린은 이것을 심리학적으로 해석하면서 파괴적인 한계 이탈로 이해한다. 그는 특히 도시들—"너희들 에우프라트의 도시들이여!/너희들 팔뮐라의 골목들이여!"—을 인간적으로 조직되고 공고해진 존재의 총화가 불에 의해 소멸에 이르는 것으로 그린다.

그러나 이 시에서 팔뮐라의 폐허들은 상징으로만 기능한다. 여기서 "그것이 무엇이었던가?"라는 역사학자의 질문이 아니라, 어떤 의식도 지니고 있지 않은 이 대상들이 스스로 대답을 할 수 있기라도 하다는 듯, 시인은 "너희들은 무엇이냐?"고 묻는다. 이 물음은 "너희들이 지금 우리들에게 무엇을 의미하느냐?"와 같다. 이로써 은연중에 어떤 부흥의 가능성 또는 횔덜린의 용어대로 일종의 윤회(Palingenesie)의 가능성을 묻는 것이다. "기둥의 숲"이라는 시어로서 자연과 예술의 영역을 의도적으로 짜 맞춘 은유가 이 가능성과 연관된다. 기둥들은 마치 야자나무 숲과 같다. 숲이라는 비유로써 몰락한 문명의 부활의 조건이 제시된다. 시어 "기둥의 숲"에는 자연 질서(ordo naturalis)인 숲과 인위적 질서(ordo artificialis)인 기둥의 계산된 상호 교환이 들어 있다. 이 상호 교환은 역사적 과거와 성찰적인 현재라는 대립된 두 영역이 서로를 비쳐 보이도록 교차되어 있다. 인위적인 예술(Kunst)은 횔덜린에 따르면 자연적으로 부여된 것의 자율적이고 자유로운 구사를 통해서만이 자연과 구분된다. 그러나 이것은 횔덜린이 친구 빌렌도르프에게 보낸 편지에 피력한대로 "가장 어려운 일"이다.

이러한 자연과 인위의 교호 작용은 다른 시구에서도 반복된다. "너희들로부터 걸어가 버렸다"라는 완료형의 시구에서 "그러나 지금, (그 안에서 누구든 평온을 찾는)"을 통한 현재로의 전환은 이 시의 성찰적인 자아, 즉 폐허로 남아 있는 역사적 과거의 관찰자로서 스스로 자리를 잡고 앉아 있는 자아—"그러나 이제, […]/구름 아래 나는 앉아 있다"—로 등장하는 가운데 한층 부각된다. 이렇게 앉아 있는 장소는 우선 역사와는 거리가 먼 목가적 장소로, 또한 "천국적인 힘들"의 파괴적 행위에 대칭을 이루는 피난처로 나타난다. 여기서 피난처는 세 개의 사물에 대한 명명을 통해서 규정된다. "구름", "떡갈나무들", "언덕"이 그것이다. 이 세 개의 자연은 동양적인 정경과는 뚜렷한 대조를 이루며 북방을 연상시킨다. 그렇지만 현재의 장소에서 단순히 몰역사적인 자연이 다루어지고 있다는 첫인상은 잘못된 것이다. "노루의 언덕 위/잘 정돈된 떡갈나무들"은 똑같은 자연과 인위적인 것의 교차를 통해서 "황량한 평원 가운데의 기둥의 숲"을 회상케 한다. 그렇게 팔밀라의 기둥들이 숲으로 비유되는 것처럼, 고향의 떡갈나무가 인위적인 질서로서 "잘 정돈된"이라는 표지를 달고 있다. 그만큼 자연과 역사의 조화는 포기할 수 없는 소망이다.

첫머리에 콩트 드 볼니의 혁명적이며 역사철학적인 관찰에 대한 성찰적인 패러디로 보였던 휠덜린의 시는 그러나 전승(傳承)의 의미에 대한 물음인 "너희들은 무엇이냐?"를 그 답변 가능성의 한계에 이르기까지 극단화한다. 이 물음으로 독자는 이제 폐허를 눈앞에 두고 당황하는 관찰자가 된다. 관찰자는 시에서 자리를 잡고 앉아 있는 자아로서 자신을 인식할 수 있다. 그러나 이 자아는 시로부터 어떤 의미도 얻어내지 못한다. 〈삶의 연륜〉에서는 다른 시 〈눈물〉에서 그저 울음만을 울게 한—"그러나 아직은 나의 눈빛 부드러운 눈물/다 쏟아버린 것 아니도다"(시 전집 2, 190~191)—이전에 사랑했던 안티케에 대한 인식이 새로운 문명의 촉진제 구실을 하지 못한다. 왜냐면 현재의 욕구들은 안티케의 가치와는 소원해졌기 때문이다. 이제는 "그리스적인 모범의 포기"가 오히려 그 의미를 지닌다. 문명이 있었던 곳은 다시 자연이 되었고, 자연이 있는 곳은 문명이 되어야 한다. 그러나 폐허가 된 문명의 자리에 똑같은 문명은 부활할 수 없다. 시의 종결구에서 서정적 자아는 마침내 팔밀라의 폐허에 겹쳐 보이는 그리스적 고대와도 작별을 고한다. "지복한 자들", 즉 망자(亡者)들의 혼백을 낯설게 만난다는 것은 고별한 방식이다.

> 하여
> 지복한 자들의 정령들
> 나에게 낯설고도 죽은 듯
> 모습을 나타낸다.

이전에 시인은 먼저 고향의 소박한 자연으로 회귀했다. 체념의 휴식을 위해서가 아니라 거기에 새로운 문화를 일구기 위해서이다.

> 그러나 이제, (그 안에서 누구든 평온을 찾는)
> 구름 아래 나는 앉아 있다.
> 잘 정돈된 떡갈나무들 아래,
> 노루의 언덕 위에 나는 앉아 있다.

여기서 우리는 시제 "삶의 연륜"에 대한 해명이 필요하다고 느끼게 된다. "삶의 연륜"은 어느 개인의 삶에서의 서로 다른 단면을 지칭하는 것으로 우선 이해된다. 어린아이 때부터 노년에 이르기까지 삶의 어느 분절을 의미할 수 있다. 특히 한 개인적 삶의 마지막 기간으로 좁혀서 그가 도달한 후기의 연령 단계를 이르기도 한다. 한편 인류의 여러 역사적 발전 단계에도 적용된다. 예컨대 고대의 "Lebensalter", 또는 현대의 "Lebensalter"를 말할 수도 있다. 이때의 "Lebensalter"는 역사적인 시대 또는 연대(Zeitalter)와 동의어이다.《휘페리온》에서 "Lebenstalter"를 바로 이러한 역사적 시대, 연대(年代)로 사용하고 있다. 휘페리온이 벨라르민에게 쓴 편지에서 "말하자면 지난날 자연이던 것이 지금은 이상이네. 이러한 이상으로부터, 이 회춘된 신성으로부터 아주 소수의 사람들은 스스로를 인식하고 일체를 이룬다네. 왜냐면 그들 안에는 일자(一者)가 존재하기 때문이네. 그리고 이 일자로부터 세계의 두 번째 생명기는 시작되네"《휘페리온》, 103)라고 말했을 때, 필자가 "두 번째 생명기"라고 번역한 "zweites Lebensalter"는 역사적인 "새로운 시대(neues Zeitalter)"로 해석된다. 우리가 읽은 시의 제목은 후자의 의미로 읽는 것이 옳겠다.

하르트의 골짜기

숲은 아래로 가라앉고
꽃봉오리들처럼, 한쪽으로
매달려 있는 이파리들을 향해
아래엔 바닥이 피어나고 있다,
전혀 말할 줄 모르는 것도 아닌
말하자면 거기 울리히가
다녀갔다; 하여 이 발 디딤에 대해
한 위대한 운명은 때때로
남은 장소에서 기꺼이 생각에 잠긴다.

DER WINKEL VON HAHRDT

Hinunter sinket der Wald,

Und, Knospen ähnlich, hängen

Einwärts die Blätter, denen

Blüht unten auf ein Grund,

Nicht gar unmündig.

Da nämlich ist Ulrich

Gegangen; oft sinnt, über den Fußtritt,

Ein groß Schicksal

Bereit, an übrigem Orte.

시인이 1803년 12월 인쇄에 회부하기 위해 교정 작업을 하고 있다고 출판업자에게 밝힌 밤의 노래들의 마지막 작품이다. 빌만스가 발행한 《사랑과 우정에 바친 1805년판 문고판 소책자》에 실려 처음 발표되었다.

〈하르트의 골짜기〉는 시인의 고향 뉘르팅겐 근처, 하르트라는 마을의 숲에 있는 한 곳, 오늘날 울리히 바위와 관련이 있다. 거기에는 두 개의 거대한 평평한 암석이 서로 기대고 서서 삼각형 모양의 구석진 공간을 형성하고 있다. 아이히 계곡 위쪽의 이 구석진 곳에서 1519년 뷔르템베르크의 울리히 대공이 은신했다고 전해진다. 합스부르크 왕가의 지원을 받은 슈바벤 연합이 그를 추적해서 국외로 추방하려 했을 때, 그는 이곳에 숨어서 체포를 모면했다는 것이다. 구석진 공간을 형성한 암벽의 옆에 놓여 있는 평평한 암반에는 발자국이 새겨진 흔적이 남아 있는데, 이것을 민중들은 대공의 "발걸음(Fußtritt)"이라고 불렀다. 울리히 대공은 민중을, 특히 농부를 자기편으로 두고 있었다. 그러나 〈하르트의 골짜기〉는 이러한 특별한 기록들을 일반적인 의미로 전환한다. 횔덜린의 초기 시 가운데 한 편도 이 하르트의 구석에 바쳐졌는데 이 작품은 "다른 많은 시와 한 친구의 부주의로 분실되었다"고 슈바프는 보고한 적이 있다. 횔덜린은 1796년 10월 13일 의붓동생 카를에게 쓴 편지에서 "나는 우리가 하르트 근처의 숲에서 포도주 항아리를 옆에 놓고 바위 위에 앉아《헤르만의 전투》를 함께 읽었던 아름다운 5월의 오후를 생각했다"(서한집, 214)고 썼다.

분실된 첫 시를 쓴 때로부터 열아홉 해가 지나 다시 뉘르팅겐에서 〈하르트의 골짜기〉를 썼다. 그동안 시간만 지나갔던 것은 아니다. 시인의 생애가 거의 다 흘러갔다. 그는 대학에 들어가 신학을 공부했고, 발터스하우젠, 프랑크푸르트, 슈투트가르트, 하우프트빌, 보르도에서 입주 가정교사로 일했으며, 그의 디오티마인 주제테 공타르는 세상을 떠났다.《휘페리온》이 출판되었지만, 원대한 포부를 안고 계획했던 잡지 《이두나》의 발간은 수포로 돌아갔다. 시대는 새로운 전쟁과 복고주의로 "지금까지의 모든 것을 부끄럽게 만들어줄 신조(信條)들과 사고방식들의 미래에 있을 혁명"(1797년 1월에 요한 고트프리트 에벨에게 보낸 편지. 서한집, 229)에 대한 기대에 역행하고 있었다.

그는 혼란에 빠졌고 보르도를 떠나 고향으로 돌아왔다. 어머니와 누이동생의 보호 아래 있었지만, 아무것도 기대할 게 없었다. 소포클레스 비극의 번역이 출판되리라는 전망이 그에게 어느 정도 원기를 되찾게 해주었다. 출판업자 빌만스가 이 비극 번역 외에 시 연감에 실릴 만한 작품을 보내달라는 요청에 횔덜린은 "당신의 시 연감을 위해 몇몇 밤의 노래들을 교정하고 있다"고 답했다. 그중 하나가 〈하르트의 골짜기〉다.

시의 귀환에 대한 그의 모든 희망은 바라다보이는 자연 안에 집약된다. 첫 네 행에 시인은 자연 정경을 있는 그대로 노래한다. 아무것도 달라진 것은 없다. 어린 시절의 안전에 대한 회상, 그것이 다시 돌아오기를 바라는 심정이 한 은유를 통해서 표현되고 있다.

꽃봉오리들처럼, 한쪽으로
매달려 있는 이파리들

이파리들은 시인의 기억과 상상으로 떠올려진 울리히 대공을 다 같이 보호해준다. 이제는 이들이 모두 도피자들이다. 이들을 위해서 총명한 자연은 커다란 석굴 하나를 지어놓았다.

숲은 "바닥"을 향해서, 아이히 계곡을 향해서 아래로 가라앉는다. 그 바닥이 "피어난다"는 것은 울리히 대공이 한때 머문 일과 관계가 있다. 그렇기 때문에 바닥은 "전혀 말할 줄 모르는 것도 아"니다. 바닥은 기억한다. 그리고 일어난 일을 잘 알고 있는 아이처럼 이야기할 수도 있다. 이 구절은 모두 아홉 행의 시의 한가운데 놓여 있으며 이 시행으로 자연묘사는 끝난다. 여기를 추방당한 울리히 대공이 다녀갔다. 이제 마지막 3행은 이 장소의 구체적 역사적 좌표로부터 단숨에 벗어난다.

하여 이 발 디딤에 대해
한 위대한 운명은 때때로
남은 장소에서 기꺼이 생각에 잠긴다.

역사의 그런 흔적에 대해서, "발걸음"에 대해서 한 "위대한 운명"이 "때때로" 곰곰이 생각한다. "위대한 운명"은 이제 독자적이다. 위대한 운명은 전설로 "남은 장소에서", 영웅 없이 남겨진 장소에서 회상하며, 역사를 반추할 채비를 갖춘 자에게 눈에 보이지 않는 "발걸음"으로 머물러 있다.

소년기의 영웅적 인물상이 곤경에 놓인 삶의 전망과 결합되어 있는 것처럼 보인다. 고통을 겪은 자기 자신의 삶이 영웅의 형상과 결부되어 있으며, 자신의 경우에 대한 예시가 한 영웅의 행적 안에 재현되어 있다. 자신이 떠나고 난 '남은 장소'에서 자신이 회상될 수 있을지도 모른다는 희망이 이 시의 밑바닥을 조용히 흐른다. 이파리를 떨구며 숲이 아래로 가라앉는 가을의 정경이 꽃봉오리처럼 바닥이 피어오르는 봄의 정경과 마주치는 것처럼 말이다.

　판형의 암석 두 개가 기대여 이등변 삼각형을 이루고 그 꼭짓점이 위를 향하고 있는 구석진 곳은 그 안쪽이 동굴이다. 이곳이 피난의 동굴이며, 꼭짓점은 하늘을 향해 영원한 구원을 갈구한다.

　횔덜린이 정신착란의 시절 머물렀던 네카 강변의 횔덜린투름은 하르트의 골짜기 같은 그런 피난처였다. 오규원 시인의 〈횔덜린의 그 집-튀빙겐에서〉는 아직 그때의 횔덜린을 회상케 하는 횔덜린투름을, 횔덜린이 하르트의 골짜기를 은신처로 상기하듯이 노래한다. 바닥이 이파리를 향해서 피어오르듯이 지금도 그때처럼 담쟁이덩굴 몇몇은 삼층까지 올라가 창문 안을, 시인은 가고 없으나 그의 흔적이 살아 있는 고요한 피난처 안을 들여다본다.

　어떤 장소에 배이고 배인 무명인들의 숨결을 감지하는 예리한 감정의 떨림을 노래한 정현종의 〈석벽 귀퉁이의 공기〉에서는 횔덜린의 〈하르트의 골짜기〉의 "전혀 말할 줄 모르는 것도 아닌", 무심한 듯한 것의 쟁쟁한 목소리를 발걸음도 숨죽이고 경건한 마음으로 듣게 된다.

회상

북동풍이 분다.
불타는 영혼과 탈 없는 항해를
사공들에게 약속함으로써
나에겐 가장 사랑스러운 바람.
그러나 이제 가거라, 가서
아름다운 가롱 강과
보르도의 정원에 인사하거라.
거기 가파른 강변에
작은 오솔길 넘어가고 강으로는
시냇물 깊숙이 떨어져 내린다. 그러나 그 위를
떡갈나무와 백양나무 고귀한 한 쌍이
내려다보고 있다.

지금도 잘 기억하고 있거니
느릅나무 숲의 넓은 우듬지
물레방아 위에 머리 숙이고
마당에는 그러나 무화과나무 자라고 있음을.
축제일이면
그곳 갈색 피부의 여인들
비단 같은 대지를 밟고 가며
밤과 낮이 똑같은

삼월에는
느릿한 오솔길 위로
황금빛 꿈에 묵직해진
잠재우는 바람들 불어온다.

그러나 나에게
짙은 빛깔로 가득 찬
향기 나는 술잔 하나 건네어달라,
그것으로 내 쉬고 싶으니,
그늘 아래에서의 한잠 감미로울 터이기에.
영혼도 없이
죽음의 사념에 놓이는 것은
좋은 일이 아니다. 그러나
하나의 대화 있어 진심 어린 뜻을
말하고
사랑의 나날과
일어난 행위에 대해 많이 들음은 좋은 일이다.

그러나 친우들은 어디 있는가? 동행자와 더불어
벨라르민은? 많은 사람은
원천에 가는 것을 부끄러워한다.
왜냐하면 풍요로움은
바다에서 시작하기 때문. 또한 그들
마치 화가들처럼 대지의 아름다움

함께 모으고 날개 달린 싸움도
주저하지 않는다. 또한
홀로, 거둔 돛대 아래
밤으로 도시의 축제일
칠현금의 탄주와 몸에 익힌 춤이
빛나지 않는 곳에 수년을 사는 일도.

그러나 이제 사나이들
인도를 향해 갔다.
거기 바람 부는 곳
포도원, 도르도뉴 강이
흘러와 장엄한
가롱 강과 합쳐
바다의 넓이로
강물은 흘러나간다. 그러나
바다는 기억을 빼앗고 또 주나니
사랑은 또한 부지런히 눈길을 부여잡는다.
머무는 것은 그러나 시인들이 짓는다.

ANDENKEN

Der Nordost wehet,

Der liebste unter den Winden

Mir, weil er feurigen Geist

Und gute Fahrt verheißet den Schiffern.

Geh aber nun und grüße

Die schöne Garonne,

Und die Gärten von Bourdeaux

Dort, wo am scharfen Ufer

Hingehet der Steg und in den Strom

Tief fällt der Bach, darüber aber

Hinschauet ein edel Paar

Von Eichen und Silberpappeln;

Noch denket das mir wohl und wie

Die breiten Gipfel neiget

Der Ulmwald, über die Mühl',

Im Hofe aber wächset ein Feigenbaum.

An Feiertagen gehn

Die braunen Frauen daselbst

Auf seidnen Boden,

Zur Märzenzeit,

Wenn gleich ist Nacht und Tag,

Und über langsamen Stegen,

Von goldenen Träumen schwer,

Einwiegende Lüfte ziehen.

Es reiche aber,

Des dunkeln Lichtes voll,

Mir einer den duftenden Becher,

Damit ich ruhen möge; denn süß

Wär' unter Schatten der Schlummer.

Nicht ist es gut,

Seellos von sterblichen

Gedanken zu sein. Doch gut

Ist ein Gespräch und zu sagen

Des Herzens Meinung, zu hören viel

Von Tagen der Lieb',

Und Taten, welche geschehen.

Wo aber sind die Freunde? Bellarmin

Mit dem Gefährten? Mancher

Trägt Scheue, an die Quelle zu gehn;

Es beginnet nämlich der Reichtum

Im Meere. Sie,

Wie Maler, bringen zusammen

Das Schöne der Erd' und verschmähn

Den geflügelten Krieg nicht, und

Zu wohnen einsam, jahrlang, unter

Dem entlaubten Mast, wo nicht die Nacht durchglänzen

Die Feiertage der Stadt,

Und Saitenspiel und eingeborener Tanz nicht.

Nun aber sind zu Indiern

Die Männer gegangen,

Dort an der luftigen Spitz'

An Traubenbergen, wo herab

Die Dordogne kommt,

Und zusammen mit der prächt'gen

Garonne meerbreit

Ausgehet der Strom. Es nehmet aber

Und gibt Gedächtnis die See,

Und die Lieb' auch heftet fleißig die Augen,

Was bleibet aber, stiften die Dichter.

1803년 무렵에 쓴 찬가 〈회상〉은 다른 찬가 〈파트모스〉, 〈라인 강〉과 함께 제켄도르프가 발행하는 《1808년판 시 연감》에 실려 처음 발표되었다. 발행된 1807년은 찬가를 쓴 시인이 튀빙겐의 아우텐리트 병원에 강제로 입원되어 정신착란증의 치료를 받던 때와 일치한다. 〈회상〉에는 횔덜린의 작품으로서는 보기 드문 투명성과 정밀성으로 1802년 봄, 많은 의문을 남긴 보르도에서의 짧은 체류에 대한 몇몇 정보를 줄 수도 있는 하나의 사실적인 기상도가 그려져 있다. 이 찬가는 횔덜린이 프랑스에 바친 유일한 작품으로, 단순한 구조를 가지고 있다. 다섯 시연으로 이루어져 있으며, 한 행이 부족한 마지막 시연을 제외하고 매 시연은 12행이다. 처음 두 시연에서 서정적 자아는 회상을 통해서 목가적인 동경의 고장인 보르도를 찾아간다. 그러나 제3연에서 서정적 자아는 자신의 현실적인 위기 상황으로 관심을 돌리고, 이 위기 상황에 대한 진술에 이어 제4연과 제5연에서의 항해(航海)의 영웅적 행위에 대한 성찰이 이어진다. 마지막 시구들은 간결한 형식을 통해서 이 시가 전반적으로 관계하는 세 영역을 결합시킨다. "바다", "사랑", "시인들"이 그 세 영역이다.

　"바다"는 행동의 영역을 대신한다. 우리는 바다가 시 전체에 등장하는 것을 알 수 있다. 첫 시연에서 시인은 북동풍을 가리켜 바람들 중 "가장 사랑스러운 바람"이라고 선언하는데, 그것은 배들을 남서쪽, 대양으로 몰아가고 선원들에게는 "탈 없는 항해를 약속하기" 때문이다. 제4연 전체와 제5연의 첫 부분도 항해에 바쳐지고, 제3연, 그러니까 이 시의 한가운데 시연의 종결구에서는 "행위들"이 명백히 시적 회상의 특별한 주제가 된다. 바로 이어서 선원들, 친구들에 대한 연상이 뒤따르기 때문에, 선원들은 본질적으로 "행동"의 차원으로 배속되며, 동시에 이 "행동"의 차원은 시인에게도 특별히 관계된다는 사실이 드러난다. 그렇지 않다면 시인이 친구들로서 선원을 말하지도 않았을 뿐 아니라, 탈 없는 항해를 약속하기 때문에 북동풍이 자신에게는 가장 사랑스러운 바람이라고 시의 첫머리에서 노래하지도 않았을 것이기 때문이다.

두 번째 영역, 즉 사랑의 영역에는 좁은 의미에서나 넓은 의미에서, "갈색 피부의 여인들"로 인한 연상이나 목가적으로 충만한 삶과 조화롭고도 평온한 현존의 표상으로 두 번째 시연의 영상들이 해당된다. 다시금 제3연도 "사랑의 나날"을 말하는 가운데 이 사랑의 영역을 주제로 삼고 있다는 점을 명백히 한다.

마지막으로 세 번째 영역은 시인의 영역이다. 시인은 회상하고 있는 자다. 그의 회상을 통해서 다른 두 영역과 자기 자신의 영역은 "머무는 것"이라는 관점 아래서 드러나는 그 영역들의 본질적인 것에 대한 성찰이 일어난다. 첫 시연과 두 번째 시연은 시인의 영역 아닌 다른 영역들을, 비록 완벽하게는 아니지만 "머무는 것"을 목표로 한 현존 형식들을 감각적이고 구체적인 이미지들을 통해서 환기시켰다. 이제 추상적으로 변하고 있는 세 번째 시연에는 자기 성찰을 포함해서 성찰이 들어선다. 시인은 자기 자신을 "죽음의 사념" 이상의 것, 다시 말해 본질적인 것, 즉 머무는 것에 대한 욕구를 지닌 그런 주체로서 태도를 취한다. "죽음의 사념" 이상에 속하는 것은 "사랑의 나날과/일어난 행위들"에 대한 회상이다. 그것에 대한 회상은 "하나의 대화"의 가치가 있다. 시인은 그러길 원한다. 그러나 이러한 "대화"는 가능하지 않다. 왜냐면 혼자이기 때문이다. 그런 사실은 다음 시연의 첫머리에 나오는 부재를 아쉬워하는 질문 "그러나 친우들은 어디 있는가?"에서 간접적으로 표현된다. 시적인 회상은 그러니까 고독 가운데 일어난다. 바로 이러한 고독이 그저 높고 아름다운 과거—"사랑의 나날과/일어난 행위"—에 지나지 않는 것이 아니라, 자기 자신의 고유한 현존재의 타 존재들에 대한, 그들의 방식대로 사랑과 행위의 "머무름"을 지향하는 현존의 형식 안에서 가지는 관계에 대한 심사숙고의 현장이다.

제3연, 즉 한가운데의 시연은 따라서 성찰로 넘어가는 중개의 역할을 한다. 이 시연은 마지막 시구들에서의 심사숙고의 결과로 이어진다. 제3연이 "일어난 행위들"에 대한 사념으로 끝나고 나서, 새로운 시연은 거기에 연달아서 "그러나 친우들은 어디 있는가?"라고 묻는 가운데 행동의 영역으로 옮겨간다. "벨라르민"은 송시〈에뒤아르에게〉의 다른 시제로 고려되었던 이름으로, 횔덜린의 혁명적이며 활동적인 친구 싱클레어의 문학적 별칭이다. 여기서 시인은 그와 또 다른 "동행자들"을 생각한다. 마지막 시연에 이르기까지 노래하는 먼바다로의 전투적인 항해는 "인도"에 이르기까지 멀고도 먼 곳으로 이어지는 진정할 수 없는 행동 욕구에 대한 은유이다. 멀리 사라져버린 친구들을 생각하는 가운데, 친구들의 실존과 자신의 문학적 실존의 결정적인 대조가 일어난다.

많은 사람은
원천에 가는 것을 부끄러워한다.
왜냐면 풍요로움은
바다에서 시작하기 때문.

영웅적이며 활동적인 "동행자들"이 먼 바다로 떠났기 때문에, 이 항해가 행동의 영역에 속하는 한, "원천"은 시인의 몫인 것이 틀림없다.

전통적으로 원천(源泉)은 영감(靈感)과 근원의 장소로 시인의 몫이다. "친우들"을 향한 그리움이 묻어 있는 물음을 통해서 암시되었듯이 시적인 것과 영웅적인 것 사이의 차이는 "원천"과 "바다"의 대조로 명백하게 드러난다. 원천은 말 본래의 뜻대로 "시작하기" 때문에, 풍요가 바다에서 "시작한다"는 시적 진술은 의식적 역설적인 표현이다. 근원의 장소로서 원천은 시인의 몫인 본질적인 것으로의 근접을 의미한다. 원천은 내포적이며 집중적이다. 반대로 외향적 외연적인 바다는 이제 비로소 짜 맞추어져야 할 흩어져 있는 개별적 대상들의 다양성을 지닌 세계를 상징한다. 이러한 짜 맞춤은 부차적이며 외적인 추가를 의미하지만 시인에게는 선험적이고 직관적인 통합이 가능하다. 《휘페리온》 제 1권의 마지막 편지, 소위 〈아테네 편지〉에서 휘페리온은 문학을 원천이라고 부른다. 그는 "무한한 신적 존재인 문학"을 말하고 나서 "문학의 신비에 찬 샘"(《휘페리온》, 133)을 언급하고 있는 것이다. 문학에는 모든 것이 함께 현재화되고, 근원적인 충만의 상태로 재현된다. 〈회상〉은 많은 사람이 원천에 가는 것을 부끄러워한다고 노래하는데, 그것은 전체를 "지적 직관"을 통해서 표현하는 내면성에 대한 거리낌을 의미한다. 창조적인 자신 안에 모든 것을 포괄하는 내면성을 통하는 대신에 "친구들", 또는 영웅적인 것을 강조하면서 마지막 시연의 서두에 일컫는 "사나이들"은 외부를 향하며 먼 곳을 향한다.

그러나 이들도 마지막 의미를 향하는 동경에 떠밀린다는 사실을 인도를 향한 그들의 항해가 보여준다. 왜냐면 인도는 단순히 외적인 먼 곳에 대한 기호가 아니며, 인도로의 항해는 극단적인 영웅적 용기의 총화이기 때문이다. 횔덜린은 정신착란 직전에 대탐험 항해나 먼 나라에의 모험적인 여행기에 강하게 매료되었다. 두 번째 홈부르크 체류 기간

동안 그는 영주의 궁정 도서관 사서의 직위를 부여받고 도서관에 풍부하게 소장된 이국풍의 먼 곳에 대한 책들을 읽었다. 이때 그는 "내가 영웅 중 하나가 되기를 원한다면/그리고 이것을 자유롭게 고백해도 된다면/그것은 하나의 바다의 영웅일 것이다"(시 전집 2, 358)라고 시작되는 찬가 초안 〈콜럼버스〉를 썼다. 항해와 영웅의 각별한 결합이 돋보인다. 인도는 헤르더 이후 특히 낭만주의 시대에 여러 종교와 문명의 근원지로 알려져 있었다. 횔덜린에게도 마찬가지였다. 찬가 〈이스터 강〉의 한 구절 "우리는 그러나 인더스로부터/[…]/멀리서 다가와 노래하도다, […]"(시 전집 2, 273)가 이를 말해준다. 따라서 인도는 절대적인 것, 근원적인 것에 대한 동경을 나타내는 암호이다. 물론 인도를 향한 사나이들의 항해는 그것이 먼 외부를 향하고 있는 한 본래적이지 않은 것으로 빠져버린 동경이다.

이 부분에서 횔덜린의 이상주의적인 문학 개념이 천재 시대에 형성된 근원적인 창조자에 대한 그리고 천재적 시인의 내면성에 대한 표상과 얼마나 잘 연결되어 있는지가 명백해진다. 그 표상은 "지적 직관"에, 다시 말해 직관적인 전체성 인지에 기초했다. 그 표상은 이러한 전체성을 매개하는 의식의 형성을 목표로 했다. 이 의식으로부터 평소 의미 없이 고립되고 길을 잃고 만 것을 시인이 전체에 대한 의미 있는 연관으로 이끌 수 있다면, 그는 "머무는 것", 영속적인 것, 불변의 것을 실현시킬 수 있다.

회상의 진행은 시인이 다른 삶의 형식들, 즉 사랑과 행동의 영역의 형식들로 사유를 향하게 하고, 이와 함께 그 삶의 형식들에 내재되어 있는 시간 초월성, 즉 머무름, 불변함의 경향을 인지하는 것으로 이루어진다. 이러한 머무름의 경향을 통해서 그 삶의 형식들은 중간 시연에서 단순히 "죽음의 사념"의 동기로 제기되는 모든 다른 삶의 형식들과는 구분된다. 이 죽음의 사념은 "영혼 없이" 만들어버릴지도 모른다. 이에 맞서서 시인은 "하나의 대화 있어 진심 어린 뜻을/말하고 /사랑의 나날과/일어난 행위에 대해" 듣는 것은 "좋은 일"이라고 말한다. 왜 이것이 좋은가는 행동의 영역이 회상과 "눈길을 부여잡는" 사랑의 영역이 머무름의 차원과 연관을 맺게 되는 마지막 시구에서 비로소 표면에 드러난다.

> 그러나
> 바다는 기억을 빼앗고 또 주나니
> 사랑은 또한 부지런히 눈길을 부여잡는다.
> 머무는 것은 그러나 시인들이 짓는다.

이 마지막 시구는 머무는 것이라는 관점 아래 "바다" 즉 선원으로 대변되는 행동의 영역, "사랑"의 영역과 "시인"의 영역을 요약한다.

행동의 영역은 끊임없이 바뀌는 현상들 때문에 영원한 부침으로 기억을 주고 뺏을 뿐, 어떤 멈춤이나 머무름을 베풀지 않는다. 이러한 행동 영역의 비극적으로 열린, 공허한 지평을 제4연과 제5연의 서두가 묘사한다. 사나이들은 전투적이지만 체념이 느껴지는 노력으로 "대지의 아름다움"을 모으지만, 그들 자신은 멀고 먼 곳으로 사라지고, 어떤 의미의 실현을 위해서 애썼던 그 영역에 함몰되고 만다. 《휘페리온》에서 알라반다와의 영웅적인 행동을 지향하는 우정을 회고하며 보고하는 가운데 휘페리온은 체념적인 주석을 덧붙인다. "그러나 세상의 모든 일에는 오르내림이 있다. 인간은 자신의 거인과 같은 모든 힘을 가지고

248

도 무엇 하나 그대로 붙들어 잡을 수가 없는 것이다"(《휘페리온》, 47~48).

"사랑은 또한 부지런히 눈길을 부여잡는다." 여기서 "부여잡다"라는 어휘는 다시금 영속적인 것, 머무름이 문제인 것을 보여준다. 사랑이 눈길을 "부여잡고", 고정시키는 가운데 사랑은 사랑하는 자의 눈길에 상대를 머물게 하고자 한다. "부지런히"라는 어휘는 그러나 결과적으로는 헛된 노력인 것을 암시한다. 항해자의 영웅적인 노력처럼 이 노력도 시간에 예속되고 만다. "또한"이라는 어휘도 유추적으로 같은 의미를 강화시킨다.

이 두 영역의 머무름의 경향은 결국 머무름으로 이어질 수 없다. "머무는 것은 그러나 시인들이 짓는다" 이 시구는 본래 의미대로가 아니라 외적으로만 따르고 있기는 하지만 한 거대한 전통에서 유래한다. 이 전통에서 자신의 작품을 통해서 그냥 두면 곧 잊히기 마련인 영웅들의 행위들에게나 쉽사리 사라져버리는 여인들의 아름다움, "사랑의 나날들"에게 영속성을 부여하는 것은 다름 아닌 시인들이다. 횔덜린이 무엇보다도 모범으로 삼았던 고대 문학은 이러한 사상에 대한 많은 예를 보여준다. 대표적인 예가 핀다르의 〈제7 네메아 승리가〉의 구절이다.

"위대한 능력도 찬미의 노래 없이 지내야 한다면/계속해서 어둠에 놓여지는 법./반짝이는 머리띠를 두른 기억의 여신의 도움으로/그 위대한 능력이 찬양의 노래에서 그 노고의 대가를 발견할 때/그 방식을 통해서만 우리는 아름다운 행위를 거울에 비추어 알게 된다네."

르네상스 이래 이러한 상투적 표현은 근대 서구 문학에서도 생기를 얻는다. 그러나 횔덜린은 〈회상〉의 마지막 시구에서 그 전통적인 토포스를 더 먼 지평으로 옮기기 위해서 그것을 다만 건드리고 있을 뿐이다. 이 시구에서 중요한 것은 문학을 통해서 과거의 일을 기억하도록 고정시키는 것이 아니라, 시인이 모든 개별적인 것과 더불어 인간적 현존을 대변하는 사랑과 행위의 영역을 승화시키는 최고도의 의식에서 나오는 머무름이 실현된다는 점이다. 이렇게 하여 개별적인 것이 그 자체로 머물지 않으며, 전체의 매개를 통해서만 그 개별적인 것이 보존될 수 있는 영속적인 머무름으로 연결되는 것이다.

이스터 강

이제 오너라, 불길이여!
우리는 한낮을 보기를
갈망하고 있도다,
또한 시험이
무릎을 뚫고 갈 때
누군가 숲의 외침을 알아차려도 좋다.
우리는 그러나 인더스로부터
그리고 알페우스로부터
멀리서 다가와 노래하도다. 우리는
숙명적인 것을 오랫동안 찾았었노라,
날아오름 없이는 누군가
지척을 향해서 붙들어 잡을 수 없으며
곧장
다른 쪽으로 넘어올 수 없도다.
그러나 우리는 이곳에 지으려 한다.
왜냐면 강물들이 땅을
일굴 수 있도록 만들어주기 때문. 말하자면 잡초들
자라고 그곳으로 여름이면
짐승들 물을 마시려고 간다면
그처럼 인간들도 그곳으로 가리라.

그러나 사람들은 이 강을 이스터라 부른다.

이스터 강은 아름답게 깃들어 있다. 나무줄기의 이파리 불타고
움직인다. 나무줄기들은 서로가
거칠게 곧추 서 있다. 그 위쪽으로
제2의 척도
암벽의 지붕이 솟아 있다. 그리하여
그 강이 멀리 반짝이며, 아래 올림포스에서 헤라클레스를
손님으로 초대한 일 나를 놀라게 하지 않는다.
헤라클레스, 그늘을 찾으려고
뜨거운 이스트모스에서 왔도다.
왜냐면 그 자체 용기로
가득 차 있었고, 정령들 때문에
서늘한 대기도 필요했었기 때문이다.
그렇기에 그자 기꺼이 드높이 향기 내며, 검은
소나무 숲으로부터 이곳 수원(水源)과 황색의 강변으로 왔도다.
거기 깊숙한 곳에서
한 사냥꾼 한낮에
기꺼이 거닐고 있도다. 그리고
이스터의 송진 품은 나무들에서
성장의 소리 들을 수 있도다.

그러나 그 강은 거의
뒤를 향해 가는 듯이 보인다. 그리고
내 생각하기는, 그 강

동쪽에서 오는 것이 틀림없다,

그것에 대해서

할 말은 많으리라. 그러나 어찌하여

그 강은 산들에 곧바로 매달려 있나? 다른 강

라인 강은 한쪽으로

흘러가 버렸다. 강물들

메마른 곳에서 가는 것 헛된 일 아니다. 그러나 어떻게? 어떤 것이 아니라,

그럭저럭 한 징표가 필요하다. 그렇게 하여 그것은 해와

달을 마음 안에, 갈라짐 없이 품고,

계속해간다, 한낮과 밤도 역시, 그리고

천국적인 자들 서로를 따뜻하게 느끼고 있다.

그렇기 때문에 그것들은 또한

지고한 자의 기쁨이다. 그렇다면 어떻게

그는 아래로 온단 말인가? 마치 헤르타가 초록빛이듯,

하늘의 아이들도 그러하다. 그러나 그 강은 구혼자 아니며

나에게 너무도 참을성이 많아 보인다,

그리고 거의 조롱하는 듯 보인다. 말하자면

   그 강이 자라기

시작하는 청년 시절 한낮은

시작하는 것이고, 다른 강은

이미 드높이 휘황찬란함을 몰아가고, 망아지처럼 그 강은

울타리를 비벼 무너뜨리며, 그리하여

대기는 멀리서부터 그 분망의 소리를 들으며,

그 강은 만족해한다.
그러나 바위는 찌름을 필요로 하고
대지는 쟁기질을 필요로 한다,
지체함 없이는 깃들 만한 것이 못되리라.
그러나 그 강이 무엇을 하는지
아무도 알지 못한다.

DER ISTER

Jezt komme, Feuer!

Begierig sind wir

Zu schauen den Tag,

Und wenn die Prüfung

Ist durch die Knie gegangen,

Mag einer spüren das Waldgeschrei.

Wir singen aber vom Indus her

Fernangekommen und

Vom Alpheus, lange haben

Das Schickliche wir gesucht,

Nicht ohne Schwingen mag

Zum Nächsten einer greifen

Geradezu

Und kommen auf die andere Seite.

Hier aber wollen wir bauen.

Denn Ströme machen urbar

Das Land. Wenn nämlich Kräuter wachsen

Und an denselben gehn

Im Sommer zu trinken die Tiere,

So gehn auch Menschen daran.

Man nennet aber diesen den Ister.

Schön wohnt er. Es brennet der Säulen Laub,

Und reget sich. Wild stehn

Sie aufgerichtet, untereinander; darob

Ein zweites Maß, springt vor

Von Felsen das Dach. So wundert

Mich nicht, daß er

Den Herkules zu Gaste geladen,

Fernglänzend, am Olympos drunten,

Da der, sich Schatten zu suchen

Vom heißen Isthmos kam,

Denn voll des Mutes waren

Daselbst sie, es bedarf aber, der Geister wegen,

Der Kühlung auch. Darum zog jener lieber

An die Wasserquellen hieher und gelben Ufer,

Hoch duftend oben, und schwarz

Vom Fichtenwald, wo in den Tiefen

Ein Jäger gern lustwandelt

Mittags, und Wachstum hörbar ist

An harzigen Bäumen des Isters,

Der scheinet aber fast

Rückwärts zu gehen und

Ich mein, er müsse kommen

Von Osten.

Vieles wäre

Zu sagen davon. Und warum hängt er

An den Bergen gerad? Der andre

Der Rhein ist seitwärts

Hinweggegangen. Umsonst nicht gehn

Im Trocknen die Ströme. Aber wie? Ein Zeichen braucht es

Nichts anderes, schlecht und recht, damit es Sonn

Und Mond trag' im Gemüth', untrennbar,

Und fortgeh, Tag und Nacht auch, und

Die Himmlischen warm sich fühlen aneinander.

Darum sind jene auch

Die Freude des Höchsten. Denn wie käm er

Herunter? Und wie Hertha grün,

Sind sie die Kinder des Himmels. Aber allzugedultig

Scheint der mir, nicht

Freier, und fast zu spotten. Nämlich wenn

Angehen soll der Tag

In der Jugend, wo er zu wachsen

Anfängt, es treibet ein anderer da

Hoch schon die Pracht, und Füllen gleich

In den Zaum knirscht er, und weithin hören

Das Treiben die Lüfte,

Ist der zufrieden;

Es brauchet aber Stiche der Fels

Und Furchen die Erd'.

Unwirtbar wär es, ohne Weile;

Was aber jener tuet der Strom,

Weiß niemand.

횔덜린은 여러 차례 강(江)을 시작(詩作)의 중심에 세웠다. 〈마인 강〉, 〈네카 강〉, 〈라인 강〉이 그 대표적인 작품이다. 18세기 문학에서 강의 모티브는 두 개의 상징 내용을 가지고 있다. 시학적 상징 내용과 문명 사적인 상징 내용이 그것이다. 횔덜린의 작품에서도 이 두 개의 기능이 입증되는 데, 이 두 기능이 서로 얽혀 있는 경우가 드물지 않다. 한편으로 강은 말(언어)을, 특히 문학적으로 형상화된 말을 상징한다. 이러한 의미론적 관점은 《송가 IV Carmen IV》에서 핀다르의 언어를 급류(急流)에 비유한 호라티우스에게로 거슬러 올라간다. 다른 한편 강은 집단적인 회상의 저장소며, 문명사와 자연사가 교차하는 문명의 의미 있는 지형의 기록이다. 예컨대 헤르더에게 강의 흐름은 집단적 기억을 위해서 자연사적, 문명적인 발전의 재음미를 허락한다.

강은 양분을 제공한다. 게다가 교역을 위한 기반으로 구실하며 이를 통해서 문명의 발전과 문화의 상호작용을 가능하게 한다. 강의 이러한 입지적인 장점을 횔덜린은 〈이스터 강〉에서 하나의 경구로 요약한다.

왜냐면 강물들이 땅을
일굴 수 있도록 만들어주기 때문.

1803년에 쓴 이 시는 육필 원고로 〈회상〉에 이어 시제 없이 기록되어 전래되었다. 헬링라트가 이 시의 제21행에 언급된 강의 이름을 따서 〈이스터 강〉이라는 시제를 부여했다. 이 시가 그리스어 이스트로스 (Istros)에서 파생된 이스터(Ister)를 도나우(Donau) 대신 쓰고 있기 때문에 우리의 눈길을 근대에서부터 그리스와 그리스의 동방적인 근원으로 대표되는 고대로 확장시킨다. 일종의 조감을 통해서 서정적 자아는 서쪽에서 기원하여 동쪽으로 접어드는 도나우의 흐름을 따라간다. 서쪽에서 동쪽으로의 강의 흐름의 방향은 동방에 출발점을 두고 알프스 너머 여러 나라에 그 마지막 종착지를 두는 소위 "문명의 이동(trans-latio artium)"의 지리적 방향을 역전시킨다. 헤르더로부터 영감을 받은 문명 이동의 개념을 찬가 〈도나우의 원천에서〉도 다루고 있다.

그처럼
동방으로부터 말씀이 우리에게로 오네,
또한 파르나소스의 절벽과 키타이론에서 나는
오 아시아여, 그대의 메아리를 듣나니, 또한
카피톨리움에서 꺾이어 알프스로부터 급격히

한 낯선 여인
우리에게로 오네, 잠 깨우는 여인,
인간을 기르는 목소리.

(시 전집 2. 203)

동방으로부터 온 게 "말씀"이었다는 것은 횔덜린의 작품에서 지리의 시학적 의미를 깨닫게 한다. 문학 이론적인 숙고와 역사철학적 내지는 문화 철학적인 숙고의 겹침을 지형학적인 구성을 통해서 〈이스터 강〉도 확실하게 한다.

우리는 그러나 인더스로부터
그리고 알페우스로부터

멀리서 다가와 노래하도다. 우리는
적절한 것을 오랫동안 찾았었노라,

서정적 자아 홀로가 아니라 "우리", 그러니까 시인들의 문학사적
인 공동체가 부르는 노래를 통해서 〈이스터 강〉의 시학적 의의가 표현
된다. "적절한 것" 역시 이 문학사적 공동체에 해당된다. 송시 〈수줍음〉
에서 이미 드러났듯이 ─ "그러나 알맞고/재간 있는 손길은 우리 스스
로가 마련하는 법이다"(시 전집 2, 197) ─ "적절한 것"의 의미론적인 진폭
은 단정함, 예의 바름(decorum)이라는 수사학적인 범주를 포함하는 것
은 물론, 언어를 예술적으로, 적절하고 능란하게 다루는 기술적인 능력
과 숙달도 포함한다. 이에 더하여 〈이스터 강〉에는 문학과 영웅주의의
연관도 표현되어 있다. 동쪽에서 서쪽으로 나아갔고 마침내는 이스터
강에, 서구적인 근대에 도착한 시인들과 마찬가지로 헤라클레스는 그
리스를 떠나서 북방의 고지로 출발했다. 작열하는 태양에 노출되었던
올림피아 경기의 승리자들에게 서늘함을 약속하는 그늘 많은 올리브
나무를 가져오기 위해서였다. 두 번째 시연은 헤라클레스의 이러한 사
명을 회상한다.

그리하여
그 강이 멀리 반짝이며, 아래 올림포스에서 헤라클레스를
손님으로 초대한 일 나를 놀라게 하지 않는다.
헤라클레스, 그늘을 찾으려고
뜨거운 이스트모스에서 왔도다.

〈이스터 강〉은 역행하는 이중적인 움직임을 바탕으로 하고 있다. 이를 통해서 문명 상호간의, 시대를 포괄하는 상황이 형성된다. 동양과 서양 간의 교환을 통해 왕래하는 가운데 고대와 근대의 교류도 형성된다. 도나우 강은 그 흐름의 방향으로 서쪽에서 동쪽으로의 이동을, 또는 역사철학적으로 적용하자면, 근대에서 고대로의 이동을 수행한다. 동에서 서로의 이동과 고대에서 근대로의 이동은 문화의 동양적인 근원과 서구를 향하는 문화의 진행에 대한 자의식과 결부되어 있다. 〈이스터 강〉에는 두 개의 지리적인 지향이 서정적 자아에게 혼란을 초래할 정도로 겹쳐진다. 이스터 강은 사실 동으로 흐른다. 그러나 외양상 동방은 목적지가 아니며, 오히려 근원지이다.

> 그러나 그 강은 거의
> 뒤를 향해 가는 듯이 보인다. 그리고
> 내 생각에는, 그 강
> 동쪽에서 오는 것이 틀림없다.

〈이스터 강〉에 지형학적으로 표현된 고대와 근대, 그리스와 서구의 교차는 횔덜린이 친구 빌렌도르프에게 1801년 12월 4일에 쓴 편지에서 시학적으로 설명했던 바로 그 교차에 상응한다. 이스터 강처럼 근대 시인의 교양 충동은 동방의 "하늘의 불길", 그리스인들의 "민족적인 것"(서한집, 478)을 지향한다. 그러나 서구의 시인이 외래적인 것으로 인해서 길을 잃지 않기 위해서는 자신의 고유한 것, "주노 같은 냉정"(같은 곳) 또는 "서늘한 대기"(〈이스터 강〉, 제34행)로의 회귀가 필요하다. 따라서 횔덜린의 마지막 강의 시가 시학적으로 의미가 있는 것은 그것이 노래를, 시인의 유래와 이동을 강조해서 표현하고 있기 때문만은 아니다. 불길과 서늘함의 모티브 상의 대조와 역행하는 이중적인 이동으로써 〈이스터 강〉에는 일종의 문학 이론적인 선언이 함축적으로 밑바탕에 놓여 있는 것이다.

> 그러나 바위는 찌름을 필요로 하고
> 대지는 쟁기질을 필요로 한다,
> 지체함 없이는 깃들 만한 것이 못되리라.
> 그러나 그 강이 무엇을 하는지
> 아무도 알지 못한다.

이 시의 마지막 시연의 마지막 구절은, 첫 시연의 '강물들은 문명사적으로 보건대 문명의 토대를 세우는 기능을 가지고 있다'는 생각을 반복해 노래한다. 이를 위한 전제는 강이 대지에서 쓸 만한 공간을 억지를 써서 얻어내고, 대지를 파헤치고 "찌른다"는 사실이다. 이때 강들의 길은 시 끝에 "그러나 그 강이 무엇을 하는지/아무도 알지 못한다"처럼 미지의 경구가 강조하듯 그 깊이를 알 수 없다. 우리가 강의 모티브가 가지고 있는 문명사적, 시학적 상징 내용을 고려한다면, "알 수 없음"은 횔덜린의 역사적·문학적 입장에 똑같이 관련된다. 횔덜린은 자신의 시대를 문화적인 변화의 절호의 기회로, 옛 질서가 해체되고 새로운 질서가 아직은 가시적이지 않은 형상체로 형성되기 시작하는 유리한 순간으로 생각했다. 이때는 근본적으로 열린 시대이다. 역사의 열린 시대이자 근대에서 비로소 자신의 성격을 획득해내야만 하는 문학의 열린 시대이다. 고유성과 개방성의 관계를 성찰하는 가운데 비가 〈빵과 포도주)는 "그러하거늘 오라! 하여 탁 트인 천지를 보자/비록 멀다 한들 우리 고유한 것을 찾자"(시 전집 2, 134)고 노래했다. 자신의 아직은 온전히 알려지지 않은 고유성을 찾으며, 따라서 열린 상태에 내맡겨진 문학은 인습에서 벗어난, 지금까지는 알지 못했던 언어와 표현방식을 구사한다. 이를 통해서 문학은 익숙한 인지의 표준, 사유의 선례, 해석의 본보기를 뒤흔든다. 횔덜린처럼, 독자 역시 어떤 하나의 해석학적인 결론이나 일의성을 용인하지 않는 철저한 개방성에 자신을 맡겨야만 하는 것이다.

"찌름"으로써 후기 횔덜린의 기술 목록에 해당하는 의미론적 다의성의 처리가 가시화된다. 이러한 처리법에서 자주 개념을 통해 의미가 중첩되지만, 고유명사를 통해서도 은유적, 어원적으로 근원적인 의미들이 중첩되기도 한다. 때때로 그것을 통해서 생성된 논리적인 긴장, 불확실성과 불확실성으로의 성향은 습관화된 이해 과정을 능숙하게 무력화시키는 하나의 시적 계산으로 작용한다. "찌름"은 그리스어 동사 "κεντεῖν(찌르다)"에 기반한 "켄타우어Kentaur"의 어원을 암시한다. 켄타우로스Kentauros는 그리스신화에 등장하는 반인반마의 괴물이다. 이미 고대에서 켄타우로스들은 강과 밀접하게 연관되어 있었다. 횔덜린이 번역하고 주석을 단 〈핀다르 단편들〉의 마지막 단편인 〈생명을 주는 것〉에 대한 주석에서 횔덜린은 이러한 신화를 통한 알레고리 전통을 실마리로 삼는다. "켄타우로스에 대한 개념은 강물의 정신에 대한 개념이라고 할 수 있다. 그것은 그 정신이 본래 길이 없는, 위쪽으로 자라나는 대지 위에 힘으로 갈라 경계를 만들기 때문이다"(KA. Ⅱ, 772). 켄타우로스의 육신에는 인간적인 질서와 동물적인 질서가 교차하고 있음으로, 그들은 횔덜린의 변증법을 상징적으로 설명한다. 괴물로서의 한

계적 존재 안에서는 문명과 자연의 대립이, 지양되지 않은 채, 마치 강에서처럼 동시에 일어난다. 켄타우로스의 "조화로운 대립"(KA. Ⅱ, 535)은 핀다르의 〈생명을 주는 것〉이 켄타우로스의 특징으로, 양가적인 이미지로 표현된다. 켄타우로스는 한편으로는 태고의 원천과 자연의 근친의 대표로서 "거친 목동"이며, 호머의 《오디세우스》에 나오는 외눈박이 괴물 퀴클롭스와 비교된다(KA. Ⅱ, 772). 한편 켄타우로스는 한층 높은 문명의 수준을 대변한다. 그는 "자연과학의 교사"(같은 책, 772)이며 동시에 문예의 거장이기 때문이다. "오시안의 노래들이 특별히 참된 켄타우로스의 노래들이며, 아킬레우스에게 칠현금의 탄주를 가르쳤던 그리스의 케이론에 의해서이듯 강물의 정신으로 노래 불렸던 것이다"(같은 책, 773). 켄타우로스족의 하나인 케이론에게 횔덜린은 작품에서 걸출한 위상을 부여했다. 〈밤의 노래들〉의 첫머리에 놓인 송시는 그의 이름을 시제로 삼고 있다. 횔덜린에게서 기형적인 것 안에 변증법과 역사철학적 내지 시학적인 관점의 문제성이 중첩되어 있다는 사실을 그의 거인 신화의 후기 수용이 보여준다. 거인들은 이제 더 이상 〈자연과 예술 또는 사투르누스와 유피테르〉처럼 황금시대를 대변하지 않으며, 오히려 우주적 질서를 위협하는 무질서한 신족으로 표현된다. 그렇지만 후기 횔덜린에게서 거인족은 전적으로 파괴적인 원리만을 나타내지는 않는다.

반사(反射)의 주제는 횔덜린에게 시의 진행에서 시학적으로 중요하다. 그것은 횔덜린이 이 반사를 통해서 지상에 있는 강물들을 서구가 하나의 문화 경관이 되어야 할 때 결정적인 역할을 할 하늘과 결합시킬 수 있기 때문이다. "그렇다면 어떻게/그[하늘의 지고한 자]는 아래로 온단 말인가?"라는 강조된 질문은 물에서의 반사의 의미를 역설

하며, 어디까지 강들이 메마른 곳을 가는 것이 부질없는 일이 아닌지를 묻는 앞의 질문을 지지한다. 반사는 하늘과 지상의 중재된 접근을 수행할 뿐만 아니라, 이와 함께 지상에서의 해와 달의 개별적, 국지적 동시 존재도 가능케 한다. 반사는 낮과 밤의 교체에 대한 회상을 표현한다. 반사가 한편으로는 "신들의 말씀/변화와 형성"(〈아르히펠라구스〉, 시 전집 2, 88)을 보여줄 수 있으며, 다른 한편 천체의 연관성을—"갈라짐 없이"—눈앞에 보여주기 때문이다. 이런 방식으로 "회상"하며 "감사"해야 하는(KA. Ⅱ, 562) 예감하는 인간에게, 횔덜린의 시학에 따르면, 특히 기억의 여신 므네모쉬네를 따르는 시인에게 강은 인도(引導)의 모델을 제공한다. 그렇기 때문에 제50~51행 "어떤 것이 아니라/그러저럭 한 징표가 필요하다"에 대해 보완으로 고려되었던 변형 구절은 강에 대해서 "강들은 말하자면/말씀이 되어야 하나니"(StA. Ⅱ, 810)라고 판결한다.

그러나 그 강이 무엇을 하는지
아무도 알지 못한다.

이 시의 결구에 읊고 있는 이 머뭇거림은 특유의 겸손이다. 이 시의 첫머리에 그렇게 당돌한 외침 이후, 겸손의 결구에 도달한 것이다. 이 시는 우리에게 원기의 필요성을 남기고 있다. "그러나 바위는 찌름을 필요로 하고/대지는 쟁기질을 필요로 한다." 그러한 원기와 활력이 없다면, 삶은 죽음이다. 이것이 이 특별한 강을 노래한 시의 가장 두드러진 요점이자 큰 관심사이다. 여러 후기 시가 염려하는 그 반대적인 위험—지나친 집중, 파괴적인 동력—은 여기서는 간단히 암시되어 있을 뿐이다.

므네모쉬네

불길에 담겨지고 익혀져
열매들 무르익고 지상에서 시험되었다. 또한
모든 것, 뱀처럼 꿈꾸며
천국의 언덕으로
올라가는 법칙은
예언적이다. 또한 많은 것은
어깨 위에 올려진
장작더미의 짐처럼
지켜져야 한다. 그러나 길들은
험악하다. 왜냐하면 마치 야생마처럼
갇혀 있던 요소와 지상의 오랜 법칙
바르게 가지 않기 때문이다. 그리고 언제나
하나의 동경은 무제약을 향한다. 그러나 많은 것은
지켜져야만 한다. 또한 충실함은 필연이다.
그렇지만 우리는 앞으로도 뒤로도
보려 하지 않는다. 마치 호수의
흔들리는 배 위에서인 양 우리를 흔들리게 맡긴다.

그러나 사랑스러운 삶은? 대지 위
햇볕과 메마른 먼지
그리고 고향의 숲의 그림자를 우리는 본다. 그리고

탑의 옛 용두머리 지붕들에서는
연기 평화롭게 피어오른다. 말하자면 영혼이
응수하면서 천상의 것에 생채기 내었다면
한낮의 표지는 좋은 것이다.
왜냐하면 은방울꽃처럼 눈이
고귀한 품성 어디에
있는지 가리켜 보이면서 알프스의
푸르른 초원 위에 절반쯤 빛나고 있기에.
거기 도중에 한때 죽은 자에
세워진 십자가를 말하면서
드높은 길을
한 방랑자 분노하면서
멀리 예감하며 다른 이와 함께
가고 있다. 그러나 이것이 무엇이란 말인가?

무화과나무 곁에서 나의
아킬레우스 나로부터 죽어갔고
아이아스
바닷가 동굴 곁,
스카만드로스에 가까운 시냇가에 죽어 있다.
관자놀이에 한때 부는 바람,
움직이지 않는 살라미스의 확고한
습관을 따라서, 낯선 곳에서, 위대한
아이아스는 죽었다.

파트로클로스는 그러나 왕의 갑옷을 입고 죽었다. 그리고
또 많은 다른 이들도 죽었다. 키타이론산 곁에는 그러나
므네모쉬네의 도시, 엘레우터라이 놓여 있었다. 신도
그의 외투를 벗었고, 이후 저녁 어스름은
머릿단을 풀었다. 천국적인 자들은 말하자면,
한 사람 영혼을 화해하면서
추스르지 아니하면 꺼려하나니, 그 한 사람 그렇지 않을 수 없다.
그러한 자에게 비탄은 잘못이리라.

MNEMOSYNE

Reif sind, in Feuer getaucht, gekochet

Die Frücht und auf der Erde geprüfet und ein Gesetz ist,

Daß alles hineingeht, Schlangen gleich,

Prophetisch, träumend auf

Den Hügeln des Himmels. Und vieles

Wie auf den Schultern eine

Last von Scheitern ist

Zu behalten. Aber bös sind

Die Pfade. Nämlich unrecht,

Wie Rosse, gehn die gefangenen

Element' und alten

Gesetze der Erd. Und immer

Ins Ungebundne gehet eine Sehnsucht. Vieles aber ist

Zu behalten. Und Not die Treue.

Vorwärts aber und rückwärts wollen wir

Nicht sehn. Uns wiegen lassen, wie

Auf schwankem Kahne der See.

Wie aber liebes? Sonnenschein

Am Boden sehen wir und trockenen Staub

Und heimatlich die Schatten der Wälder und es blühet

An Dächern der Rauch, bei alter Krone

Der Türme, friedsam; gut sind nämlich

Hat gegenredend die Seele

Ein Himmlisches verwundet, die Tageszeichen.

Denn Schnee, wie Maienblumen

Das Edelmütige, wo

Es seie, bedeutend, glänzet auf

Der grünen Wiese

Der Alpen, hälftig, da, vom Kreuze redend, das

Gesetzt ist unterwegs einmal

Gestorbenen, auf hoher Straß

Ein Wandersmann geht zornig,

Fern ahnend mit

Dem andern, aber was ist dies?

Am Feigenbaum ist mein

Achilles mir gestorben,

Und Ajax liegt

An den Grotten der See,

An Bächen, benachbart dem Skamandros.

An Schläfen Sausen einst, nach

Der unbewegten Salamis steter

Gewohnheit, in der Fremd', ist groß

Ajax gestorben

Patroklos aber in des Königes Harnisch. Und es starben

Noch andere viel. Am Kithäron aber lag

Elevtherä, der Mnemosyne Stadt. Der auch als

Ablegte den Mantel Gott, das abendliche nachher löste

Die Locken. Himmlische nämlich sind

Unwillig, wenn einer nicht die Seele schonend sich

Zusammengenommen, aber er muß doch; dem

Gleich fehlet die Trauer.

1803년에 쓴 것으로 보이는 이 횔덜린의 마지막 찬가는 두 개의 서로 다른 육필 원고로 남겨져 있다. 하나는 별도의 두 페이지짜리 원고에 기록된 두 개의 초안이고, 다른 하나는 3연의 초안으로 소위 "홈부르크 2절판 원고철(Homburger Folioheft)"의 마지막 세 페이지에 수록되어 있다. 별도 원고의 초안 단계에서는 처음에 〈뱀Die Schlange〉이라는 시제를 달았다가 〈징후Das Zeichen〉로 대체했고, 2절판 원고철에서는 〈님프〉라는 시제를 달았다가 마지막 시연에서 므네모쉬네를 언급하면서 시제를 〈므네모쉬네〉로 했다. 우리는 여기서 슈미트가 초안들을 정리하여 《독일 고전주의 출판사판 전집》에 수록한 최종고를 읽고 있다.

'기억'을 뜻하는 므네모쉬네는 그리스신화에서 뮤즈의 어머니이며, 따라서 문학은 물론 모든 예술의 근원이다. 횔덜린의 이 찬가에서 므네모쉬네는 이중의 의미를 가지고 있다. 우선 "충실한" 보존과 유지의 힘이며, 이는 제1연이 여러 차례(제5~8/13행 이하)노래하고 있다. 첫 시연에서는 묵시론적인 이미지를 통한 위협적인 운명으로, 뒤에서는 영웅과 시인의 운명으로 불려내어진, 바로 "무제약적인 것"을 향한 파괴적인 돌진에 직면하여 이 힘이 언급된다. 그러나 다른 한편 므네모쉬네는 제2연의 중간 이후와 마지막 시연이 제시하고 있는 것처럼, 무엇보다도 아킬레우스와 아이아스의 운명과 같은 영웅들의 운명을 통해서 특별히 표현되는 것처럼 역사의 치명적인 것, 그 무상함에 대한 극도로 위협적인 기억이기도 하다. 이 기억의 실존을 위협하는 방식을 통해서 시인은 그 자신이 회상하는 영웅들과 똑같이 "분노하는" 멜랑콜리에 빠질 수밖에 없다.

이 찬가의 진행은 이에 따라서 므네모쉬네가 우선은 "무제약적인 것"을 향하는 경향에 대응하며, 실존을 보존하고 지키는 힘으로 호출되지만, 그다음에는 "멀리 예감하는" 시인이 실제로 그 여신에게 헌신하는 정도에 따라서 실존을 해체하는 힘을 발산하기에 이른다. 그 점에서 이미 제1연에서 "지상의 오랜 법칙"의 해체로서 우주적으로 표명된 무제약을 향하는 충동의 불가피성이 심리적으로 입증된다. 에토스와 파토스는 갈등한다. 에토스는 처음부터 끝까지 파괴적으로 경계를 무너뜨리는 "무제약"을 향한 충동을 억제할 것을 요구한다. 특히 윤리적인 관점은 첫 시연과 마지막 시연의 명령조와 충고조의, 평가를 내리는 진술을 통해서 효력을 발휘한다. 어렵더라도 많은 것이 "지켜져야" 한다거나 "충실이 필연"이라고 하며, 경계를 부수고자 하는 충동을 견디어내지 못하는 자는 영혼을 "추스르지 않는다"고 하고, 그와 같은 이에게 비탄이 "잘못"이라고 할 때 거기에서 윤리적 관점은 효력을 발휘한다. 파토스는 그러나 시인과 마찬가지로 비극적으로 경계를 부수는 영웅들의 경험, 비록 마지막 시구에서 유지되고 있기는 하지만, 에토스가 더 이상 어떻게 할 수 없는 그러한 탈경계의 경험에 자리 잡고 있다.

〈므네모쉬네〉를 조금 더 깊이 음미하기 위해서 이 시를 관통하는 주도적인 시상들을 다시 읽어보자.

제1연에서는 벌써 끝에 이르면 "무르익어" 몰락하는 우주 주기의 종말에서의 불길에 의한 우주의 해체라는 스토아학파의 우주론에 입각한 주기적 파괴 사상(Ekpyrosis)이 대두된다. 이것은 주기적으로 이행되는 우주적인 "법칙"이기도 하다. 불에 의한 해체는 스토아학파의 우주론에서의 주장에 따르면 불이 4대 자연 요소의 결합—"갇혀진 요소들"—에서 터져 나와, 역시 이 결합 상태를 본질로 하는 현세적 삶의 법칙성—"지상의 오랜 법칙"—을 파괴하고 제약에서 벗어나 천공의 우주적 불길로 바뀐다는 것이다. 〈므네모쉬네〉를 쓴 후기에서 휠덜린은 이 우주의 주기적 몰락설을 다른 묵시론적인 표상과 함께 눈에 띄게 자주 활용한다. 앞에서 본 〈삶의 연륜〉도 그것의 한 예이다. 이와 함께 그는 주기적 몰락의 우주론적 과정을 심리학적으로 새롭게 해석한다. 그는 주기적 몰락설을 심리적인 충동의 은유로 끌어 올리고 있는 것이다.

> 그리고 언제나
> 하나의 동경은 무제약을 향한다.

또한 마지막 시연에서 우주의 주기적 몰락은 극단적으로 암호화된 형식으로 다시 한번 등장한다.

> 신도
> 그의 외투를 벗었고, 이후 저녁 어스름은
> 머릿단을 풀었다.

"무제약으로의" 충동으로 보는 주기적 우주 몰락설의 심리적 해석은 다른 두 개의 주도적인 시상에 상응한다. 제2연과 제3연을 결정하는 '영웅의 도취적인 격정(furor heroicus)'과 '영감에 고무된 시인의 격정(furor poeticus)'을 말한다. 이러한 주도적 시상은 전적으로 치명적인 것, 자기 파괴적인 것의 징후 가운데 드러난다. 제3연에서는 아킬레우스가 "죽어갔고", 아이아스도 "죽었으며", "그리고/또 많은 이들도 죽었다"고 읊고 있으며, 제2연에서는 죽은 영웅들에 대한 시적으로 "멀리 예감하는" 기억을 일으키는 "거기 도중에 한때 죽은 자에/세워진" 십자가를 노래하고 있는 것이다.《일리아스》의 위대한 두 영웅 아킬레우스와 아이아스는 분노 때문에 죽었다.《일리아스》의 첫 구절은 이미 전체 사건의 결정적인 동기로 아킬레우스의 분노를 들고 있다. 특별한 분노가 아이아스의 특징을 나타낸다. 그렇지만 횔덜린은 〈므네모쉬네〉의 구상에서 고대 문학을 그대로 답습하지 않는다. 어떤 도취적인 한계 돌파의 특성이 이 고대 문학에서의 분노에 결코 부합하지 않기 때문이다. 횔덜린은 오히려 영혼의 차고 넘침 때문에 자기 파괴적으로 무제한 내닫는 영웅의 도취적 격정이라는 신플라톤주의적인 새로운 해석을 받아들인다. 제1연에서 제기된 "무제약으로" 향하는 동경에 상응하는 자기 파괴적인 영혼의 차고 넘침은 여러 다른 시구에 등장한다. "영혼을 화해하면서 추스르지 아니" 한 "한 사람"을 부르는가 하면, 마지막 시연의 초안에서는 "그리고/또 많은 다른 이들도 죽었다"라는 구절에 이어서 "제 손으로/많은 슬픈 자들이, 거친 용기로, 그러나 신적으로 강요받아, 마침내"(StA. Ⅱ, 194) 라는 시구가 따르고 있다.

시인은 동일성을 확인하면서 그들의 분노가 운명이 된 영웅 아킬레우스와 아이아스의 곁에 선다. "무화과나무 곁에서 나의/아킬레우스나로부터 죽어갔고"는 구절이 이를 증언한다. 시인은 분노라는 결정적인 범주 아래에서 이들과의 동일성을 확인한다. 그는 시적인 "방랑자"로서 그리스의 영웅들에 대한 기억이 그의 마음을 사로잡는 가운데 "분노하면서/멀리 예감하며" 가고 있다. 그들의 죽음의 운명에 대한 회상에 그의 마음이 사로잡힌다. 그리하여 시인은 시적으로 한계를 부수는 기억의 능력, 자기 상실로 이어지기 때문에 파괴적인 슬픔으로 변하는 그러한 능력을 시적인 분노로, 비극적인 시인의 격정으로 똑같이 비극적인 영웅의 도취적인 격정과 나란히 세운다. 바로 기억을 통해서 영웅들의 한계를 벗어나는 운명과의 동일화는 실현된다. 기억 자체가 한계 넘어서기의 체험이 되기 때문이다.

따라서 제1연의 결구로 읊었던, 루소의 《고독한 산책자의 몽상》
의 〈다섯 번째 산책〉을 투영한 체념의 노래—"그렇지만 우리는 앞으로
도 뒤로도/보려 하지 않는다. 마치 호수의/흔들리는 배 위에서인 양 우
리를 흔들리게 맡긴다."—는 취소된다. 이제 시인이 무제약적인 것으
로 길을 잃지 않으려면, "많은 것은 지켜져야 한다." 횔덜린이 무제약적
인 것의 대척점으로 지키고 있는 것은 고대의 영웅주의, 사랑, 신들과
의 친밀 사이의 연관에 대한 회상이다. 이에 대한 기억은 마지막 시연
에 신화적인 명성과 지형도의 조합으로 압축되어 나타나 있다.

무화과나무 곁에서 나의

아킬레우스 나로부터 죽어갔고

아이아스

바닷가 동굴 곁,

스카만드로스에 가까운 시냇가에 죽어 있다.

[…]

그리고

또 많은 다른 이들도 죽었다. 키타이론산 곁에는 그러나

므네모쉬네의 도시, 엘레우터라이 놓여 있었다. 신도

그의 외투를 벗었고, 이후 저녁 어스름은

머릿단을 풀었다.

이 세상의 평안함…

나는 이 세상의 평안함을 누렸으니
청춘의 시간은 그 언제였던가, 벌써! 벌써! 오래전에 흘러갔고
4월과 5월과 7월은 멀고
나는 더 이상 그 무엇도 아니니, 내 이제 기꺼이 사는 것도 아니네!

DAS ANGENEHME DIESER WELT...

Das Angenehme dieser Welt hab' ich genossen,

Die Jugendstunden sind, wie lang! wie lang! verflossen,

April und Mai und Julius sind ferne,

Ich bin nichts mehr, ich lebe nicht mehr gerne!

횔덜린 생애기 또는 평전들은 시인이 "정신착란"을 앓는 상태에서 이 시를 썼다고 기록하고 있다. 그러나 이러한 주장이 얼마나 참된 것인지는 확언하기 어렵다. 심지어 횔덜린이 자기 생애의 절반에 해당하는 40년 가까운 세월을 광기의 암흑 속에서 살았다는 주장에 대한 반론도 없지 않기 때문이다. 베르토와 같은 프랑스 독문학자는 횔덜린은 사랑했던 디오티마, 주제테 공타르의 죽음 이후 마치 랭보처럼 자발적으로, 어쩌면 의도적으로 세상을 등지고 네카 강변의 '횔덜린투름'에서의 심리적, 환경적 고독으로 은둔했다고 주장한다. 가장 최근의 횔덜린 전집 편집자인 자틀러D.E.Sattler도 횔덜린의 이 시절에 쓴 작품들은 "광기의 증언이 아니라, 참된 감각의 증언"이라고 단언한다.

단 넉 줄의 〈이 세상의 평안함…〉은 횔덜린의 작품 중 가장 충격적인 작품이다. 이 시는 일체의 시적 장식을 포기하고 시인의 네카 강변 호젓한 횔덜린투름에서의 처지를 직접적으로, 아니 단도직입적으로 읊는다. "나는 더 이상 기꺼이 사는 것도 아니네" 두 번째 시행에서의 연달아 등장하는 감탄사인"벌써! 벌써!"는 마치 절망적인 조난자의 외침처럼 들린다. 이 시구들은 횔덜린의 젊은 시절 작품들과는 낮과 밤처럼 대비를 이룬다. 우리는 유사한 주제와 모티브가 울리는 〈반평생〉의 한 구절, "슬프다, 내 어디에서/겨울이 오면, 꽃들과 어디서/햇볕과/대지의 그늘을 찾을까?"를 상기하게 된다.

차이는 내용이나 사유의 복잡한 구조에 있지 않고 오히려 약강격 (Jambus)의 규칙성에 있다. 이 후기 시는 횔덜린의 고전적 서정시에 대한 신랄한 조소처럼 들린다. 마치 횔덜린을 향해서 운율의 사용에서의 "부주의"를 비난했던 강단의 문예학을 시인이 비웃듯이 말이다.

횔덜린은 방문객의 요구에 따라 쓴 시 작품에 "스카르다넬리Scardanelli"라고 서명하고, 18세기 또는 20세기로 일부(日附) 앞뒤로 가상해서 기록하여 집요한 방문객들 의도적으로 멀리하고자 했을 것이라는 베르토의 추측은 일리가 없지 않다. 그간 튀빙겐에 머물렀던 신학도 요한 게오르크 피셔Johann Georg Fischer는 1843년 4월 그곳을 떠나면서 마지막으로 횔덜린을 방문하고 시 한 편을 써 달라고 간청했다. 횔덜린은 "그리스에 대해, 봄에 대해, 아니면 시대정신에 대해 써야 할까?"라고 묻자, 피셔가 시대정신에 대해 쓰기를 청했다. 횔덜린은 "젊은이 같은 열정으로 가득 찬 눈길을 하고 입식 사면(斜面) 책상으로 다가가 원고지를 펴놓고 […] 왼쪽 손가락으로 시구를 짚어가면서 써 내려갔다. 한 줄이 다 써지면 고개를 끄덕이며 만족스러운 듯 '음' 하고 또렷이 소리를 냈다"고 피셔는 회고했다. 이때 쓴 시 〈시대정신〉의 말미에 횔덜린은 "충성을 다해 소생/1748년 5월 24일/스카르다넬리"라고 서명했다.

　제목 없는 시 〈이 세상의 평안함…〉은 이보다 32년 전에 쓴 작품이다. 법학도로서 횔덜린과 잠시 한집에 살았던 아우구스트 마이어August Mayer가 "감동적으로 읽은" 이 시를 후세에 전했다. 1811년 1월이었다. 사랑하는 디오티마의 죽음, "정신착란의 시인"의 강제 이송과 정신병원에의 강제 입원 후 5년도 채 지나지 않은 때였다. 고통이 기억 안에 생생하게 살아 있었다. 횔덜린의 압송 직후 방백의 아내 카롤리네는 딸 마리안네에게 "불쌍한 횔덜린(Le pauvre Holterling)이 오늘 아침 그의 가족에게로 이송되었단다"라고 적어 보냈다.

　넉 줄의 시에서 "정신착란" 또는 "광기"의 징후는 무엇인가? 이 시는 불리했던 외부의 상황과 내면적인 주장들 때문에 난파된 삶의 냉정한 결산이다. "절망적"이라는 어휘로는 불충분하며, 엄밀하게는 "낙담한", "체념에 이른", "파탄에 놓인"이라고나 해야 할 심경의 기록이다.

이 땅의 시인 김지하는 이 시를 읽고 횔덜린에게서 자신의 운명을 직감하며 슬픔 가운데 공감과 동정을 바치는 〈횔덜린〉을 썼다.

횔덜린을 읽으며
운다

'나는 이제 아무것도 아니다
즐거워서 사는 것도 아니다.'

어둠이 지배하는
시인의 뇌 속에 내리는

내리는 비를 타고
거꾸로 오르며 두 손을 놓고

횔덜린을 읽으며
운다

어둠을 어둠에 맡기고
두 손을 놓고 거꾸로 오르며

내리는 빗줄기를
거꾸로 그리며 두 손을 놓고
[···]

(김지하, 〈횔덜린〉, 《화개花開》, 실천문학사, 2002)

산책

너희들 숲들은 한쪽 곁에 아름답게
초록빛 산비탈에 그려져 있네,
거기서 나는 이곳저곳으로 이끌려가네,
가슴속의 모든 가시는
달콤한 평온으로 보답받네,
처음부터 예술과 생각들이
고통을 안겨주었던 나의 감각이
어두워지게 되면.
계곡에 있는 너희들 사랑스러운 영상들,
예를 들면 정원들과 나무
그리고 오솔길, 그 가느다란 오솔길,
시냇물은 겨우 보일 듯 말듯
내 즐겨 온화한 날씨에 찾아가는
정경의 찬란한 영상은
쾌청한 먼 곳으로부터
얼마나 아름답게 한 사람에게 반짝이나.
신성은 다정하게 푸르름과 함께
처음에 우리에게로 이끌려오고
그다음 구름으로 채비되어
둥글게 회색으로 모양새를 띄우고
축복해주는 번개와 천둥의

울림, 또한 들판의 매력,
샘에서 솟구쳐 나온
근원적 영상의 아름다움으로.

DER SPAZIERGANG

Ihr Wälder schön an der Seite,

Am grünen Abhang gemalt,

Wo ich umher mich leite,

Durch süße Ruhe bezahlt

Für jeden Stachel im Herzen,

Wenn dunkel mir ist der Sinn,

Den Kunst und Sinnen hat Schmerzen

Gekostet von Anbeginn.

Ihr lieblichen Bilder im Tale,

Zum Beispiel Gärten und Baum,

Und dann der Steg der schmale,

Der Bach zu sehen kaum,

Wie schön aus heiterer Ferne

Glänzt Einem das herrliche Bild

Der Landschaft, die ich gerne

Besuch' im Witterung mild.

Die Gottheit freundlich geleitet

Uns erstlich mit Blau,

Hernach mit Wolken bereitet,

Gebildet wölbig und grau,

Mit sengenden Blitzen und Rollen

Des Donners, mit Reiz des Gefilds,

Mit Schönheit, die gequollen

Vom Quell ursprünglichen Bilds.

이 경건주의적인 울림, 이 감정과 고통과 감미로운 평온의 비더마이어적 양식이 횔덜린답다란 말인가? 여기에는 예컨대 "오랫동안 죽어 깊이 갇혀 있다가/나의 심장 아름다운 세계에 인사드리노라"(〈디오티마〉, 이른 초고의 단편, 시 전집 1, 325)처럼 실러식의 장렬하게 이상화하는 각운 시연의 여운도 전혀 없으며, 후기 찬가의 난감한 애매성의 여운도 전혀 없다. 다만 한 구절, "오솔길, 그 가느다란"에서 우리의 귀는 그 운율이 복잡한 문장구조로나 형용사의 후치와 같은 문법적인 변칙으로 이어졌던 송시의 가마득한 여운을 들을 수 있을 뿐이다.

이 시를 쓴(1825년과 1840년 사이) 시인의 정신이 "어두워진 지" 벌써 20여 년이 지난 때이다. 그러나 정신착란의 국면은 시시각각 다르기 마련이다. 가끔은 네카 강변의 예의 오래된 가옥, '횔덜린투름'의 맨 꼭대기 방에선 의고전주의의 그 노골적인 엄격성과 마지막으로 결별한 송시 〈사라져가라, 아름다운 태양이여…〉(시 전집 2, 35)와 마찬가지로 예술적 기교를 떠나 단순 소박한 시구들이 쓰였다.

한 산책자가 하나의 정경을 찬미한다. 일상적인 모티브는 거의 생각나게 하지 않는다. 실러의 같은 제목의 시는 소위 방대한 철학적 탐구의 기록으로 거기에서 시인은 자연과 역사에 대해, 계몽주의와 고대에 대해서 숙고하고 있었다. 그렇게 폭넓은 성찰에는 횔덜린의 정신력이 더 이상 미치지 않는다. 동반자가 필요했지만 아무도 동반하지 않은이 산책자는 자신의 상태를 알고 있다. 자연이 그에게는 큰 위안자이다. 무엇을 위로하는가? "가슴/감정"을 말하고 있지만 더 이상 "사랑의 고통"이 아니라, 전적으로 시인의 고통과 고난을 의미할 뿐이다. 그전에 시인은 시인의 품위와 자유와 필요성을 찬미했었다. 이제는 그 반대이다. 나의 신분을 너무 높게 평가했었나?라고 되묻는 듯하다. 그러나 시작(詩作)과 정신 혼미 사이에 어떤 인과관계가 있는지의 여부를 시는 답하지 않는다.

방랑자가 보고 있는 정경은 기이하게도 담백하다. 마치 그가 마음 속으로만 길을 가고 있는 것 같다. 모든 명사와 수식어는 보편성을 담고 있다. 숲과 나무는 있지만, 떡갈나무와 은백양나무, 느릅나무 숲과 무화과나무는 없다. 시냇물은 있지만, 가론 강, 도나우 강, 스카만드로스는 없다. 이 시는 그 이전의 것을 투과한다. "계곡에 있는 너희들 사랑스러운 영상들"은 한때 "나의 네카, 사랑스러운 초원과/강변의 버드나무들 더불어"(〈네카 강〉, 시 전집 2, 53)라고 노래하거나, "거기 가파른 강변에/작은 오솔길 넘어가고 강으로는/시냇물 깊숙이 떨어져 내린다"(〈회상〉, 제 8~10행)라고 노래했던 생동하는 표현과는 대조적이다. 횔덜린이 보고 있는 풍경은 영혼의 어떤 풍경이다. 그는 그 풍경에 말을 건다. 그 이전에 천공에 말을 걸고, 그리스의 섬, 하이델베르크, 조국, 디오티마, 노래, 천상의 힘들에게 말을 걸었듯이, 숲과 계곡의 바닥에 말을 걸고 있는 것이다. 이름을 나열하는 것이 그의 시작의 주요 형식이다.

영혼의 정경은 차츰 희미해지는 운명의 정경으로 변한다. 다정하게 동행하던 신성(神性)이 번개와 천둥을 치는 신으로, 시인을 내리쳤던 신으로 변한다. 그러나 그것은 지난 일이다. 시의 음조는 비탄할 것도 없는 "달콤한 평온"에 맞추어 조율된다. 그 때문에 너무 많은 것을 말하기라도 했다는 듯이 주제는 뇌우에서 갑자기 벗어난다. 어디를 향해서 벗어나는가? 그것은 "영상"이다. 우리가 횔덜린의 최후기 시를 아무런 선입견 없이 읽어 나가면, 자주 반복되며 이례적으로 사용되는 어휘 하나가 눈에 들어오는데, 그것이 "영상(Bild)"이다. "영상"이라는 어휘는 최후기 시의 얼마 되지 않는 시행에 스물다섯 번 등장한다. 최후기 시의 열쇠 말이라 할 수 있다.

> 계곡에 있는 너희들 사랑스러운 영상들,
> 예를 들면 정원들과 나무
> 그리고 오솔길, 그 가느다란 오솔길,
> 시냇물은 겨우 보일 듯 말듯
> 내 즐겨 온화한 날씨에 찾아가는
> 정경의 찬란한 영상은
> 쾌청한 먼 곳으로부터
> 얼마나 아름답게 한사람에게 반짝이나.

정원, 나무, 오솔길, 시냇물, 모두가 "영상"이다. 시의 마지막 시행도 그것이 사물의 일반적인 속성을 이르는 플라톤적인 의미에서의 영상임을 분명히 하고 있다. 그렇게 슈바벤의 정경은 다시 한번 모든 아름다움의 "근원적 영상"으로 일목요연해진다.

그 어두운 음조를 넘겨들을 수 없는 이 시는 유화적인 몸짓을 보이며 막을 내린다. 더 이상 저항에 대해서나 더 나은 조국, 더 나은 인간상, 더 나은 사랑에 대한 동경을 노래하지 않는다. 어찌 할 수 있겠는가? 거기 시를 쓰고 있는 시인의 정신은 족쇄로 채워져 있다. 우리는 이 시의 끝머리에 시구와 리듬이 갈팡질팡하는 것을 알아차리게 된다. 우리는 숨을 죽인다. 그러나 시인은 끝까지 쓰고자 하는 뜻을 관철한다.

가을

자연의 빛남은 한층 드높은 등장이다,
한낮이 많은 환희로 마감할 때,
열매들이 즐거운 광채와 하나 될 때
세월은 찬란함으로 완성된다.

둥그런 지구는 그렇게 치장되고, 탁 트인 들판을 뚫고
울림이 소음을 거의 내지 않는다, 해는
가을의 한낮을 부드럽게 데우고, 들판들은
전망으로 넓게 서 있다, 바람은

나뭇가지와 줄기 사이로 즐거운 소리 내며 분다
들판들이 공허함으로 뒤바뀔지라도
밝은 영상의 완전한 의미는 황금빛 찬란함이
맴돌고 있는 하나의 영상처럼 살아 있다.
    1759년
     11월 15일

DER HERBST

Das Glänzen der Natur ist höheres Erscheinen,

Wo sich der Tag mit vielen Freuden endet,

Es ist das Jahr, das sich mit Pracht vollendet,

Wo Früchte sich mit frohem Glanz vereinen.

Das Erdenrund ist so geschmückt, und selten lärmet

Der Schall durchs offne Feld, die Sonne wärmet

Den Tag des Herbstes mild, die Felder stehen

Als eine Aussicht weit, die Lüfte wehen

Die Zweig' und Äste durch mit frohem Rauschen

Wenn schon mit Leere sich die Felder dann vertauschen,

Der ganze Sinn des hellen Bildes lebet

Als wie ein Bild, das goldne Pracht umschwebet.

d. 15ten Nov.

1759.

휠덜린의 전래되는 최후기 마흔아홉 편 중 스물한 편이 계절 시이다. 〈봄〉이 아홉 편, 〈여름〉이 다섯 편, 〈가을〉이 두 편, 〈겨울〉이 다섯 편이다. 〈가을〉은 1842년에 쓴 작품이다.

피상적인 것만을 보자면 우리는 이 시의 논리적인 허약성을 어렵지 않게 입증할 수 있다. 통사론적인 연결은 형식상 온전하지만, 시상을 표현하기에는 충분치 않다. 마찬가지로 많은 시적인 결함도 내보인다. 불완전 각운("endet-vollendet"), 같은 어휘의 반복("들판" 3회, "한낮", "영상", "찬란함", "즐거운" 각 2회)이다. 그러나 이러한 표면적인 약점을 건너뛰면, 우리는 이 시의 동화처럼 잔잔하고 투명한 마법을 만나게 된다. 우리를 당황하게 하는 어떤 지적인 숨은 뜻도, 어떤 베일에 가려진 상징적 표현도 없다. 오로지 말이 있고 그 말이 뜻을 일으킬 뿐이다. 여기서 말은 그 근원적인 순수함 안에 머무는 말들이다.

이 시의 구조는 정연하고 군더더기 없이 완전하다. "드높은 것", 정신적인 광채가 처음과 끝에 자리하고 있다. 제2~4행은 현존의 순환과 온전한 마무리를 그린다. "마감하고", "완성하며", "하나가 된다." 이 일련의 순환은 장식으로서의 우주에 대한 찬미로 매듭을 맺는다.

둥그런 지구가 그렇게 치장되고,

제5~10행에서는 이렇게 맺혀진 순환이 다른 측면에서 살며시 열린다. 열림은 순수하게 형식적으로 표현된다. 두 번째 시연에만 시행 이월(詩行移越)이 들어 있다. 부드러운, 정신적인 역동성이 맺힘을 풀면서 스며든다. "탁 트인 들판"이 등장한다. 무엇을 향해 탁 트였다는 것인가? 가을 빛살의 부드러운 온기를 향해서이다. 먼 "전망"을 향해서이기도 하며, 부는 바람을 향해서, 그리고 변화를 향해서다.

이 시의 결구는 처음의 드높음으로 되돌아가 맞물린다.

밝은 영상의 완전한 의미는 황금빛 찬란함이
맴돌고 있는 하나의 영상처럼 살아 있다.

여기서는 하나의 문법적인 불확실성이 전제된다. 밝은 영상의 완전한 의미는 영상을 에워싸고 떠도는 황금빛 찬란함으로 살아 있다는 뜻일 것이다. "의미"는 세속적인 영상을 에워싼 찬란함을, 광휘를 암시하고, 매우 구체적인 경건성을 포함한다. 즉 무상한 것의 의미는 세속적인 영상을 둘러싼 빛의 덮개로 생생하게 살아 있다.

이 시에서 횔덜린 최후기 시의 결정적인 특징이 뚜렷해지는데 바로 탁 트임, "전망"이다. 둥그런 지구를 위해 정렬된 영상은 마치 투명한 소재로 짜인 듯하다. 정원, 나무, 들판, 길의 영상을 통해 본질적인 것, 정신적 의미의 영역을 향한 전망이 끊임없이 가물가물 빛나고 있다.

이 시를 몇 번 반복해서 읽노라면, 어떤 실험, 특별한 어휘, 리듬의 역행, 비범한 각운으로 오래전에 낯설어진 누군가가 이 시를 쓴단 생각이 더 깊어진다. 대신 비개인성, 개별적 뉘앙스의 포기만을 읽게 된다. 여기에 서정적 자아는 없다. 주체를 필요로 하지 않기 때문이다. 그것은 소외의 총화이다. 이 시에서 시인의 가을에 대한 정취와 감상을 만나리란 기대는 어긋나고 만다. 그가 다른 계절을 노래한 시에서도 같은 경험을 하게 된다. 대부분의 시구가 정경과 영상의 나열이기 때문이다.

이 시에서 개인으로서의 시인의 현 상태(정신착란)를 증언하고 있는 것은 1759년 11월 15일이라는 허구적 일부가 유일하다.

전망

인간의 깃들인 삶 먼 곳으로 향하고
포도넝쿨의 시간이 먼 곳으로 빛날 때
여름의 텅 빈 들녘 또한 거기에 함께 있고
숲은 그 어두운 영상과 함께 모습을 드러낸다.

자연은 시간의 영상을 메워 채우며
자연은 머물고, 시간은 스쳐 지나간다.
완성으로부터 천국의 드높음은 인간에게 빛나니
마치 나무들 꽃으로 치장함과 같구나.

　　　　　충성심을 다해서 소생
1748년　　　스카르다넬리
5월 24일

DIE AUSSICHT

Wenn in die Ferne geht der Menschen wohnend Leben,

Wo in die Ferne sich erglänzt die Zeit der Reben,

Ist auch dabei des Sommers leer Gefilde,

Der Wald erscheint mit seinem dunklen Bilde.

Daß die Natur ergänzt das Bild der Zeiten,

Daß die verweilt, sie schnell vorübergleiten,

Ist aus Vollkommenheit, des Himmels Höhe glänzet

Den Menschen dann, wie Bäume Blüt' umkränzet.

       Mit Untertänigkeit

d. 24 Mai   Scardanelli

1748.

최후기에 횔덜린은 '전망'을 시제로 삼아 3편의 시를 썼다. 생애의 말년에 회상이 아니라 오히려 전망을 주제로 한 시를 여러 편 썼다는 것이 인상적이다. 우리가 지금 읽는 작품은 그중 마지막이자 횔덜린 생애에서도 마지막 작품이다. 1843년 6월 초에 썼고, 며칠 후 6월 7일 밤 11시 시인은 세상을 떠났다.

이 시의 많은 표현과 시상의 연결은 어색해 보인다. 마치 들여다보일 듯 정신을 향하고 있다. 이미 다른 시에서 등장했던 언어를 만나게 된다. "빛나다"가 두 번, "영상" 역시 두 번, "먼 곳" 두 번, "모습을 드러내다"가 한 번이다. "먼 곳"은 이 시에서 분명히 초월적인 울림을 지니고 있다. 시인이 반원형 옥탑방의 남쪽으로 난 창문을 통해서 때때로 내다보았지만, 여기서 그 원경을 의미하지는 않는다. 빛남—"먼 곳으로 빛날 때", "인간에게 빛나니"—이 그 "먼 곳"에 속한다. 가을의 반짝임, 하늘의 빛남이 그렇다. "인간의 깃들인 삶", 경계에 장소를 제공받고 경계에 익숙해진 삶은 다른 쪽, 즉 먼 나라에 접하면서 그것에 의해서 열린다. 수확의 시간은 먼 곳, 무한의 빛남과 짝을 짓는다. 그렇게 모든 영상들은 투명하다. 여름의 들판은 "텅 비어" 있다. 정신이 침묵으로 작용하기 위해서이다. 〈겨울〉의 한 구절, "자연의 평온, 들판의 침묵은/인간의 영성과 같고,"(시 전집 2, 462)를 떠올리게 한다. 〈전망〉에서 가장 확고한 현세적인 발판인 숲 역시 다만 영상이며, 환영에 지나지 않는다.

숲은 그 어두운 영상과 함께 모습을 드러낸다.

시간은 달아나는 희미한 빛이다. 그 뒤에 원만한 자연의 전체가, 머물고 있는 것이 쉬고 있다. 자연은 창조적인 완결성의 신비에서 보충

이라는 효험 있는 치유의 힘을 얻는다. 결구에 이르러 다시 한번 모든 것은 밝은 "먼 곳"의 빛 안으로 잠긴다.

> 인간의 깃들인 삶 먼 곳으로 향하고
> [···] 시간이 먼 곳으로 빛날 때
> [···]
> 완성으로부터 천국의 드높음은 인간에게 빛나니
> 마치 나무들 꽃으로 치장함과 같구나.

천국의 드높음을 향해서 넘어가는 인간에게 천국적인 빛은 그의 주위를 밝힌다. "마치 나무들 꽃으로 치장함과 같이" 천국의 빛이 그의 주위를 밝히는 것이다. 전망은 그런 피안을 향해 있다.

그는 최후기의 여러 시편에서와 마찬가지로 이 마지막 작품에도 여전히 허구의 날짜와 스카르다넬리라는 가명으로 서명했다.

지은이의 말

 필자가 횔덜린의 시 69편을 골라 번역하고 원문과 함께《궁핍한 시대의 노래》로 출판한 것이 1990년이었으니 어언 32년이 흘렀거니와, 이를 토대로 두 권으로 된《횔덜린 시 전집》을 낸 지도 6년이 흘렀다.

 횔덜린의 시를 번역하고 주석을 달아 펴낸 나의 의도는 독일 시인 가운데 가장 넓은 범위의 주제를 다루고, 자신의 시작을 끊임없이 성찰해 때 이른 현대 시인으로 평가받는 그의 작품을 아름다운 우리말의 힘을 빌어 독자들의 독서 체험의 지평을 넓히고자 하는 데 있었다. 그러나 이러한 의도가 성공을 거두기에는 나의 번역에 붙인 단편적인 주석이 난해하기로 정평이 난 횔덜린의 시를 설명하기에는 크게 부족하지 않았을까라는 생각이 들었다.

 다만 오늘날 독일어 교과서에도 실려 있고, 장석주 시인의《마음을 흔드는 세계의 명시 100선》(장석주, 북오션)에도 실린 횔덜린의 시〈반평생〉도 처음 발표되었을 때 "이해 불가능한" 작품으로 혹평을 면할 수 없었던 수용사를 돌이켜보면서 이 땅에서의 횔덜린 수용도 시간

문제로 돌리고 싶었다. 그러나 다시 한번 기다리기만 할 게 아니란 생각이 들었다. 지금이라도 난해한 작품은 물론 덜 까다로운 작품도 다시 새롭게 읽으며 이해에 도움이 되는 더욱 깊이 있는 해설로 난해의 벽을 좀더 헐어내는 것이 시 전집 역자로서나 그의 작품을 오래 공부한 학도로서의 도리라는 깨달음에서다.

이를 위해 우선 횔덜린의 시문학 세계를 개관하는 글을 첫 장에 두었다. 《횔덜린 시 전집》에도 실린 해설을 보완하고 정리한 글이다. 특히 작품 이해에 전제될만한 횔덜린 시 세계의 지형도를 창작의 역사적 전개와 함께 요약했다.

두 번째 장에서는 횔덜린의 시 세계를 대표하며, 그의 시학적 사상이 짙게 배어나는 26편을 골라 창작연대순으로 원문과 함께 배열하고 해설했다. 소위 튀빙겐 찬가에 속하는 〈인류에 바치는 찬가〉를 시작으로 6운각 시행의 시 〈떡갈나무들〉, 송시 〈저녁의 환상〉과 〈하이델베르크〉을 거쳐 비가 〈빵과 포도주〉, 그리고 〈반평생〉과 〈하르트의 골짜기〉 같은 소위 '밤의 찬가들', 후기 시 〈회상〉과 정신착란기 작품인 〈이 세상의 평안함…〉 등이 그 대상이다. 헬링라트가 "횔덜린 시문학의 핵심이자 정점"이라고 한 후기 찬가 가운데는 〈이스터 강〉과 〈므네모쉬네〉를 골라 해설했다. 〈유일자〉, 〈라인 강〉, 〈파트모스〉 등 많게는 220행에 달하는 찬가들은 그 길이로나 광범위한 주제로 보아 이 책이 아닌 다른 기회를 찾아보기로 하고, 여기서는 1장에서의 개설로 우선 갈음했다. 이렇게 하여 시의 전 장르에 걸쳐 대표적인 횔덜린의 시를 번역문, 원문 그리고 해설과 함께 한층 깊이 있게 음미할 수 있도록 했다.

나의 해설이 횔덜린 시의 심오한 의미에 독자들을 얼마나 더 가까이 접근케 할지는 알 수 없다. 다만 나는 텍스트라는 근원지를 멀리 떠나지 않으려고 주의했다. 1장에 시사한 것처럼 횔덜린은 미학의 등장과 함께 잊혀진 시작에서의 수사학과 시학의 결합을 복구하려고 했다. 이것이 횔덜린 시문학 본령의 하나이며, 난해성의 뿌리라고 생각한다. 많은 시작품에 자주 등장하는 역사와 신화의 회상과 재해석도 이러한 사실과 무관치 않다. 해설에서도 이 점을 유의했다. 이런 과정에서 작품이 지니는 구성의 모호성을 섣불리 취급하진 않았나 걱정이 앞선다. 시의 모호성은 파헤치고 극복해야 할 요소가 아니라 오히려 옹호해야 할 특권이기 때문이다. 그렇지만 아무런 해설도 필요 없는 예술작품은 없다. 모든 작품은 감상과 공감을 전제하기 때문이다. 더욱이나 민중을 대신하여 '민중의 혀'를 자처한 횔덜린은 어느 시인보다도 공감을 갈망한 시인이었다. 그런 의미에서, 나의 해설로도 해소되지 않는 모호한 부분은 앞으로 탐구해야 할 과제일 뿐, 수용과 감상의 한계를 의미하진 않는다. 오히려 독자의 능동적인 참여를 호소하는 것으로 이해해주길 바란다.

이 책은 해설 시의 원문을 수록했다. 원문을 통해서만이 시의 운율 구조나 형식 등 감상의 중요한 요소를 제대로 음미할 수 있기 때문이다. 그것이 시가 갖는 특권이자 잉여 의미의 원천이며, 시어 외에 시를 있게 하는 필수 요소이다. 원문은 청각을 통한 운율의 감상이 우선인 만큼 독자들은 예컨대 간츠Bruno Ganz나 쿠바트프리크Will Quadflieg가 낭독하여 녹음한 CD 음반 〈횔덜린〉으로 원문을 직접 들으며 번역문을 감상할 수 있을 것이다.

나의 한국시 읽기의 짧고 얇음의 부끄러움을 무릅쓰고 몇 편의 해설에서는 한국 시인의 작품 중 횔덜린의 생애와 작품에 동정과 공감을 표현하거나 그의 시상과 주제에 부분적으로라도 맞닿아 있다고 생각되는 작품을 몇 편 소개해보았다. 횔덜린 시 이해에 도움을 주기 위해서지만, 동서양 시인들이 두세기가 넘는 시공간 차에도 이곳에서 되살아나 만나는 신선한 장면을 독자들이 체험할 수 있다면 더 바랄 나위 없겠다.

나는 이책이 책이 횔덜린의 시를 더 깊게 이해하고 나아가 향유하고자 하는 독자들에게 하나의 길잡이가 되기를 소망하고 기대해본다.

마지막으로 어려운 출판 환경에도 불구하고《횔덜린 시 전집》을 낸 데 이어 원문을 함께한 이 해설서의 출판까지 기꺼이 맡아준 책세상 김현태 대표님과 편집진에게 깊은 감사의 말씀을 드린다.

2023년 立春의 계절에
장영태

참고문헌

- Beyer, Uwe(Hg.). 2008, *Friedrich Hölderlin. 10 Gedichte.* Erläuterungen und Dokumente, Stuttgart.
- Binneberg, Kurt. 1995, *Interpretationshilfen, Deutsche Lyrik von der Klassik bis zur Romantik.* Stuttgart.
- Groddeck, Wolfram. 2020-2021, '*sich selbst zu schön*', *Zum Kunstcharakter von Hölderlins Ode Heidelberg.* Hölderlin-Jahrbuch(HJb) 42, S.184-203.
- Emmrich, Thomas. 2022, *Friedrich Hölderlin.* Baden Baden.
- Foucault, Michel. 2003, *Das 'Nein' des Vaters, In Ders.: Schriften zur Literatur.* Hg. von Daniel Defert und François Ewald. Aus dem Französischen übers. von Michael Bischoff, Hans-Dieter gondek und Hermann Kocyba, Frankfurt am Main, S.28-46.
- Geană, Traian-Ioan. 2020/21, *Hölderlins Die Eichbäume und dle exzentrische Bahn.* HJb 42, S.119-139.
- Hamacher, Werner. 2020, *Studien zu Hölderlin. Version der Bedeutung-Studien zur späten Lyrik Hölderlins.* Hg. v. Shinu Sara Ottenburger und Peter Trawny, Frankfurt am Main.
- Jordan, Markus. 2020, *Hölderlin. Leben und Werk.* Norderstedt.

- Kreuzer, Johann (Hg.). 2002, *Hölderlin-Handbuch. Leben-Werk-Wirkung.* Stuttgart und Weimar.
- Kurz, Gerhard (Hg.). 1996, *Interpretationen, Gedichte von Friedrich Hölderlin.* Stuttgart.
- Reuß, Roland (Hg.), Friedrich Hölderlin. 2020, *Neun Nachtgesänge.* Interpretationen, Göttingen.
- Ders. 1990, '.../Die eigene Rede des andern'. Hölderlins 'Andenken' und 'Mnemosyne'.* Frankfurt am Main und Basel.
- Safranski, Rüdiger. 2019, *Hölderlin. Komm! ins Offene, Freund! Biographie.* München.
- Segebrecht, Wulf (Hg.). 1984, *Gedichte und Interpretationen, Band 3, Klassik und Romantik.* Stuttgart.
- Schmidt, Jochen. 1982/83, *Sobria ebrietas. Hölderlins 'Hälfte des Lebens'.* HJb 23, S.182-190.
- Uffhausen, Dietrich. 1995, *Bevestigter Gesang'. Hölderlins Späthymnen in neuer Gestalt.* In: Gerhard Kurz: Valerie Lawitschka, Jürgen Werheimer (Hrsg.), *Hölderlin und die Moderne* Tübingen, S.126-15.
- 마종기, 1986, 〈시인의 용도 1〉, 《모여서 사는 것이 어디 갈대들뿐이랴》, 문학과지성사.
- 오규원, 1995, 〈횔덜린의 그 집-튀빙겐에서〉, 《길, 골목, 호텔 그리고 강물소리》, 문학과지성사.
- 정현종, 1995, 〈석벽 귀퉁이의 공기〉, 《세상의 나무들》, 문학과지성사.
- 정희성, 1999, 〈숲〉, 《저문 강에 삽을 씻고》, 창비.

인용문 출처

- 김수영, 2003, 〈달밤〉, 《김수영 전집 1》, 민음사.
- 김지하, 2002, 〈횔덜린〉, 《화개花開》, 실천문화사.
- 프리드리히 횔덜린, 장영태, 2008, 《휘페리온》, 을유문화사.
- 프리드리히 횔덜린, 장영태, 2017, 《횔덜린 시 전집 1, 2》, 책세상.
- 프리드리히 횔덜린, 장영태, 2022, 《횔덜린 서한집》, 인다.

횔덜린 연보

1770년 라우펜
- 3월 20일: 네카 강변의 라우펜에서 수도원 관리인 하인리히 프리드리히 횔덜린(1736년생)과 요하나 크리스티아나, 처녀명 헤인(1748년생) 사이의 첫아들로 태어남. 다음 날 요한 크리스티안 프리드리히라는 이름으로 세례받음.

1772년
- 7월 5일: 36세의 부친, 뇌일혈로 사망.
- 8월 15일: 여동생 하인리케(애칭 리케) 태어남.

1774년
- 10월 10일: 모친이 전 남편의 친구이자 나중에 뉘르팅겐의 시장이 된 요한 크리스토프 고크와 재혼. 뉘르팅겐으로 이사.

1776년 뉘르팅겐

- 뉘르팅겐의 라틴어 학교에 다니기 시작함.
- 횔덜린을 성직자로 기르기로 작정한 모친은 개인 교습을 통해서 횔덜린이 수도원학교 입학의 조건인 국가시험에 대비토록 함.
- 10월 29일: 의붓동생 카를 고크 태어남.

1779년

- 3월 8일: 폐렴으로 의붓아버지 사망함.

1780년

- 피아노 교습 시작.
- 9월 중순: 1차 국가시험 치름.

1782년

- 뉘르팅겐 부목사인 나탄나엘 쾨스트린에게 라틴어와 그리스어 개인 교습을 받음.

1783년

- 9월: 프리드리히 빌헬름 요셉 셸링과 첫 만남. 셸링은 당시 친척 쾨스트린의 집에 2년간 머물며 라틴어 학교에 다니고 있었음. 뷔르템베르크의 신교 수도원학교에 입학할 자격을 주는 4차 국가시험 치름.

1784년 덴켄도르프

- 10월 20일: 뉘르팅겐 근처의 덴켄도르프 초급 수도원학교에 장학생

으로 입학함. 이 장학금 수여로 목회자 이외 다른 직업에는 종사하지 않는다는 의무를 지게 됨.

1786년 마울브론

- 10월: 마울브론의 상급 수도원학교에 진학.
- 수도원 관리인의 딸인 루이제 나스트에게 애정을 느낌.
- 11월: 카를 오이겐 대공 부부의 튀빙겐 신학교 방문 때, 대공비 프란치스카에 바치는 개인적인 존경의 시 낭독.

1787년

- 3월: 클롭스토크, 슈바르트, 실러, 오시안, 영과 같은 시인 작가들의 작품을 읽음.
- 여름: 여러 차례 앓음.

1788년 튀빙겐

- 4월: 실러의 《돈 카를로스》를 읽음.
- 6월: 마차를 타고 브루흐잘, 하이델베르크, 슈파이어로 여행함.
- 10월 초: 덴켄도르프와 마울브론에서 쓴 시들을 이른바 '마르바하 4절판 노트'에 정서함. 이 안에는 1787년에 쓴 〈나의 결심〉이 포함되어 있음.
- 루이제 나스트와 약혼함.
- 10월 21일: 튀빙겐 신학교에 입학. 슈투트가르트 출신 장학생 중에는 헤겔도 있었음.
- 겨울: 크리스티안 루드비히 노이퍼와 루돌프 마게나우와 친구가 됨.

1789년

- 3월: 루이제 나스트와 약혼 파기.

- 4월: 출판인 크리스티안 프리드리히 다니엘 슈바르트와 고트홀트 프리드리히 슈토이들린과 교유.

- 7월 14일: 파리의 바스티유 감옥에서 폭동 발생.

- 여름: 맹인 프리드리히 루드비히 두롱에게 플루트 교습받음.

- 11월: 신학교 내에 공화주의적, 민주적 사상이 팽배하다는 소문을 접한 카를 오이겐 대공이 신학교에 대한 더욱 엄한 감시와 감독을 시작함. 모친에게 신학 공부 면제를 하소연함.

- 송시 〈비탄하는 자의 지혜〉 초고를 씀.

1790년

- 연초: 석사 학위를 위한 논문 〈그리스인들에서 미적 예술의 역사〉와 〈솔로몬의 잠언들과 헤시오드의 일과 날의 비교〉를 준비함.

- 3월 9일: 노이퍼, 마게나우와 더불어 클롭스토크의 '학자 공화국'을 본떠 문학 서클 '독수리 사나이의 모임'을 결성함.

- 여름: 신학교 학장의 딸인 엘리자베트 르브레에게 애정을 느낌. 이 애정 관계는 신학교 재학 내내 지속됨.

- 9월 17일: 석사 자격시험.

- 10월 20일: 15세의 셸링이 신학교에 입학함.

- 헤겔, 셸링과 학습 동아리를 맺고 우정을 나눔.

1791년

- 3월: 누이동생에게 "평온과 은둔 가운데에서 한번 살아보는 것-그리

고 굶을 걱정 없이 책을 쓸 수 있는 게 더 바랄 것 없는 소원"이라고 씀.

- 4월 중순에서 말: 친구 크리스티안 프리드리히 힐러, 프리드리히 아우구스트 메밍어와 라인폭포에서 취리히까지 도보로 스위스 여행. 여행 중 4월 19일, 취리히의 신학자 요한 카스파 라바터를 방문. 피어발트슈테터 호수, 뤼틀리시부어 지역의 여러 곳을 방문함.
- 9월: 슈토이들린의《1792년 시 연감》에 초기의 튀빙겐 찬가들이 실림.
- 연말경: 루소 독서, 천문학에 열중함.

1792년

- 4월 20일: 프랑스가 오스트리아에 선전포고. 프러시아의 전쟁 개입으로 7월 프랑스공화국에 대항하는 연합전쟁 발발. 이 전쟁은 1797년까지 계속됨.
- 이 연합전쟁의 발발을 계기로 프랑스혁명의 결과로 나타나는 정치적 상황 전개에 대한 횔덜린의 관심이 증폭됨. 누이동생에게 단호하게 "인간의 권리의 옹호자"인 프랑스인들의 편임을 선언. 튀빙겐의 공화주의 사상을 가진 대학생들 모임과 교류.
- 5월: 서간체 소설《휘페리온》계획. 같은 때 6운각 시행의 초고〈봄에 부쳐〉를 씀.
- 9월: 프랑스에서 혁명의 급진화가 진행됨. 장폴 마라의 사주에 따라 9월 대학살, 왕정 폐지.
- 11월: 프랑스의 군사 작전 성공과 11월 19일 국민회의가 자유로운 국가 체제를 가지기를 원하는 모든 인민들에게 지원을 아끼지 않겠다고 선언.

1793년

- 1월 21일: 루이 16세, 파리에서 처형됨.

- 3월: 슈토이들린이 튀빙겐을 방문하고, 횔덜린은 그 앞에서 《휘페리온》의 일부를 낭독함.

- 5월 13일: 대공 내외가 참석한 가운데 신학교의 새로운 학칙 공포됨.

- 6월: 졸업 시험을 치름.

- 슈토이들린과 노이퍼와 함께 튀빙겐을 방문한 프리드리히 마티손과 사귐. 마티손 앞에서 찬가 〈용맹의 정령에게〉(시 전집 1, 292~295)를 낭독함.

- 7월: 플라톤 읽기의 감동, 특히 《티마이오스》와 《잔치》에 대한 감동을 술회한 편지를 노이퍼에게 씀. 《휘페리온》 집필을 계속함.

- 7월 13일: 마라, 샤를로테 코르데에게 암살당함.

- 7월 말: 쟈코뱅의 테러에 대한 나쁜 인상으로 프랑스혁명에 대한 비판적, 거부적인 태도를 취함.

- 9월: 헤겔이 가정교사를 하기 위해 베른으로 떠나며 횔덜린, 셸링과 작별함. 홈부르크 출신의 법학도이자 단호한 민주주의자인 이작 폰 싱클레어와 사귐.

- 9월 말: 루드비히스부르크로 실러를 방문함. 이전에 슈토이들린이 실러에게 횔덜린을 칼프가의 가정교사로 추천함.

- 10월: 실러가 샤를로테 폰 칼프가의 가정교사로 횔덜린을 추천함.

- 11월: 샤를로테 폰 칼프로부터 가정교사 취임을 승낙받음.

- 12월 6일: 슈투트가르트 종무국의 목사 자격시험에 합격함.

- 12월 10일경: 튀빙겐을 떠나서 28일 발터스하우젠에 도착, 칼프가의 가정교사로 부임함.

1794년 발터스하우젠

- 1월: 발터스하우젠에서 친절한 영접을 받고, 교육 활동을 시작함. 매일 오전 9~11시, 오후 3~5시까지 제자 프리츠를 가르침. 나머지 시간은 자유롭게 활용함. 현지의 목사와 칼프 부인의 대화 상대자인 빌헬름민네 마리안네 키름스와 우정을 나눔.

- 3월: 실러에게 보낸 한 편지에서 칸트의 계몽주의적인 인본 사상과 루소의 교육 원리에 입각한 자신의 교육관을 설명함.

- 봄: 제자와 이 가정에서의 생활에 만족한 가운데 《휘페리온》 집필을 계속함. 초기 찬가문학의 가장 의미심장한 작품인 〈운명〉(시 전집, 302~306)을 실러에게 보냄.

- 3월 말~4월 초: 실러의 논고 〈우아와 품위〉 읽음.

- 5월 21일: 동생에게 "나의 거의 유일한 독서는 현재 칸트이다. 점점 더 이 대단한 정신이 나에게 그 모습을 드러내고 있다"고 씀.

- 8월: 샤를로테가 횔덜린을 위해 신청한 피히테의 주간(週刊) 강의록 《학문 총론》 구독.

- 7월 18일: 로베스피에르 처형됨.

- 8월 21일: 동생에게 "로베스피에르의 목을 날려버릴 수밖에 없었던 것은 나에게는 당연한 것처럼 보인다. 어쩌면 좋은 결과가 있을 것이다"라고 씀.

- 9월 말: 《노이에 탈리아》에 싣기 위해서 실러에게 《휘페리온 단편》을 보냄.

- 10월: 소크라테스의 죽음을 다루는 한 비극에 대한 계획 세움.

- 제자 교육에 어려움이 차츰 더 커짐.

- 11월: 제자 프리츠를 데리고 예나로 여행함. 실러가 간행한 《노이에

탈리아》에《휘페리온 단편》이 실림. 실러와 튀빙겐 신학교 시절부터 알고 지냈던 임마누엘 니트하머를 자주 방문함. 거기서 괴테를 처음 만남. 피히테의 강의를 정기적으로 듣고 감명을 받음.

- 12월 말: 샤를로테 부인과 그녀의 아들 프리츠와 함께 바이마르로 거처를 옮김. 거기서 괴테와 재회. 헤르더와 사귐.

1795년 예나

- 1월: 가정교사로서의 교육 시도가 좌초되고 고용 관계가 해지됨. 예나에 특별히 얽매이지 않은 상태로 머무름. 피히테의 강의를 듣고 그와 교류함.

- 3월: 실러의 추천으로 코타 출판사가《휘페리온》출판을 맡기로 함. 튀빙겐의 마지막 몇 개월 사이에 알게 되었던 싱클레어와 재회, 긴밀한 우정 관계 시작됨. 카시미어 울리히 뵐렌도르프와 사귐.

- 3월 말~4월 초: 예나를 떠나 할레, 데사우, 라이프치히와 뤼쩐으로의 일주일간 도보 여행.

- 5월 말: 예나 대학에서 싱클레어가 개입된 학생 소요가 일어남.

- 니트하머의 집에서 피히테, 노발리스와 회동함.

뉘르팅겐

- 5월 말~6월 초: 갑작스럽게 뉘르팅겐으로 떠나기로 결심함. 고향에 도착하자마자 예나를 떠난 것을 후회함. 쇠약해진 건강, 집필 작업에서의 침체를 스스로 느낌.

- 7월 말: 튀빙겐에서 셸링과 중요한 철학적 사유를 교환함. 12월에 뉘르팅겐에서 한 번 더 재회함.

- 8월: 귀향하는 길에 6월 하이델베르크에서 만났던 의사이자 여행 작가인 요한 고트프리트 에벨이 프랑크푸르트의 은행가인 야콥 공타르가의 가정교사 자리를 소개함.
- 연말까지 뉘르팅겐에 머물면서《휘페리온》집필 이어감.
- 12월: 프랑크푸르트에 도착. 제자가 될 앙리를 만남.

1796년 프랑크푸르트

- 1월: 공타르가에 가정교사로 입주하고 활동 시작.
- 봄: 다시 서정시 쓰기 시작. 〈디오티마-이른 초고의 단편〉, 〈헤라클레스에게〉(시 전집 1, 322~330), 6운각 시행의 시 〈떡갈나무들〉(같은 책, 343)을 씀.
- 4월: 프랑크푸르트에서 셸링과 또 한 번 대화. 이 두 사람 생각의 교환 결과가 〈독일 이상주의의 가장 오랜 체계 선언〉으로 보임.
- 6월: 6운각 시행 단편(斷片)인 〈안락〉(같은 책, 370~372)을 씀. 니트하머의《철학 저널》에 싣기 위해 계획된 미학적 논고 집필을 계속함. 문학작품에서 디오티마로 불린 주제테 공타르에 대한 사랑이 싹틈.
- 7월: 주제테 공타르, 세 딸의 가정교사인 마리 레처, 횔덜린, 그의 제자 앙리는 전쟁의 혼란을 피해 카셀로 피난. 가장인 야콥 프리드리히 공타르는 도시에 남았음.
- 7월~9월: 작가 빌헬름 하인제, 주제테 공타르, 그녀의 아이들과 카셀, 바트 드리부르크에 계속 머묾.
- 9월: 프랑스 공화파 군대의 퇴각, 슈토이들린이 라인 강에 투신자살.
- 10월: 카셀에 두 번째로 14일간 머물다가 프랑크푸르트로 귀가함. 가을 송시 초안 〈오 조국을 위한 전투…〉를 씀.

- 11월: 어머니의 뉘르팅겐의 교사직 제안을 거절함. 이전의 부목사직
  이나 교사직과 같은 확실한 일자리를 마련해주려는 어머니의 제안
  을 횔덜린은 번번이 거절한 바 있음.
- 11월 24일: 오랜 침묵 끝에 실러가 편지를 보내옴. "철학적 소재"를
  피하고 "감각적 세계에 더 가까이" 머물라고 조언함.

1797년

- 1월: 헤겔, 횔덜린이 소개한 프랑크푸르트의 포도주 상인이자 미술품
  수집가인 요한 고겔가의 가정교사로 부임. 이후 헤겔과 자주 만남.
- 4월: 《휘페리온》 제1권, 튀빙겐의 코타 출판사에서 출판.
- 8월: 비극 《엠페도클레스의 죽음》에 대한 "자세한 계획", 〈프랑크푸
  르트 구상〉을 씀.
- 8월 22일: 프랑크푸르트를 방문해 머물고 있던 괴테를 예방함. 괴테
  는 "규모가 작은 시를 쓰고 모든 사람들에게 인간적으로 흥미를 끌
  수 있는 소재를 택하라"고 조언.
- 여름: 공타르가에서의 점증하는 긴장. 압박을 느끼기 시작함.
- 10월 17일: 캄포 포르미오의 평화 협정. 이로써 제1차 연합 전쟁이
  막을 내림.
- 11월: 입주 가정교사로서의 신분과 끊임없는 사교 모임에 대해 탄식
  함. "특히 프랑크푸르트에서의 가정교사는 어딜 가나 마차에 달린 다
  섯 번째 바퀴"(어머니에게, 1797년 11월)라고 탄식함.

1798년

- 2월: 동생에게 "너는 나의 모든 불행의 뿌리를 알고 있느냐? 나는 나

의 가슴이 매달려 있는 예술을 위해서 살고 싶다. 그래서 나는 사람들 가운데서 이리저리로 오가며 일하지 않으면 안 되는 것이다"라고 씀.

- 3월: 횔덜린이 프랑크푸르트를 떠날 생각을 갖기 시작.
- 봄: 송시 〈하이델베르크〉 초고를 씀. 노이퍼가 6월에 12편의 에피그램 형식 송시, 8월에는 4편의 짧은 시편들을 받아 대부분《교양 있는 여성들을 위한 소책자》에 실어줌. 실러 역시 5편의 송시를 받아 그중에서 〈소크라테스와 알키비아데스〉(시 전집 1, 395)와 〈우리의 위대한 시인들에게〉(같은 책, 397)를 그의《시 연감》에 수록.
- 9월 말: 공타르가에서 소동이 있고 나서 횔덜린은 프랑크푸르트를 떠나 홈부르크의 싱클레어 가까이에 거처를 정함.

홈부르크

- 10월 4/5일: 주제테 공타르와 첫 재회. 이후 1800년 6월까지 홈부르크에 머무는 동안 주제테 공타르와의 짧은 밀회, 서신 교환이 계속됨. 주제테 공타르의 편지들은 사랑하는 자의 이별에서 겪는 슬픔과 밀회의 굴욕적인 불안을 감동적으로 표현하고 있음.
- 가을:《휘페리온》제2권의 인쇄 회부용 원고가 완성됨. 〈휘페리온의 운명의 노래〉(시 전집 1, 398~399) 포함.《엠페도클레스의 죽음》첫 번째 초고 집필 시작함.
- 10월 중순: 홈부르크 방백의 궁정 방문. 아우구스테 공주는《휘페리온》을 읽고 횔덜린에게 연정을 느낌.
- 11월 말: 라슈타트 회의에 싱클레어와 동행, 많은 공화주의 동료들을

만남.

1799년

- 상반기: 무엇보다도《엠페도클레스의 죽음》집필에 열중함. 발행 계획중인 잡지에 실을 철학적·미학적 논고도 집필.
- 3월 2일: 노이퍼의 소책자에 실린 시들에 대한 슐레겔의 찬사가 담긴 서평이 발표됨.
- 6월: 노이퍼에게 독자적인 문학 월간지《이두나Iduna》발간을 위해서 슈투트가르트의 출판인 요한 프리드리히 슈타인코프에게 발행을 맡아줄 수 있는지 타진해 달라고 부탁함. 이 제안을 받은 슈타인코프는 관심을 표명하면서도 괴테, 실러와 셸링 등 유력한 필진들의 동참을 조건으로 제시함. 횔덜린의 동참 요청을 받은 인사들의 냉담한 반응으로 잡지《이두나》의 발간 계획은 무산됨.
- 7월: 발간 예정 잡지에 대한 협조에 대한 보답이자 실험적인 작품으로 노이퍼와 슈타인코프가《교양 있는 여성들을 위한 소책자》에 실릴 〈결혼일을 앞둔 에밀리〉라는 목가를 받았고, 이어서 5편의 다른 시 작품을 받음.
- 늦여름: 잡지 발간 계획의 좌초에 대한 환멸. 송시 〈아침에〉(같은 책, 420~421)와 〈저녁의 환상〉(같은 책, 418~419)을 씀.
- 초가을: 〈나의 소유물〉(같은 책, 428~430), 2행시 형태의 성찰시 〈자신에게〉(같은 책, 425). 이 시는 거의 마무리된《엠페도클레스의 죽음》첫 초고의 과제를 제시함.《엠페도클레스의 죽음》의 새로운 집필에 대한 이론적인 근거를 제시함.
- 10월 말:《휘페리온》제2권 발행.

- "그대가 아니면 누구에게"라는 헌사와 이제 막 출간된 《휘페리온》 제2권을 주제테 공타르에게 건넴.
- 11월 28일: 홈부르크의 아우구스테 공주 23회 생일 기념 송시 헌정.
- 12월: 〈불카누스〉에 대한 첫 번째 초고를 쓴 후 《엠페도클레스의 죽음》 세 번째 초고 등을 이른바 '슈투트가르트 2절판'에 쓰기 시작함.

1800년
- 연초: 시학적인 논고들을 씀.
- 자신의 작품에 대해 증오에 찬 이해할 수 없는 비판에 대한 반응으로 송시들 〈소크라테스의 시대에〉 초고와 〈격려〉의 초고, 시 〈아르히펠라구스〉 초고를 씀.
- 3월 2일: 매제 사망, 횔덜린의 누이동생은 자녀들과 뉘르팅겐의 어머니에게로 옴.
- 5월 8일: 주제테 공타르와의 첫 번째 이별. 송시 단편 〈나는 나날이 다른 길을 가노라…〉(시 전집 2, 33~34)를 씀. 생활비 고갈, 건강 악화, 싱클레어와의 우정 관계 파탄. 앞에 쓴 여러 시 작품들을 정리하고 에피그램 형식의 송시를 확장함. 이런 작업을 여름까지 계속함.
- 6월: 송시 초고 〈사라져가라, 아름다운 태양이여…〉(같은 책, 35)를 통해 볼 때, 주제테 공타르와의 마지막 상봉 후 6월 10일 뉘르팅겐에 도착.

슈투트가르트
- 6월 20일: 10일간 뉘르팅겐에 머문 후, 체개인 교습자로 슈투트가르트의 란다우어가에 입주함. 그러나 보수는 생활비에도 미치지 못함.

찬가 초고 〈마치 축제일에서처럼…〉(같은 책, 43~47)을 씀.

- 하반기: 란다우어 가에 계속 머무름. 집중적으로 창작에 전념하면서 개인 교습 활동도 병행. 많은 송시를 씀. 몇 편의 비가도 씀. 그 가운데 〈디오티마에 대한 메논의 비탄〉(같은 책, 97~105), 〈슈투트가르트〉(같은 책, 125~131쪽), 〈빵과 포도주〉(같은 책, 132~142)가 있음.
- 초가을: 송시 〈격려〉(같은 책, 150~151/152~153), 6운각 시행의 시 〈아르히펠라구스〉(같은 책, 71~88)를 완성함.
- 가을: 일단의 송시 초고를 개작.

1801년
- 1월 11일: 성탄절을 뉘르팅엔에서 보내고 하우프트빌을 향해 슈투트가르트 출발.

하우프트빌
- 1월 15일: 스위스의 하우프트빌에 있는 곤젠바흐가에 가정교사로 들어감.
- 2월 9일: 르네빌 평화협정. 이 협정은 횔덜린이 찬가 〈평화의 축제〉(같은 책, 231~240)를 쓰도록 영감을 줌. 그러나 1802년 또는 1803년에서야 완성됨. 스위스로 출발하기 전에 시작했던 핀다르 작품 번역 중단.

뉘르팅겐
- 4월: 곤젠바흐로부터 해고를 통보받음. 4월 중순 슈투트가르트를 거쳐 뉘르팅겐으로 돌아옴. 비가 〈귀향〉(같은 책, 143~149)은 이때를

미화해 노래함. 하우프트빌의 알프스 체험은 〈알프스 아래에서 노래함〉(같은 책, 162~163)과 〈라인 강〉(같은 책, 214~224)에 투영됨.

- 6월: 예나에서 그리스 문학을 강의할 수 있도록 해달라고 실러와 니트하머에게 보낸 편지에 두 사람 모두 답을 하지 않음.

- 8월: 코타 출판사와 1802년 부활절을 기해 시집을 출판하기로 계약 체결.

- 가을: 체념하는 가운데 새로운 가정교사 자리를 찾아야만 할 필연성에 순응함. 프랑스 남부 보르도 주재 함부르크 영사 다니엘 크리스토프 마이어가의 가정교사로 채용 통지를 받음.

- 12월 12일: 남프랑스 보르도를 향해 출발. 떠나기 직전 슈투트가르트의 친구 란다우어의 32회 생일을 맞아 비가 〈란다우어에게〉(같은 책, 121~122)를 씀.

1802년 보르도

- 1월 28일: 어려운 여정 끝에 보르도의 함부르크 영사 마이어의 집에 도착. 소포클레스의 비극 《오이디푸스 왕》 번역, 보르도로 출발하기 전에 대단원까지 이르렀음.

- 5월 초: 주제테 공타르의 고별 편지를 받음. 카를 고크가 전하는 바에 따르면, 그녀는 이 편지에서 "자신이 중한 병에 걸렸다는 소식과 가까운 죽음에 대한 예감과 함께 그와의 영원한 작별을" 예고했다.

- 5월 중순: 10일자로 발행된 여권을 가지고 보르도를 떠나 파리를 거쳐 독일로 향함. 보르도를 떠나게 된 이유와 동기에 대해서는 아무것도 알려져 있지 않음.

슈투트가르트/뉘르팅겐

- 6월 말: 횔덜린 정신이 혼란한 모습으로 기진맥진하여 뉘르팅겐으로 귀향함. 잠시 뉘르팅겐에 머문 후 친구들을 찾아 슈투트가르트로 감. 그곳에서 주제테 공타르가 6월 22일 세상을 떠났다는 소식이 담긴 싱클레어의 편지를 받음. 이 소식으로 충격을 받은 채 뉘르팅겐으로 돌아옴.

- 9월 29일: 싱클레어의 초대로 영주회의가 열리는 레겐스부르크로 여행함. 헤센-홈부르크의 방백 프리드리히를 만남.

- 10월 중순: 뉘르팅겐으로 돌아옴. 코타 출판사의 계간지 《플로라》에 횔덜린의 3개 시 형식에 걸친 4편의 모범적인 시가 실림. 비가 〈귀향〉, 찬가 〈편력〉(같은 책, 208~213), 서로 모순되는 송시 〈시인의 사명〉(같은 책, 170~173)과 〈백성의 목소리〉(같은 책, 178~180/181~185)다.

- 12월: 횔덜린의 어머니와 싱클레어 간의 편지 교환 시작. 어머니는 지나친 긴장과 유리된 생활이 횔덜린의 정서적 상태에 부정적인 영향을 미쳤고, 회복에 대한 희망은 거의 없다고 피력함.

1803년

- 1월 30일: 방백의 55회 생일을 맞아 싱클레어를 통해 찬가 〈파트모스〉(시 전집 2, 264~269)를 헌정. 여름까지 소포클레스의 비극 《안티고네》 번역 작업. '홈부르크 2절판'에 실릴 다른 찬가를 구상.

- 3월 14일: 클롭슈토크 사망.

- 6월 3일: 프랑크푸르트의 출판업자 프리드리히 빌만스가 횔덜린의 소포클레스 비극 번역을 출판할 의사가 있음을 알리는 편지를 보

내옴.

- 6월 초: 무르하르트로 셸링 방문. 헤겔에게 보낸 편지에서 횔덜린의 "완전한 정신이상"에 대해 씀.
- 6월 22일: 하인제 사망.
- 9월: 빌만스, 소포클레스 작품 번역의 출판을 결정함. 12월 초까지 횔덜린은 소포클레스의 두 편의 비극 번역을 퇴고하고, 〈오이디푸스 왕에 대한 주석〉과 〈안티고네에 대한 주석〉을 탈고함.
- 가을/겨울: 빌만스가 간행하는 《1805년 시 연감》에 실릴 6편의 송시와 3편의 찬가 보충 시편을 정리함. 〈케이론〉 등 9편(같은 책, 186~202, 시 연감에 실린 순서대로)을 그는 출판업자에게 '밤의 노래들'이라고 명명함. 동시에 "몇몇 큰 규모의 서정시 작품"으로 소위 "조국적 찬가들"을 예고함.

1804년

- 1월 말: 빌만스 '밤의 노래들' 인쇄에 회부함.
- 4월: 번역 작품 《소포클레스의 비극들》 출판됨. 혹평을 받음.
- 5월 24일: 싱클레어에게 보낸 편지에서 횔덜린의 어머니는 횔덜린의 이해력의 감퇴와 심지어는 "착란된 오성"을 언급함.
- 6월: 싱클레어가 횔덜린을 슈투트가르트와 뷔르츠부르크를 거쳐 홈부르크에 데려감. 슈투트가르트에서 모반을 꾀하는 대화 있었음. 이 대화에는 횔덜린 이외에 복권 사기꾼 알렉산더 블랑켄슈타인도 참여함.

홈부르크

- 7월: 싱클레어의 제안에 따라 매년 200굴덴의 추가 급여가 횔덜린에게 지불됨. 방백은 횔덜린을 궁정 사서로 임명함. 연말까지 찬가를 계속 씀. 이 중에는 〈회상〉(같은 책, 270~272), 〈이스터 강〉(같은 책, 273~276)의 초고도 들어 있음.
- 8월 6일: 싱클레어, 횔덜린의 건강 상태와 생활에 대한 어머니의 걱정을 진정시킴.
- 12월: 나폴레옹이 황제에 오르고, 싱클레어는 나폴레옹 대관식에 참석하기 위해 파리에 감.

1805년

- 1월: 블랑켄슈타인이 싱클레어를 혁명적인 모반의 우두머리로 밀고 함. 이 모반의 첫 번째 목표는 뷔르템베르크의 선제후를 살해하는 것이라고도 함.
- 2월 26일: 선제후가 보낸 사람들에 의해 싱클레어가 뷔르템베르크로 압송됨. 다음 날 그에 대한 대반역죄 재판이 열림.
- 3월 6일: 홈부르크 방백은 "수사에서 횔덜린의 말을 들어보면 횔덜린의 인도(引渡)는 피할 수 있을 것"이라고 함. 그 근거로 횔덜린의 "극도로 비참한 감정 상태"를 듦.
- 4월 5일: 수사위원회가 헤센-홈부르크 당국에게 횔덜린의 감정 상태에 대한 정보 제공 요청.
- 4월 9일: 홈부르크의 의사 프리드리히 뮐러는 횔덜린의 정신착란이 "광기로 넘어갔다"고 진단서에 기록함.
- 5월 9일: 실러 사망.

- 7월 10일: 싱클레어 구속에서 풀려나 홈부르크로 돌아옴. 곧이어 정치적인 사명을 띠고 베를린으로 감.
- 여름: 《예나 문학신문》에 빌만스의 《1805년 시 연감》에 실린 '밤의 노래들'에 대한 부정적인 비평에 대해 횔덜린은 9편의 〈핀다르 단편들〉로 반응함.
- 11월 말: 싱클레어와 함께 투옥되었던 제켄도르프가 수정된 찬가와 비가들을 받아, 이것을 《1807년 및 1808년 시 연감》에 실어 출판함.

1806년

- 1월 1일: 횔덜린의 어머니 종무국에 횔덜린을 위한 지원 요청, 11월 4일 150굴덴의 지원 결정을 얻어냄.
- 7월: 헤센-홈부르크 영주국이 라인연맹의 수립과 함께 헤센-다름슈타트 대공국에 통합됨.
- 8월 3일: 싱클레어가 횔덜린 어머니에게 홈부르크에 있는 횔덜린을 데려가달라고 요청함.
- 8월 6일: 신성로마제국의 종언.
- 9월 11일: 헤센-홈부르크가 대공국 헤센-다름슈타트의 통치로 넘어감. 방백의 아내 카롤리네가 횔덜린의 강제적인 압송을 알림. "불쌍한 횔덜린이 오늘 아침에 이송되었다"고 씀.

튀빙겐

- 9월 15일: 튀빙겐의 아우텐리트 병원에 입원. 정신착란증 치료 시작.
- 10월 21일: 유스티누스 케르너가 관리한 환자 기록부에 의하면 이날 산책을 함.

- 11월: 제켄도르프가 그의 《시 연감》에 허락 없이 횔덜린의 〈슈투트가르트〉, 〈편력〉, 〈빵과 포도주〉의 제1연을 허락 없이 수록하여 발행함. 1년 후에는 〈회상〉, 〈라인 강〉, 〈파트모스〉를 발행함.

1807년
- 5월 3일: 횔덜린이 치료 불가 판정을 받고 아우텐리트 병원에서 퇴원. 《휘페리온》을 읽고 감동한 횔덜린보다 두 살 어린 목수 에른스트 치머가 곧바로 횔덜린을 네카 강변의 자신의 집에서 돌보기로 결정함. 1843년 세상을 떠날 때까지 여기에 머무름.

1815년
- 4월 29일: 싱클레어, 빈에서 사망.

1820년
- 8월 29일: 싱클레어의 친구인 프로이센 장교 E. W. 폰 디스트가 코타 출판사에 《휘페리온》의 재판(再版)과 횔덜린 시의 출판을 제안함. 홈부르크의 공주 마리안네와 아우구스테가 이를 지원함.

1822년
- 1월: 루드비히 울란트가 폰 이스트에 의해서 정리된 원고를 기초로 해서 횔덜린 시집 발행을 맡겠다고 나섬.
- 5월 14일: 카를 고크와 코타 출판사 간 《휘페리온》의 재판과 횔덜린 시의 출판 계약 체결함.
- 7월 3일: 빌헬름 바이프링거의 첫 번째 방문. 그는 이 방문에 이어서

소설《파에톤》을 씀. 횔덜린의 운명을 그대로 본뜬 이 소설은 끝머리에 횔덜린이 쓴 것으로 알려진 〈사랑스러운 푸르름 안에…〉(시 전집 2, 483~485)를 담고 있음.

1823년

- 봄: 치머가 횔덜린의 어머니에게 횔덜린의 이례적인 맑은 정신 상태와 그의 외부 세계에 대한 새삼스러운 관심에 대해서 알림. 횔덜린이 매일 자신의《휘페리온》을 읽고 그리스 시인을 읽는다고 전함.
- 6월 9일: 바이프링거가 횔덜린을 외스테르베르크의 세를 주고 얻은 정자(亭子)로 처음 데리고 감. 여름 동안 격주로 여러 차례 이곳으로 동반 나들이를 감.

1826년

- 6월: 루드비히 울란트와 구스타프 슈바프가 편집한 시집이 코타 출판사에서 출판됨.
- 10월: 바이프링거가 로마로 감.

1827년

- 횔덜린 전기(傳記) 작성이 시작됨. 구스타프 슈바프가《문학적 환담을 위한 신문》에 횔덜린에 관한 논설문을 발표하고, 바이프링거는 요약된 전기《프리드리히 횔덜린의 삶, 문학 그리고 광기》를 씀.

1828년

- 2월 17일: 뉘르팅겐에서 어머니 사망. 횔덜린이 튀빙겐에서 그녀에게 보낸 60통의 편지 중 마지막 편지는 "저를 돌보아주십시오, 시간은 문자 그대로 정확하고 마음도 따뜻합니다. 당신의 공손한 아들 프리드리히 횔덜린 올림"이라고 끝맺고 있음.

1829년

- 치머가 횔덜린의 누이동생에게 보낸 소식에 의하면, 횔덜린은 자주 산책에 나서며, "노년의 나이에도 불구하고 기력이 왕성하며 지금은 평온하고 회춘한 듯해 보인다"고 함.

1830년

- 1월 17일: 바이프링거가 25세의 나이로 로마에서 사망. 이듬해 그의 《프리드리히 횔덜린의 삶. 문학과 광기》가 출판됨.

1837년

- 사망하기 6년 전인 이때부터 여러 뜻 모를 이름을 사용함. 부오나로티(Buonarotti)라고 서명하기도 하고, 나중에는 스카르다넬리라고도 서명함.

1838년

- 11월 18일: 치머 사망. 그의 부인인 엘리자베트와 1813년생 막내딸 로테가 횔덜린의 간호를 떠맡음.

1841년

- 1월 16일: 구스타프 슈바프의 아들 크리스토프 테오도르 슈바프의 두 번째 방문. 그는 1월 21일 세 번째 방문 때, 〈한층 높은 인간다움〉(같은 책, 457)과 〈더 높은 삶〉(같은 책, 456)을 횔덜린에게서 받음.
- 2월 16일: 코타 출판사와 카를 고크가 문고 판으로 횔덜린《시집》제2판을 내기로 계약함.

1842년

- 봄: 슐레지어가 횔덜린 전기를 위한 준비 작업을 시작함. 그는 구스타프 슈바프와 란다우어의 아들과의 대담을 통해서 정보를 수집하고, 편지의 대다수를 선별하여 필사함.
- 11월:《시집》제2판 출판됨(1843년으로 발행년도 표기).

1843년

- 1월 24일: 루드비히 울란트, 아델베르트 켈러, 크리스토프 슈바프의 횔덜린 방문. 횔덜린 사후 슈바프가 집필한 횔덜린 약력과 첫 작품집이 코타에서 발행됨(1846년으로 발행년도 표기).
- 6월 초: 두 편의 시 〈봄〉(같은 책, 475)과 〈전망〉(같은 책, 479)을 씀.
- 6월 7일: 가벼운 감기 증세를 보였던 횔덜린은 밤 11시 "평온하게, 별다른 사투도 없이" 세상을 떠남.
- 6월 10일: 튀빙겐 공동묘지에 묻힘.

횔덜린 시 깊이 읽기

초판 1쇄 발행   2023년 3월 28일

지은이   장영태

펴낸이   김현태
펴낸곳   책세상
등 록   1975년 5월 21일 제2017-000226호
주 소   서울시 마포구 잔다리로 62-1, 3층(04031)
전 화   02-704-1251
팩 스   02-719-1258
이메일   editor@chaeksesang.com
광고·제휴 문의   creator@chaeksesang.com
홈페이지   chaeksesang.com
페이스북 /chaeksesang   **트위터** @chaeksesang
인스타그램 @chaeksesang   **네이버포스트** bkworldpub

ISBN   979-11-5931-920-4 93850

• 잘못되거나 파손된 책은 구입하신 서점에서 교환해드립니다.
• 책값은 뒤표지에 있습니다.